나를
소모하지 않는
관계 연습

나를 소모하지 않는 관계 연습

초판 인쇄 2026년 3월 6일

초판 발행 2026년 3월 13일

지은이 김태현

발행인 조현수

펴낸곳 도서출판 프로방스

기획 조영재

디자인 디자인붐 정의도

주소 경기도 파주시 광인사길 68. 201-4호

전화 031) 942-5364, 5366

팩스 031-942-5368

이메일 provence70@naver.com

등록번호 제2015-000135호

등록 2015년 6월 18일

ISBN 979-11-6480-411-5 (03810)

정가 18,000원

나를
소모하지 않는
관계 연습

김태현 지음

인간관계 면역력을
키우고 사람의 마음을 얻는 법

프로방스

관계의 늪에서
길을 잃은 당신에게

육아휴직을 마치고 설레는 마음으로 복직했다. 그때 내가 마주한 것은 '직장 내 괴롭힘'이라는 큰 산이었다. 출산이라는 인생의 새로운 챕터를 열어가는 축복의 시기에, 가장 믿었던 사회적 울타리 안에서 나는 철저하게 무너졌다. 사람이 사람에게 줄 수 있는 잔인한 상처는 물리적인 폭력뿐 아니라, 은밀하고도 집요한 관계의 단절과 소외감이라는 것을 뼈저리게 느끼게 되었다.

부서원 전체가 나만 쏙 빼놓고 몰래 회식을 하러 갔다는 사실을 뒤늦게 알았을 때의 그 소외감, 명확한 이유도 없이 업무에서 배제되어 투명인간 취급을 당할 때의 모멸감. 하지만 결정타는 따로 있었다. 내 책상을 부서 밖으로 빼놓기까지 한 것이다. 사람이 있는지 없는지도 모르는 책장으로 둘러싸인 구석에 놓인 내 책상은 마치 내 존재 자체가 부정당한 것 같았다.

하지만 아이러니하게도 그런 상황에서도 나를 다시 일으켜 세운 것역시 사람이었다. 깊은 수렁에 빠져 허우적거릴 때 내 손을 잡아준 사람들, 묵묵히 내 이야기를 들어주며 온기를 나누어준 사람들 덕분에 깨달았다. 사람은 사람으로 인해 상처받기도 하지만, 결국 사람을 통해 회복되고 비로소 완성된다는 사실을 말이다. 이 책은 바로 그 아픈 깨달음의 기록이자, 다시 일어서기 위해 보낸 치열한 시간의 결과물이다.

인간관계는 우리가 숨을 쉬는 한 떼려야 뗄 수 없는 숙명이다. 우리는 혼자 살 수 없는 존재이기에, 누군가와 끊임없이 연결되어야만 한다. 하지만 그 연결이 독이 될 때 우리는 무너진다. 나 또한 관계로 인한 고통을 겪으며 깨달았다. 관계는 저절로 흐르는 물이 아니라, 우리가 평생을 바쳐 배워야 할 가장 어려운 기술이자 공부라는 것을.

왜 수 세기 동안 인간관계에 관한 책들이 끊임없이 쏟아지고, 오래된 지혜들이 여전히 스테디셀러로 사랑받고 있을까? 그것은 인간의 본성이 변하지 않기 때문이며, 관계의 매듭을 푸는 법을 몰라 방황하는 영혼들이 그만큼 많기 때문이라고 생각한다. 우리는 학교에서 미적분을 배우고 영어 단어를 외우지만, 정작 나를 지키면서 타인과 공존하는 법, 상처받았을 때 나를 회복시키는 법, 그리고 타인에게 상처를 주지 않는 법에 대해서는 제대로 배워본 적이 없다.

나는 이 책을 통해 일을 하는 엄마들, 이른바 '워킹맘'들이 겪는 특수한 고충뿐만 아니라, 이 사회라는 거대한 관계망 속에서 지치고 병든 모든 사람들의 손을 잡아주고 싶었다. 내가 겪은 그 비인간적인 상황들이 헛되지 않으려면, 누군가에게는 나의 경험이 예방접종이 되어주고 또 누군가에게는 치료제가 되어야 한다고 믿기 때문이다.

만약 지금 관계 때문에 밤잠을 설치고 있거나, 누군가의 말 한마디에 심장이 도려내지는 듯한 통증을 느끼고 있다면, 잠시 멈추어 그 관계들이 들려주는 이야기에 귀를 기울여 보길 권한다. 상처는 아프지만, 그 상처가 남긴 흉터는 우리에게 말해준다. 나는 무엇을 소중히 여기는 사람인지, 내가 견딜 수 있는 한계는 어디까지인지, 그리고 다시 일어서기 위해 어떤 사람이 곁에 필요한지를 말이다.

사람은 사람으로 인해 상처를 받기도 하지만, 결국 사람을 통해 회복되고, 사람 사이에서 비로소 우리의 삶이 완성된다. 나를 괴롭혔던 이들도 사람이었지만, 내가 살아남아 이 책을 쓸 수 있게 격려해 준 이들도 결국 사람이었다. 관계의 늪은 깊고 어두울 때도 있다. 하지만 그 속에서 헤엄치는 법을 익히면 우리는 더 넓은 세상으로 나갈 수 있다.

이 책은 단순히 고난을 기록한 책이 아니다. 관계의 늪에서 허우적거리며 길을 잃은 사람들을 위해, 내가 직접 몸으로 부딪치며 찾아낸 지도다. 이 책이 힘들고 지친 인간관계 속에서 작지만 선명한 불빛이 되기를 간절히 소망하는 마음으로 한 문장 한 문장 써 내려갔다.

부서 밖으로 내보내진 책상 앞에서 내가 포기하지 않았던 것처럼, 관계의 늪을 무사히 건너오길 바란다. 이 책이 당신의 삶에 가닿아, 평온한 숲을 가꾸는 등불이 되어주길 소망한다. 당신은 충분히 존중받을 가치가 있는 사람이며, 당신의 삶은 결코 타인으로 인해 무너질 만큼 가볍지 않다. 자, 이제 나와 함께 그 어두운 관계의 늪을 지나 환한 빛으로 나아가는 여정을 시작해 보자.

2025. 1.

김태현

고난 시련 역경!

이 모든 것들이 고통이 아니라 행복의 씨앗이었다는 것을,

나를 괴롭혔던 사람도 꽃보다 아름다운 사람으로 받아들일 수 있다는 것을,

이 책을 통해 답을 찾아 보시기 바랍니다.

– 고명환

방송인, 『고전이 답했다 마땅히 가져야 할 부에 대하여』의 저자

김태현 작가는 묵묵히 자기 일에 집중하며, 자신을 소모하지 않고 균형감 있는 태도로 살아가는 사람이다. 인생에서 힘든 순간을 통과하며 터득한 인간관계 노하우를 이 책에 아낌없이 담았다. 저자는 나 자신과 진심으로 소통하는 법을 깨우쳐 단단한 내면을 갖출 때 비로소 인간관계 면역력을 키우고 사람의 마음을 얻을 수 있다 말한다. 책을 통해 어

떤 상황에서도 나를 지키는 법을, 사람의 마음을 얻는 법을 배우고 자신의 것으로 만들어 삶의 품격을 높일 수 있기를 바란다.

– 허지영

작가, 『퍼스널 브랜딩의 모든 것』의 저자

김태현의 글은 인간관계를 성찰의 대상으로 삼되, 시종일관 독자를 몰아붙이지 않는다. 이 책은 관계를 유지하는 기술보다, 관계 속에서 자신이 어떻게 소모되는지를 먼저 인식하게 만든다. 저자는 일상의 경험과 차분한 사유를 통해 '관계 면역력'이라는 개념을 설득력 있게 풀어내며, 감정의 경계를 세우는 일이 왜 삶의 안정으로 이어지는지를 보여준다. 문장은 절제되어 있고, 사례는 과장 없이 배치되어 독자가 스스로의 관계를 돌아보게 한다. 관계를 버텨내는 법이 아니라, 관계 속에서 나를 소모하지 않는 법을 제시하는 이 책은, 빠르게 답을 내놓기보다 천천히 방향을 점검하게 만든다는 점에서 신뢰할 만하다.

– 이성숙

수필가, 『인식의 깊이 삶의 너비』의 저자

혼자를 알고 혼자의 시간을 보듬을 줄 알면 타인을 사랑할 수 있는 건강한 힘이 생깁니다. 진심으로 오래오래 사랑할 줄 아는 사람은 무엇이든 해낼 수 있죠. 세상에 나와 있는 수많은 정답 중에 가장 사랑 어린 진심, 위로가 필요한 이들에게 저자가 전하는 진심 어린 명심. 이 책은 마음을 단련하며 관계의 면역력을 높이는 방법을 고요히 건네줍니다. 나도 몰랐던 내 마음의 믿을 구석을 찾고 싶다면 꼭 펼쳐보길.

– 김현주
작가, 『마흔, 어떤 것도 틀리지 않았다』 의 저자

이 책은 한 번이라도 관계로 인해 아파본 사람이라면 쉽게 지나칠 수 없는 기록이다. 저자는 직장 내 괴롭힘이라는 어두운 시간을 통과하며 사람 사이의 본질을 끝까지 붙들고 사유했다. 그 시간의 밀도는 문장에 고스란히 스며들어 이론보다 체온이, 조언보다 진심이 먼저 전해진다. 글은 참고 견디는 삶을 권하지 않고, 스스로를 닳게 하지 않는 방식을 조용히 일러준다. 읽다 보면 누가 옳고 그른지를 따지기보다 내가 왜 아팠는지, 무엇을 지켜야 하는지를 스스로 묻게 된다. 아픔을 통과해 나온 글이기에 문장은 단단하고 위로는 절제되어 있다. 책장을 넘기는 동안, 관계로 지친 마음이 서서히 힘을 회복하고 있음을 느끼게 된다.

- 주진복

수필가, 『불꽃 속에서 문학을 피우다』의 저자

차례

1장
관계가 인생의 성패를 좌우한다

1장

관계가
인생의 성패를
좌우한다

①
사람 보는 눈이
곧 생존력이다

어린 시절 우리 가족은 아버지의 외벌이로 네 식구가 생활해 나가고 있었다. 살림은 넉넉하지 못했지만, 부모님은 자녀인 나와 동생에게 부족함을 느끼지 않게 하려고 언제나 애쓰셨다. 양말이나 옷의 잘 보이지 않는 부분들이 해어지면 부모님의 옷은 바느질해 입으셨지만, 우리에게는 언제나 새 옷을 입히셨고, 아버지는 퇴근 후에도 늘 피곤한 기색을 숨기며 우리에게 웃음을 잃지 않으셨다. 그 시절엔 물질적인 여유보다 가족의 온기가 삶의 중심이 되었다. 그러나 세상은 그 온기를 외면할 때가 종종 있다.

중학교를 학군이 좋은 곳으로 입학하게 되었다. 새로운 환경이 낯설었지만, 한편으로 설렘도 있었다. 그런데 그곳은 내 예상과 달리, 이전과는 다른 세상이었다. 내가 다니던 중학교는 학군뿐 아니라 부모님의 소득도 고소득층에 해당하는 자녀들이었다. 교복은 같았지만, 아이들의 외투나 액세서리, 사용하는 물건, 신고 다니는 운동화와 가방까지 처음 보는 고가의 브랜드들이었다. 친구들의 이야기는 늘 해외여행, 명품 브랜드, 과외 선생님 이야기로 가득했고, 나는 그 속에서 조금씩 움츠러들었다.

입학 초반에 나는 한 친구를 사귀게 되었다. 성격이 밝고 재치 있는 친구였고, 나와도 유난히 잘 맞았다. 처음 인사 한마디로 시작된 인연은 금세 가까워졌다. 쉬는 시간마다 함께 다녔고, 함께 팔짱을 끼고 매점에도 갔으며, 마음이 잘 통한 우리 둘의 대화에서는 웃음이 떠나지 않았다. 진심으로 마음이 맞는 친구를 얻었다고 생각했다. 그러나 관계란 늘 예상치 못한 방향으로 흘러가곤 한다.

어느 날, 여느 때처럼 그 친구에게 활짝 웃으며 인사를 건넸다. 그런데 친구의 얼굴이 싸늘했다. 평소와 달리 나를 외면하고, 다른 친구들과 웃으며 이야기를 나누었다. 처음에는 친구가 장난치는 줄 알았다. 하지만 며칠이 지나도 친구의 태도는 달라지지 않았다. 도무지 이유를 알 수 없어 불안했다. 나는 몇 번이고 왜 그러냐고 물었고, 한참을 추궁한 끝에 그 친구의 입에서 믿기 힘든 말을 듣게 되었다. 뒤늦게 알게 된 사실이지만 친구의 가족은 할아버지부터 대대로 의료계에 종사하는 분들이셨고, 어머니 또한 당시 대학교수로 재직 중이셨다고 한다. 그런 친구의 어머니가 나의 집안 사정을 알고, 더 이상 나와 어울리지 말라고 했다는 것이었다.

그 말을 듣는 순간 머리가 멍해졌다. 가슴이 쿵 내려앉으며 먹먹해졌다. 마음이 잘 통했고 함께하면 즐거웠었는데, 우리 사이를 가로막은 것이 집안 형편이 맞지 않아서라니. 막역했던 친구가 어머니의 말씀한마디에 나를 피해야 할 대상으로 바꿔버렸다. 그날 하교하는 내내 쉴새 없이 눈물이 흘렀다. 납득이 되지 않는 이유로 세상에 소외당한 기분이었다. 집에 돌아와서도 부모님께 차마 말하지 못했다. '우리 부모님은 열심히 사신 것밖에 없는데, 그게 왜 배척의 대상이 되어야 하나.'라는 생각과 '그 친구는 부모님이니깐 자신의 어머니 말을 따를 수밖에 없었겠지.'라는 생각이 뒤섞였다. 마음이 복잡했다.

그날 이후 나는 인간관계에 대해 끊임없이 질문하기 시작했다. '사람은 도대체 어떤 이유로 다른 사람을 재단할까?', '경제적인 수준이맞지 않다고 해서 걸러내야 하는 대상이 되는 것이 과연 올바른 것일까?', '그렇다면 무엇으로 사람을 평가해야 할까?'라는 철학적인 질문들이 머리에서 떠나질 않았다. 중학생의 나이에 하기엔 조금 이른 고민이었지만, 그날의 상처가 내게는 너무 깊었다. 누군가의 판단으로 한순간에 관계를 무너뜨릴 수 있다는 사실이 두려웠다. 그리고 그 판단이언제나 합리적이지 않다는 것도 배웠다.

나는 그 일을 겪은 뒤로, 사람을 볼 때 조금 달라졌다. 겉모습이나 말투보다 그 사람이 다른 사람을 어떻게 대하는지를 보기 시작했다. 관계 사이에서 누가 더 인기가 많은지보다, 더 배려할 줄 아는 마음에 눈이 갔다. 화려한 물건을 가진 사람보다, 남의 기분을 먼저 살피는 사람에게 마음이 갔다. 그때부터 '사람 보는 눈'이라는 것이 단순한 안목이 아니라, 내 마음을 지키는 방패라는 사실을 어렴풋이 알게 되었다.

시간이 흘러 사회생활을 하며 그 깨달음은 더욱 선명해졌다. 세상에는 친절하지만, 이익이 엇갈리면 언제든 등을 돌리는 이들도 있었다. 그럴 때마다 나는 중학교 시절 그 친구의 차가운 시선을 떠올렸다. 사람의 내면은 시간이 지나야 보인다는 사실을 다시금 확인했다. 인간관계는 감정으로 시작하지만, 결국 본질은 신뢰였다. 신뢰를 쌓으려면 상대를 알아야 하고, 상대를 알려면 먼저 보는 눈이 있어야 했다.

어릴 적 그 사건은 나를 오랫동안 괴롭혔지만, 지금은 오히려 그 일이 내 인생의 큰 전환점이었다고 생각한다. 만약 그때 아무런 상처도 받지 않았다면, 나는 여전히 겉모습에 속아 관계를 맺었을지도 모른다. 하지만 그 일 이후로 나는 사람을 신중하게 보는 법을 배웠다. 그건 결코 냉소적인 태도가 아니다. 스스로를 지키고 좋은 인간관계를 유지하는 최소한의 기술이다. 세상은 나를 위하는 것처럼 보이지만 사실은 이용하려는 사람이 있고, 진심으로 내 곁을 지키는 사람도 있다. 그것을 구분하는 눈이 바로 생존력이다.

가끔은 누군가를 의심 없이 믿던 순수함이 그리울 때도 있다. 그러나 동시에 그 순수함이 얼마나 위험할 수 있는지도 안다. 사람을 보는 눈이란, 결국 상대의 진심을 알아차리는 힘이자 자신의 에너지를 소모하지 않게 하는 힘이다. 관계 속에서 무너져 본 적이 있는 사람은 사람 보는 눈의 중요성을 절실히 알고 있다.

나는 여전히 사람과의 만남을 좋아한다. 하지만 이제는 관계를 맺을 때 내 마음의 문을 함부로 열지 않는다. 상대가 어떤 말로 나를 감동 시켰는지가 아니라, 그 사람이 어떤 순간에도 일관된 행동을 보이는지 를 살펴본다. 말도 중요하지만, 태도도 중요하다. 또한 태도만큼 중요 한 것은 진심이다. 진심은 시간이 지나도 흔들리지 않는다. 그리고 그 진심을 알아볼 줄 아는 눈이야말로 인간관계를 버티게 하는 힘이다.

살다 보면 누구나 관계에서 상처받는다. 믿었던 친구에게 배신당하 기도 하고, 사랑했던 사람에게 오해받기도 한다. 때로는 그런 순간들 이 우리를 단단하게 만든다. 관계는 우리를 소모시킬 때도 있지만, 동 시에 단련시킬 때도 있다. 상처를 통해 우리는 사람의 이면을 배우고, 그 과정을 통해 보는 눈이 자란다. 결국 인간관계는 끊임없는 학습의 과정이다. 내가 누군가를 이해하려 노력할 때, 동시에 나 자신도 이해 하게 된다.

이제 나는 누군가를 만날 때, 이렇게 스스로에게 묻는다. '이 사람은 나를 소모시키는가?, 아니면 나를 지켜주는가?' 이 질문 하나만으로도 내 마음의 결을 지킬 수 있었다. 사람을 보는 눈은 결국 '어디에 내 에 너지를 쓸 것인가'를 결정하는 능력이다. 그 눈이 흐려지면, 내 마음이 불필요한 관계 속에서 고갈된다. 반대로 그 눈이 맑아질수록, 나는 내 삶을 건강하게 지켜낼 수 있다.

어릴 적 그 친구를 떠올리면 여전히 가슴 한구석이 저릿함을 느낀다.

그러나 원망과 미움 대신 배움을 남기기로 선택했다. 나는 그 친구를 통해 세상에는 다양한 가치관이 존재한다는 사실을 배웠고, 그 차이가 관계의 방향을 바꾼다는 걸 알았다. 그리고 그 배움 덕분에 지금의 나를 지탱하는 인간관계들이 형성되었다. 내게는 서로를 존중하고, 마음을 다해 응원해 주는 사람들이 존재한다. 그들은 내 인간관계 있어서의 '면역력'과 같은 존재이다.

사람을 보는 눈은 결코 타인을 평가하려는 오만함이 아니다. 그것은 나 자신을 지키려는 생존의 지혜다. 겉모습에 속지 않고, 말에 휘둘리지 않으며, 진심의 무게를 느낄 줄 아는 힘. 그것이 결국 인생을 버텨내게 하는 진짜 능력이다. 인간관계의 성공과 실패는 결국 사람을 얼마나 제대로 보느냐에 달려 있다.

그래서 말하고 싶다. 사람을 보는 눈은 단순한 통찰이 아니다. 그것은 곧 생존력이다.

②
혼자 잘 살 수 있는
사람은 없다

시련을 극복하고 성공을 위해서라면 강인한 체력과 정신력이 수반되어야 한다. 하지만 이것만으로 수많은 어려움을 이겨내기란 쉽지 않다. 위기 상황과 시련을 도와줄 사람은 꼭 필요하다. 이럴 때 특히 잘 유지해 놓았던 인간관계가 빛을 발한다. 상대방의 이야기를 잘 경청하고 누군가를 험담하지 않아야 하며, 감사한 마음을 자주 표현한다면, 좋은 인간관계를 맺을 수 있다.

우리는 늘 타인의 수고 속에서 살아간다. 이 단순한 사실을 종종 잊고 살아가지만, 실상 우리 삶은 수많은 타인의 노동과 정성 위에 놓여 있다. 아침에 일어나 우리가 갈아입는 옷, 마시는 커피, 사용하는 스마트폰, 집 안의 전기와 수도, 회사에서 또는 학교에서 사용하는 책상, 도서관에 꽂힌 책 한 권, 심지어 우리가 살아가는 주거지의 건축물까지도 누군가의 땀방울과 시간이 들어가지 않은 것이 없다. 우리가 누리는 모든 것은 누군가의 희생과 수고가 축적된 결과물이다. 이것은 인간이 얼마나 서로 얽히고설켜 살아가는지를 보여주는 명백한 증거다. 우리가 아무리 독립적이고 자립적으로 보이더라도, 그 이면에는 타인의 도움이 존재한다. 그 도움은 눈에 보이지 않지만 확실히 존재하며, 그것이 곧 인간관계의 본질이다.

단적인 예로 쌀이 우리에게 유통되어 밥상까지 오게 되는 과정을 살펴보자. 쌀이 우리의 밥상에 오르기까지는 혼자의 힘으로는 결코 불가능하다. 비옥한 땅을 일구는 농부가 있고, 볍씨를 뿌리고 모내기를 하는 손길이 있으며, 모가 자라도록 햇볕과 물을 관리하는 부지런한 노력이 있다. 수확의 계절에는 추수를 하는 사람들이 있고, 또 그 벼를 도정해 쌀로 탄생시키는 기술자들이 있다. 이 과정 속에는 날씨를 예측하는 기상 관측자, 농기구를 제작하는 기술자, 운송을 맡는 운전수, 시장과 유통을 책임지는 사람까지 얽혀 있다. 결국 우리가 매일 먹는 한 공기의 밥은 수많은 이들의 노동과 땀이 모여 만들어진 결과물인 것이다. 이렇게 이야기하는 사람들도 종종 존재한다.

"나는 혼자서도 잘 살아."
"남에게 기대지 않아."
"내 힘으로 여기까지 왔어."

이 말들은 얼핏 자기 주도적이고 독립적인 태도로 보인다. 그러나 조금만 더 깊이 들여다보면, 그 안에는 사실상 오류가 깔려 있다. 우리가 "혼자 잘 살고 있다."고 믿는 순간조차, 사실은 보이지 않는 수많은 관계와 인프라 위에 서 있는 것이다. 이 사실을 망각할 때 인간은 교만해지고, 관계의 가치를 가볍게 여긴다. 하지만 혼자서는 결코 자신을 온전히 알 수 없다. 거울에 얼굴을 비춰야 자신의 모습을 확인할 수 있듯, 대인과의 관계를 통해서만 나의 성격과 태도, 한계가 드러난다.

화를 잘 내는 사람은 타인과의 충돌 속에서야 비로소 자신의 분노를 자각한다. 배려심 있는 사람도 진심으로 고마워하는 상대방의 눈빛을 통해 그 사실을 체감한다. 고집이 센 사람, 책임감 있는 사람, 따뜻한 사람 등 모든 성격적 특성은 관계 속에서 드러나고 확인된다. 결국 나라는 존재는 고립된 존재가 아니라, 수많은 타인과의 관계라는 맥락 속에서 빛을 발한다.

심지어 우리가 느끼는 고독조차도 우리 혼자서는 느낄 수 없다. 우리를 둘러싼 타인과 집단 또는 사회에서 소외되는 것 같으면 그때 고독의 크기는 더없이 커진다. 이러한 고독조차도 타인이라는 관계에 의해 발생되는 감정이다. 우리는 사회라는 공동체에서 비로소 나 자신이 되는 것이다. 그러므로 타인이 없다면 살아가는 것은 불가능에 가깝다.

누구나 자유를 원한다. 그러나 이 자유는 진공 상태에서 주어지지 않는다. 사회의 법과 제도가 나를 보호할 때, 비로소 자유롭게 거리를 거닐 수 있다. 음식과 에너지를 공급해 주는 사람들이 있기에 나의 생활이 가능하다. 이처럼 관계는 단순한 부담이나 족쇄가 아니라, 자유의 조건이 된다. 관계를 단절하고 오롯이 혼자서 살아가겠다는 생각은 현실적으로 불가능하다. 산속에 들어가 은둔한다 해도, 그가 입고 있는 옷은 누군가 짠 것이고, 도끼와 낫은 누군가 만든 것이다. 철저한 고립은 인간을 자유롭게 하지 않는다. 오히려 생존 자체를 불가능하게 만든다.

한 사람이 성공하는 데는 재능도, 노력도, 운도 필요하다. 하지만 무엇보다 결정적인 것은 '관계'다. 혼자 잘 살아가는 것처럼 보이는 사람도, 사실은 그 뒤에 숱한 보이지 않는 관계의 지지가 있다. 재능을 발견해 준 스승님, 기회를 열어준 누군가의 손길, 실수했을 때 그 실수를 감싸준 동료, 응원해 준 가족. 인생의 결정적인 순간마다 관계가 방향을 바꾸고 길을 열었다. 좋은 스승을 만나느냐, 신뢰할 동료를 얻느냐, 곁에서 믿어주는 가족이 있느냐. 이것이 인생의 성패를 가른다.

우리가 매일 밥을 먹듯, 삶도 관계라는 보이지 않는 그물망 위에서 유지된다. 나의 기분을 북돋우는 친구의 농담, 피곤한 날 집안일을 대신 해주는 가족의 손길, 힘들 때 보내온 한 통의 격려 메시지. 이런 사소한 관계의 힘이 모여 우리의 일상을 지탱한다. 관계가 끊어지면 삶은 무너진다. 고립된 노인은 병에 걸리면 회복이 더디고, 사회적 연결이 단절된 청년은 무기력과 절망에 빠진다. 반대로 관계망이 튼튼한 사람은 시련이나 어려움 속에서도 다시 일어설 수 있다. 결국 관계는 단순한 선택지가 아니라, 생존의 조건이다.

그러므로 혼자 잘 살 수 있는 사람은 없다. 우리가 지금 여기까지 올 수 있었던 것은 수많은 이들의 도움과 관계 덕분이다. 이 깨달음은 우리를 겸손하게 만든다. "내 힘으로 다 해냈다."라고 말하는 대신, "많은 이들의 덕분이었다."라고 고백할 수 있는 사람, 그가 진정으로 성숙한 사람이라고 생각한다. 쌀 한 톨도 혼자 힘으로 자라지 않듯이, 인간 또한 관계 속에서 자란다. 우리의 인생은 홀로 걷는 외줄타기가 아니라, 상호보완적인 길 위에서 꽃피운다. 그러므로 관계를 소중히 여기고, 타인의 도움을 감사히 받아들이며, 누군가의 삶을 지탱하는 존재가 되어야 한다.

시카고 대학과 캘리포니아 대학의 공동 연구에 따르면, 정기적으로 대화를 나누는 상대가 6명 이상 있는 사람은 감기 유발 바이러스에 대한 저항력이 그렇지 않은 사람보다 4배 이상 높다고 한다. 이 연구는 단지 감기라는 질병 하나에 대한 데이터가 아니라, 관계가 인간의 면역체계에까지 영향을 준다는 강력한 증거였다. 연구진은 사람과의 관계가 스트레스 호르몬을 낮추고 면역 기능을 강화시킨다고 설명했다. 그저 즐거운 수다나 의미 있는 대화가 몸속에서 면역반응을 촉진시킨다는 게 사실로 드러난 것이다.

즉, 인간관계는 우리의 생존과 건강을 동시에 책임지는 치료제이기도 하다. 외롭고 단절된 삶은 인간의 본능적 필요에 반하고, 신체적인 기능까지 위협할 수 있다. 반면 누군가와 관계를 맺고, 그 속에서 소속감을 느끼며 살아가는 사람은 심리적으로도 안정되고 육체적으로도 건강해진다. 우리가 매일 누군가에게 안부를 묻고, 사소한 대화를 나누며, 함께 시간을 보내는 행위는 그 자체로 치유이자 건강을 지키는 방법이다. 그것은 무의식중 우리가 자연스럽게 실천하고 있는 삶 속 예방법이기도 하다.

혼자서도 괜찮다는 말은 어쩌면 관계에 대한 기대가 좌절된 경험의 산물일지도 모른다. 하지만 단절은 결국 자신을 갉아먹는다. 우리는 연결되어 있을 때, 인간으로서의 가치와 존엄성을 느낄 수 있다. 타인과의 관계는 어떤 상황에서도 가장 강력한 생존 수단이다.

어떤 사람은 세상을 살아가는 데 있어 가장 중요한 것은 개인의 업무 능력이나 경제적 자본이라고 말한다. 틀린 말은 아니다. 하지만 능력과 자본도 사람과의 관계 안에서만 빛날 수 있다. 수많은 기회도 사람을 통해서 오고, 어떠한 마음의 상처도 사람을 통해서 치유된다. 좋은 사람이 한 사람의 인생을 바꾸기도 하고, 나쁜 사람이 타인의 삶을 망가뜨리기도 한다. 그러니 우리는 관계를 맺는 일에 신중해야 하며, 동시에 용기를 내야 한다.

관계는 연습을 통해 나아질 수 있다. 처음에는 서툴고 어색할지 몰라도, 자꾸 부딪히고 마주하다 보면 더 나은 관계를 맺을 수 있다. 그리고 무엇보다 중요한 것은, 나 역시 누군가에게 그런 존재가 되어주려는 태도다. 나도 누군가에게는 의미 있는 사람, 신뢰를 줄 수 있는 사람, 필요할 때 곁을 지켜주는 사람이 되어야 한다.

좋은 관계는 우연히 주어지지 않는다. 그것은 끊임없는 시도와 노력,

때로는 상처를 감수하면서 얻어지는 것이다. 좋은 관계를 유지하는 것은 쉽지 않다. 때론 상처를 받을 수도 있고, 오해가 있을 수도 있다. 그럼에도 불구하고 우리는 다시 사람을 향해 나아가야 한다. 왜냐하면 우리는 혼자 살아갈 수 없는 존재이기 때문이다.

진짜 강한 사람은 혼자 견디는 사람이 아니라, 함께 살아가는 법을 아는 사람이다. 그런 사람은 넘어져도 일어설 수 있고, 울어도 다시 웃을 수 있다. 함께할 사람이 있다는 사실, 그것 하나만으로도 우리는 더 멀리 나아갈 수 있다. 그러니 외롭다고 느껴질 때일수록, 먼저 다가가자. 관계 맺기를 시도하자. 그리고 배려하며 살아가자. 그 모든 것이 결국 나를 더 나은 삶으로 이끌어 줄 것이다.

혼자 잘 살 수 있는 사람은 없다. 삶의 갈피마다, 길모퉁이마다 누군가의 손길이 필요하다. 우리는 관계없이 존재하지 않는다. 진짜 '잘 산다'는 것은 건강한 사회 속에서 살아간다는 뜻이다.

③
사람은 거울이 되어
나를 비춘다

삶 속에서 우리는 수많은 관계와 마주한다. 그 관계들은 단순한 만남 이상의 의미를 품고 있다. 누군가와 마주칠 때, 그 사람의 태도와 표정, 말투는 마치 거울처럼 나 자신에게 되돌아온다. 그러므로 타인을 탓하거나 세상을 원망하기 전에, 먼저 내 마음과 태도를 돌아봐야 한다.

딸아이가 막 돌이 지난 무렵, 조금씩 걷기 시작하던 때의 일이다. 아이는 하루에도 몇 번씩 휘청거리며 넘어졌고, 그때마다 나는 차분한 목소리로 말했다. "괜찮아. 일어나서 손 털고 다시 걸어오면 돼." 나는 이 말을 무의식중에 습관처럼 반복했다. 그 말을 들은 딸은 울지 않았다. 늘 스스로 일어났다. 그리고 손바닥을 털고 다시 나를 향해 아장아장 걸어왔다.

나는 어느 순간부터 그 문장을 지속적으로 사용하게 되었고, 딸은 그 말의 의미를 몸으로 이해하고 있었다. 그리고 어느 날, 키즈카페에서 딸과 또래쯤으로 보이는 아이가 장난감을 들고 뛰다 넘어지는 장면을 목격했다. 아이는 놀라 울음을 터뜨렸고, 그 순간 내 딸이 조심스럽게 다가가 말했다. "괜찮아. 일어나서 손 털고 다시 걸으면 돼." 순간 나는 놀라움을 금치 못했다. 오목조목 작은 입에서 흘러나온 아이의 말은 내가 늘 딸에게 해왔던 말이었기 때문이다. 그리고 그 말을 고스란히 배운 아이는 이제 또 다른 누군가를 위로하는 존재가 되어 있었다. 가슴이 벅차올랐다. 말 한마디가 단단한 사람으로 키우고, 또 다른 이에게 전해진다는 것. 나는 그날 아이를 통해 나 자신을 보았다. 그리고 그 작은 몸이 세상이라는 거울 속에 내 마음을 비추고 있음을 실감했다.

우리는 끊임없이 타인과 관계를 맺고, 그 속에서 자신을 발견하며, 때로는 타인의 모습 속에서 자신의 모습을 발견한다. 바로 이 현상을 과학적으로 설명해 주는 것이 '거울뉴런'이다. '거울뉴런'은 다른 사람이 어떤 행동을 할 때, 마치 자신이 그 행동을 수행하는 것처럼 뇌가 반응하는 신경 세포를 말한다. 예를 들어, 누군가 하품을 하면 나도 모르게 하품을 하게 되는 경험, 혹은 누군가 웃으면 나도 함께 웃게 되는 경험이 바로 거울뉴런의 작용 때문이다.

이러한 뇌의 배선은 인간이 사회적 동물로 살아가는 데 필수적인 장치다. 다른 동물들에 비해 인간은 거울뉴런이 풍부하게 발달해 있어, 단순한 행동뿐 아니라 감정과 고통까지 무의식적으로 모방한다. 즉, 우리는 타인의 기쁨, 슬픔, 긴장, 심지어 불안과 화까지도 직간접적으로 경험하며, 그것이 나의 행동과 감정에 영향을 준다. 이 사실을 알고 나면, 우리가 주변 사람들과 나누는 감정과 태도가 얼마나 큰 영향을 미치는지 새삼 깨닫게 된다.

거울뉴런의 존재는 인간관계에서 내가 행한 작은 행동이 큰 파장을 일으킨다는 사실을 잘 보여준다. 우리가 웃고 친절하게 대할 때, 상대방은 그 웃음과 친절을 무의식적으로 받아들이고 반영한다. 반대로 화를 내거나 불쾌한 표정을 지을 때, 상대방도 그 감정을 받아들여 마음이 닫히거나 긴장하게 된다. 미세한 표정, 말 한마디, 작은 몸동작조차 관계 속에서 서로의 마음과 행동을 형성하는 도구가 된다.

이것은 곧 인간관계가 나를 비추는 거울이라는 의미와 연결된다. 내가 상대에게 어떤 태도와 감정을 보여주느냐에 따라, 그 사람은 나를 통해 자신을 느끼고 반응한다. 예를 들어, 직장에서 동료가 항상 불평하고 짜증을 내는 모습을 보면서 나도 모르게 피곤함과 짜증을 느끼는 경험을 한 적이 있을 것이다. 반대로 상대가 차분하고 긍정적인 태도를 보이면, 나 또한 마음이 편안해지고 안정감을 느끼게 된다. 인간은 타인의 감정을 단순히 관찰하는 존재가 아니라, 무의식적으로 체득하고 반응하는 존재다.

이런 현상은 가족, 친구, 직장 동료 등 가까운 사람들과의 관계에서 특히 두드러진다. 부모가 아이에게 보여주는 태도와 감정은 그대로 아이의 감정 형성에 영향을 미치고, 친구 사이의 사소한 행동들이 관계 전체의 분위기를 바꾸기도 한다. 거울뉴런은 단순히 신경학적 현상에 그치지 않고, 인간관계의 질을 결정하는 근본적 장치가 된다. 우리는 무의식적으로 타인의 감정을 흡수하고, 다시 자신에게 반영하기 때문에, 건강한 관계를 만들기 위해서는 먼저 자신의 태도와 감정을 돌아봐야 한다.

그렇다면, 우리는 어떻게 거울처럼 비추는 인간관계 속에서 스스로를 지키면서도 관계를 건강하게 만들 수 있을까. 첫째, 자신이 상대에게 어떤 감정을 전달하고 있는지 의식하는 것이 필요하다. 화나 불만, 피로와 짜증을 무심코 내보내면, 상대방도 그 감정을 흡수하게 된다. 반대로 친절, 배려, 긍정적인 감정을 먼저 보여주면, 상대방 역시 무의식적으로 그것을 반영한다. 이러한 작은 의식적 노력만으로도 관계의 질은 크게 달라진다.

둘째, 상대방의 감정을 관찰하고, 그것을 존중하며 공감하는 태도를 갖는 것이 중요하다. 단순히 상대가 어떤 행동을 했는지를 보는 것에서 멈추지 않고, 그 행동에 담긴 감정과 맥락을 이해하려는 시도가 필요하다. 예를 들어, 동료가 회의 중 짜증을 내거나 급하게 말한다고 해서 단순히 성격이 나쁘다고 판단하는 대신, 그 속에 어떤 고민이나 압박이 숨어 있는지 상상해 보는 것이다. 이렇게 공감하며 관찰하면, 우리는 무의식적으로 상대의 감정을 흡수하면서도 판단과 감정을 조절할 수 있다.

셋째, 관계 속에서 거울이 되어 자신에게 돌아오는 감정을 성찰하는 습관을 가지는 것이 좋다. 상대의 행동에 의해 생기는 내 감정과 반응을 관찰하고, 그것이 내 마음에 어떤 영향을 미치는지 분석하면, 스스로 감정의 주인이 될 수 있다. 예를 들어, 친구의 짧은 한마디가 나를 불쾌하게 만들었다면, 왜 그런 감정을 느꼈는지 스스로 성찰하면서, 상대가 아닌 내 마음에서 원인을 찾는 것이다. 이런 성찰은 불필요한 갈등을 줄이고, 관계를 건강하게 유지하는 데 도움을 준다.

거울뉴런은 인간이 사회적 동물로 살아가는 데 필수적인 장치이지만, 동시에 무의식적 모방으로 인해 감정의 혼란을 만들 수도 있다. 따라서 우리는 관계 속에서 자신과 타인의 감정을 모두 인식하고 조율할 필요가 있다. 내 마음이 흔들리면 상대방도 흔들리고, 상대방의 감정이 불안하면 나 또한 영향을 받는다. 반대로 내가 평온과 긍정, 존중을 먼저 보여주면, 그 감정은 자연스럽게 돌아와 관계를 안정시키고 강화한다.

이러한 원리는 가족, 친구, 연인, 직장 동료 등 모든 인간관계에서 적용된다. 부모가 아이에게 긍정적 태도와 공감을 먼저 보여주면, 아이는 자신감과 안정감을 갖는다. 친구 사이에서도 먼저 배려와 이해를 보이면, 그 친구는 나에게 마음을 열고 신뢰를 쌓는다. 직장에서는 상사가 평정심과 배려를 먼저 보여주면, 팀 전체의 분위기가 긍정적으로 바뀌고 협력과 생산성이 높아진다. 인간관계의 질은 결국 내가 보여주는 태도와 감정의 거울 속에서 결정된다.

결국 '사람은 거울이 되어 나를 비춘다.'는 말은 단순한 관찰이 아니라, 인간관계의 원리를 담고 있다. 우리가 보여주는 감정과 태도는 상대방에게 그대로 반영되고, 그것이 다시 나에게 돌아온다. 따라서 건강한 관계를 만들고 싶다면, 먼저 자신의 감정과 태도를 성찰하고, 긍정적이고 공감 가능한 모습들을 의식적으로 보여주어야 한다. 거울 속의 나는 단순히 나를 비추는 존재가 아니라, 동시에 상대와의 관계를 만들어가는 창조적 힘을 가진 존재인 것이다.

이처럼 거울뉴런과 인간의 무의식적 모방 행동은 단순한 신경학적 현상을 넘어, 인간관계의 본질을 보여준다. 우리가 주변 사람에게 어떤 감정을 전하고, 그들의 감정을 어떻게 받아들이는지에 따라, 관계의 질과 나 자신의 정서가 결정된다. 타인을 이해하고 존중하며, 긍정과 배려를 먼저 보여주는 삶은, 결국 나와 상대방 모두에게 더 건강하고 풍요로운 인간관계를 만들어 준다. 거울은 단순히 나를 비추는 도구가 아니라, 내가 보여주는 마음이 상대에게 돌아오고, 다시 나에게 영향을 미치는 소중한 장치이다.

과거 음식점에서 서빙 아르바이트를 했던 기억을 떠올렸다. 그곳에서 손님들의 태도는 종업원의 표정과 서비스에 직결되었다. 내가 친절하게 응대하면 손님들도 나에게 친절과 예의를 갖추었다. 반면 말투에 피곤함과 퉁명스러움이 묻어나오는 듯하면 손님들은 민감하게 알아차리고 불친절로 답변했다. 사람의 태도는 거울이다. 내가 상대를 어떻게 대하느냐에 따라 상대방의 감정도 달라졌고, 그런 감정의 변화는 나에게 다시 영향을 미쳤다.

그 깨달음은 내 삶 전반에 스며들었다. 인간관계란 개인의 삶과 떼어 놓을 수 없다. 그것은 끊임없이 작용과 반작용하며, 서로를 비추고 영향을 주고받는 살아 있는 과정이다. 우리는 누군가를 통해 자신을 발견하고, 성장한다.

때로 우리는 거울을 탓한다. 거울이 왜 이렇게 뿌연지, 거울 속 인물이 왜 이렇게 인상 쓰고 있는지. 하지만 정작 문제는 거울이 아니다. 그 안의 얼굴, 바로 나다. 내가 웃으면 거울 속 인물도 미소 짓고, 내가 인상을 쓰면 거울 속 세상도 찌푸린다. 결국 세상은 나를 반영하는 거대한 거울이다. 내 세상의 거울을 아름답게 만들고 싶다면, 먼저 내 표정을 바꿔보자.

상대방에게 따뜻한 말을 건네고, 부드러운 눈빛을 보내며, 나의 태도부터 다듬어 보자. 그렇게 함으로써 나는 더 따뜻한 세상과 밀도 있는 인간관계를 만들어 나갈 수 있으리라 믿는다. 내가 딸에게 했던 말 한마디가 또 다른 아이에게 전해졌던 것처럼, 나의 작은 진심이 또 다른 누군가에게 전해지리라 믿는다. 그것이 바로 관계의 힘이고, 말의 힘이다.

그리고 되새긴다.

사람은 나를 비추는 거울이다. 거울을 탓해봤자, 거울에 비친 나의 표정은 달라지지 않는다. 세상을 따뜻하게 보고 싶다면, 먼저 내 마음과 표정을 따뜻하게 바꾸면 된다. 우리가 만나는 사람들, 상대에게 건네는 말들, 그리고 오고 가는 대화 속 나의 미세한 표정들. 그 모든 것이 결국 나로 향하는 메아리가 된다.

④
인간관계에도
'면역력'이 필요하다

우리는 관계를 통해 상처를 입기도 한다. 사람과 사람이 만난다는 건 서로 다른 세계가 부딪히는 일이다. 아무리 애써도 서운함은 생기기 마련이고, 조심한다고 해도 때때로 상대에게 상처를 준다. 누구도 예외는 없다. 사랑하는 사람에게 실망하기도 하고, 가장 가까운 사람에게도 배신당할 수 있다. 그래서 관계는 아름다우면서도 위험하고, 필요하면서도 피로감을 유발한다. 중요한 건, 이 관계들이 우리를 어떻게 흔드는 가다. 누군가의 말 한마디에 하루가 망가진 적이 있는가. 상대방의 무표정에 내 존재가 무시당한다고 느껴진 적 있는가. 그렇다면 타인의 말과 행동에 얼마나 취약한지를 이미 알고 있는 것이다. 그래서 우리는 감정을 다스리는 방법만큼이나, 상처를 흡수하지 않고 걸러내는 능력,

즉 관계의 '면역력'을 필요로 한다.

2014년 소치 동계올림픽. 온 국민과 세계의 시선이 쏠린 가운데 피겨스케이팅 선수 김연아는 단 한 번의 실수 없이 자신의 마지막 올림픽 연기를 끝마쳤다. 기술적으로나 예술적으로나 완벽에 가까운 무대였고, 금메달은 당연한 결과처럼 보였다. 그러나 심판들의 점수는 달랐다. 금메달은 러시아의 아델리나 소트니코바에게 돌아갔고, 김연아는 은메달에 머물렀다. 곧장 전 세계의 언론은 이 판정을 도둑질이라고 불렀다. 팬들은 분노했고, 피겨 전문가들조차 납득할 수 없다고 입을 모았다. 하지만 정작 당사자인 김연아는 경기 후 이어진 인터뷰에서 이렇게 말했다. "항의한다고 해서 결과가 바뀔 것 같진 않아요. 그것에 대한 억울함, 속상함은 전혀 없고요, 좋은 기분을 유지하고 싶습니다." 그 말 한 줄에 담긴 무게는 결과보다 깊었다. 억울함을 이야기하지 않았고, 심판을 탓하지 않았으며, 감정에 휘둘리는 모습을 전혀 보이지 않았다. 오히려 끝까지 품위를 지켰고, 그 침착함은 보는 이들의 마음까지 정화시켰다.

억울할 수밖에 없는 순간이었다. 누구라도 울거나 화를 냈을 법한 상황에서 그녀는 중심을 잃지 않았다. 이 장면은 관계의 면역력이란 무엇인지, 그 정수를 보여주는 상징이 되었다. 그저 무덤덤함이 아니다. 느끼지 않는 게 아니라, 감정을 다스릴 줄 아는 것이다. 김연아는 그 순간의 억울함이 자신의 모든 것을 설명할 수 없다는 걸 알고 있었다. 불공정한 상황이 일어난다 해도, 그것이 자기 존재를 바꾸는 것은 아니라는 확신이 그녀 안에 있었다. 관계의 면역력은 바로 그런 확신에서 시작된다. 타인의 말, 세상의 평가, 관계 속 불공정함이 나를 근본부터 흔들지 않도록 지켜주는 내면의 항체 같은 것. 말하자면, 그건 상처를 느끼지 않는 능력이 아니라, 상처 속에서도 자신을 잃지 않는 능력이다.

우리는 살아가며 셀 수 없이 많은 관계를 맺는다. 가족, 친구, 동료, 연인, 이웃, SNS 속 타인까지. 이 모든 관계에서 우리는 기대하고 실망하고, 또 때로는 부서진다. 상사의 날이 선 지적에 자신감이 무너지고, 친구의 무심한 말에 존재 자체를 부정당하는 듯 느끼고, 사랑하는 사람의 비난에 하루가 뒤틀린다. 관계가 깊을수록 상처도 깊어진다. 기대가 크면 실망도 커지고, 애정을 많이 쏟을수록 외면당할 때의 고통도 크다. 그래서 우리는 무의식적으로 관계를 피하거나 감정을 감추고, 혹은 반대로 지나친 방어기제가 작동된다. 누군가 내게 상처를 주면 그 사람을 지워버리거나, 더 이상 기대하지 않겠다고 다짐한다. 하지만 그렇게 하나씩 관계를 끊어내다 보면 결국 남는 건 외로움뿐이다. 혼자가 되는 것은 결코 명쾌한 해답이 아니다. 상처받는 게 두려워 혼자가 되는 것은 비합리적인 선택이다. 그것은 방어가 아닌 위축이고, 자유가 아닌 도피다. 관계 속에서 무너지지 않으려면, 끊어내는 것보다 더 중요한 것은 흔들림 속에서도 중심을 지키는 능력, 즉 '관계 면역력'이다.

김연아의 답변은 많은 것을 함축하고 있다. "좋은 기분을 유지하고 싶습니다." 얼마나 절제된 말인가. 억울하지 않다고 말했지만, 그것은 억울함을 느끼지 못해서가 아니다. 억울함에 휘둘리지 않겠다는 다짐이었을 것이다. 그 감정의 조절은 단순한 인내심이나 성격의 문제가 아니었다. 어릴 적부터 수많은 언론과 대중의 평가 속에서 살아온 그녀는 아마 이미 수없이 많은 상처를 겪었을 것이다. 그렇기에, 어느 순간부터는 타인의 말이 나의 중심을 흔들게 두지 않는 법을 배운 것이다. 이건 기술이다. 훈련이다. 관계의 면역력은 선천적으로 주어지지 않는다. 반복되는 실망과 상처를 겪으며, 그때마다 자신을 어떻게 회복할 것인가를 스스로 배우는 사람만이 가질 수 있는 내성이다.

관계 면역력을 기르는 데는 몇 가지 중요한 연습이 있다. 첫째, 감정을 정확히 인식하면서도 그것과 나를 동일시하지 않는 것. 누군가의 말이 아프게 다가왔을 때, 그것이 나의 진짜 정체성을 말하는 것은 아님을 분명히 하는 태도가 중요하다. 둘째, 기대치를 조절하는 것. 내가 준 만큼 반드시 돌려받지 못할 수도 있다는 사실을 미리 받아들이는 것이다. 셋째, 말하지 않으면 더 멀어진다는 사실을 기억하는 것. 서운함을 감정으로만 소비하지 않고, 말로 표현해 관계를 회복하려는 노력이 필요하다. 넷째, 나의 가치를 타인의 피드백에 의존하지 않는 것. 칭찬이 없다고 내가 무가치한 것이 아니고, 비난을 받았다고 내가 틀린 건 아니라는 자기만의 기준을 세우는 일이다.

인간관계는 삶에서 중요한 부분을 차지한다. 성공도, 실패도, 기쁨도, 절망도 모두 관계에서 비롯된다. 관계 속에서 흔들리지 않는 법을 배우는 것이야말로, 삶을 지키는 기술이다. 면역력이란 곧 회복탄력성이다. 상처받지 않는 사람이 아니라, 상처받아도 무너지지 않는 사람.

감정의 풍랑 속에서도 중심을 지킬 줄 아는 사람. 김연아의 대답은 이제 우리에게 질문이 된다. 나는 관계 속에서 얼마나 쉽게 무너졌는가. 나는 어떤 말에 내 자존감이 움직이는가. 또한 상처를 견디는 힘뿐만 아니라, 상처 속에서 나를 지키는 힘까지 가지고 있는가.

한때 나는 모든 말에 흔들렸다. 누군가의 무책임한 한마디에 서운함이 솟구쳤고, 날카로운 지적 한 줄에 하루가 무너졌다. 이유는 단순했다. 내 안에 중심이 없었기 때문이다. 나를 바라보는 타인의 눈이 내 존재를 비추는 거울이었고, 그들의 말이 내 가치의 척도처럼 느껴졌다. 가까운 사람의 실망스러운 반응은 곧 내 존재를 부정당한 것처럼 느껴졌고, 때때로 무심코 던져진 농담조차도 마음 깊이 꽂혔다. 관계는 필연적으로 불완전하다. 그 불완전함 앞에서 나는 자주 무너졌다. 감정에 휘둘리는 일이 잦아졌고, 관계를 이어가기 위해 나 자신을 억누르기도 했다. 서운함이 곧 거리감이 되었고, 비난이 스스로에 대한 의심으로 이어졌다. 그 모든 것이 관계의 문제인 줄만 알았는데, 사실은 내 안에 타인으로부터 상처받으면 회복할 수 있는 '면역력'이 부족했던 것이다.

그 무력감을 다스리고 싶었다. 일이 힘든 건 참을 만했지만, 사람이 힘든 건 참기가 힘들었다. 나는 책으로 눈을 돌렸다. 심리학, 회복 에세이 등 인간관계에 관련된 책들이라면 닥치는 대로 찾아보기 시작했다. 처음엔 단순히 인간관계로 무너진 현실에서 도피하고 싶어서였다. 관계에 지친 마음을 다른 세계로 옮기고 싶었다. 하지만 어느 순간부터 독서는 회피가 아니라, 탐구 시간이 되었다. 나는 책을 통해 처음으로 내 안을 들여다보기 시작했다. 왜 나는 이렇게 쉽게 흔들릴까. 왜 누군가의 말 한마디에, 시선에 이토록 민감해지는 걸까. 책은 내게 말해주었다. 내면이 비어 있을수록 외부의 소음이 크게 들린다. 자기 확신이 약할수록 타인의 인정에 목을 맨다. 나는 읽고, 또 읽으며 나 자신과 마주했다. 나만의 기준을 세우기 시작했고, 조용한 성찰을 일상으로 삼았다. 그것은 문장들을 음미하는 일이었고, 하루를 돌아보는 기록이었다. 그렇게 나는 내면에 단단한 벽돌을 하나하나 쌓아갔다.

놀랍게도 벽돌이 어느 정도 쌓이자, 외부의 소음들이 점점 줄어 들었다. 책에서 읽었던 내용을 현실에 대입하기 시작했다. 그랬더니 예전 같았으면 마음이 덜컥 무너졌을 말에도, 중심을 잡을 수 있게 되었다. '그 사람이 그렇게 느꼈을 수도 있을 거야.', '이건 나에 대한 정의가 아니라, 그의 관점일 뿐이야.' 이런 마음의 소리들이 끊임없이 경종을 울렸다. 나는 더 이상 상처의 말에 갇히지 않게 되었다. 부정적인 감정이 나오더라도 휘둘리지 않았고, 명상과 심호흡을 통해 잠시 머물다 흘러가는 것을 지켜볼 수 있게 되었다. 관계에 면역력이 생긴 것이다. 모든 말에 상처받지 않는 것이 아니라, 상처가 나를 잠식하지 않도록 하는 힘. 그것은 고요한 내면에서 오는 것이었다.

가끔은 이렇게 변한 내가 낯설게 느껴지기도 했다. 예전의 나는 불편함을 참지 못했고, 늘 사람들의 이야기에 민감하게 반응했다. 그러나 이제는 누군가의 말이 곧장 감정으로 연결되지 않는다. 일희일비가 줄었고, 감정의 진폭이 잦아졌다. 관계가 편안해졌고, 거절당하거나 오해받을 때조차 마음이 지나치게 흔들리지 않게 되었다. 그것이 가능했던 건, 바깥세상을 조율한 것이 아니라, 내면을 다스렸기 때문이다. 책은 내게 묻지 않았다. 다만 고요하게 나를 비추었고, 그 비춤 속에서 나를 알아가기 시작했다. 그게 바로 관계 면역력의 시작이었다.

모든 인간관계가 완벽할 수는 없다. 상처는 언젠가 다시 오겠지만, 그게 나를 무너뜨리진 않을 것이다. 부정적인 감정은 여전히 피어오를 때가 있겠지만, 그것이 나를 잠식시키진 않을 것이다. 중심을 가진 사람은 바깥의 소음을 껴안을 수 있다. 우리는 누구나 미완성의 존재이지만 완성으로 가기 위해 노력해야 한다. 흔들릴 수는 있어도 무너지지는 않는 나. 사람들과 함께 살아가기 위한 나만의 면역력을, 나는 오늘도 책 속에서 조금씩 길러가고 있다.

모든 관계는 완벽하지 않다. 갈등은 피할 수 없고, 때로 상처도 받는다. 중요한 것은 그때마다 흔들리기보다 관계의 '면역력'을 기르는 것이다. 관계의 면역력이 있는 사람은 불편한 관계를 피하지 않고, 감정을 다스릴 줄 안다. 관계의 면역력이란, '모든 말에 상처받지 않는 것.', '실망에도 관계를 끊지 않는 것.', '서운함을 감정으로만 소비하지 않는 것.'이다.

⑤
관계의 품격이
당신의 품격이다

 엔지니어링 A업체의 김 대표님은 관계의 품격이 곧 조직의 품격임을 일상으로 보여주는 인물이었다. 그는 모든 직원에게 언제나 존댓말을 사용했고, 업무를 지시할 때는 반드시 "부탁드립니다."라는 단어를 붙였다. 이 사소한 단어들이 회사 전체의 분위기를 바꿔 놓을 수도 있다. 이 업계는 공사 현장의 측량 작업이 대부분이었다. 그렇기에 업무가 고되고 사람이 자주 교체되는 특성이 있었다. 프로젝트마다 사람을 구하기가 어려웠고, 업무의 난이도가 높은 현장이라면 직원들이 금세 떠나버리는 경우도 잦았다. 그런데도 A업체에서는 직원들이 퇴사하는 일이 거의 없었다. 이는 단순히 복지나 급여 때문만은 아닐 것이다. 대표님의 품격 있는 언어가 조직 내 신뢰와 존중을 쌓아온 결과라고 생각한다.

A업체 창립 멤버로 김 대표님과 오랜 시간 함께 일한 권 부장은 이렇게 말했다. "김 대표님은 업계에서 제가 본 사람 중 가장 젠틀하세요. 늘 존중받고 있다는 느낌이 들어요." 이 말은 그저 존댓말을 한다는 의미 이상의 신뢰를 담고 있다. 존중받고 있다는 감정은 피상적인 예의가 아니라, 꾸준한 태도와 언어가 지속적일 때 생긴다. 김 대표님은 누구를 대하든 위치나 역할에 따라 대우를 달리하지 않았다. 신입사원이든, 정년을 얼마 남기지 않은 베테랑이든, 기술자든, 행정 직원이든, 모두를 한 인간으로 존중하고 예의 바르게 대해왔다. 이 일관된 태도는 그 사람의 품격을 드러내는 지표가 되었다. 즉, 관계의 품격은 권력이나 직급의 방향이 아니라, 그 사람 안에 내재된 철학에서부터 비롯되었다.

김 대표님의 언어는 단순한 표현이 아닌 실천이었다. 직원이 실수를 하더라도 바로 반응하지 않고 차근히 얘기했다. "이 부분 이렇게 고쳐볼 수 있을까요? 부탁드립니다."라는 말 속에는 상대방을 존중하는 인간으로서의 존엄성이 담겨 있었다. 그리고 그 언어는 즉각적인 권유보다 오히려 상대의 자존감을 지켜주었다. 한번은 현장에서 위급한 상황에 팀장이 김 대표님에게 문제를 보고했다. 긴박한 상황이었지만 김 대표님은 "팀원들은 다친 곳이 없는지요? 다들 괜찮습니까?"라고 말하며 먼저 직원들의 안전을 물었다. 그 말은 소통의 흐름을 바꿔 놓았다. 그 직원은 당시 "내가 존중받고 있구나, 상황을 함께 풀어가려 한다는 것을 느꼈다."고 회고했다. 이런 관계의 품격이 하루아침에 생기는 것은 아닐 것이다. 상대에 대한 존중의 마음을 꾸준하게 표현할 때 비로소 품격이 완성된다.

김 대표님의 이러한 언어와 태도는 회사 문화에 스며들었다. 직원들은 서로 존댓말을 사용하는 것이 자연스러워졌고, 요청할 때에도 "부탁드립니다."라는 말을 습관처럼 붙이기 시작했다. 상하 구분 없이 예의를 지키는 문화는 팀 간의 협업을 유연하게 이끌어 갔고, 또한 문제를 명확히 전달하고 대응하는 데도 오히려 효과적이었다. 결과적으로 고객사와 협의할 때도 협상력보다 신뢰가 앞섰다. 고객들은 "이 회사는 기술이 우수할 뿐 아니라, 사람을 대하는 태도가 다르다."고 입을 모아 말했고, 김 대표님은 "항상 사람이 우선입니다."라고 답했다. 이러한 김 대표님의 신념이 조직의 차별화된 경쟁력이 되었다.

많은 조직에서 관계가 흔들리는 이유는 서로를 존중하는 마음이 누적되지 않기 때문이다. 예의와 존중이 쌓이면 그것은 곧 조직의 기초이자 뼈대가 된다. 김 대표님은 직원들뿐만 아니라 협력사에게도 같은 존중을 베풀었다. 기술자를 만날 때나, 타 업체 직원들을 만날 때에도 그는 똑같은 언어를 사용했다. "부탁드립니다.", "감사합니다."와 같은 단어들이 상대를 존중하는 태도의 산물일 것이다. 권 부장의 말에 의하면, 창립된 지 얼마 되지 않아 조직 내 분위기는 자연스럽게 편안해졌고, 나아가 직원들에게는 자발적인 애사심이 생겼다고 했다. 이 회사는 눈에 보이지 않는 신뢰라는 자산을 쌓아갔다.

어떤 자리, 어떤 위치에 있든 상대를 하나의 인격체로 존중하는 사람의 태도는 그 사람 자체의 품격을 말해준다. 직급에 따라 태도가 달라지는 리더가 아니라, 직급과 상관없이 동일한 태도를 유지하는 리더는 품격이 남다르다. 그 품격은 타인의 감정이나 위치에 휩쓸리지 않고, 자기만의 단단한 철학에 근거한 실천에서 나온다. 김 대표님의 일화는 그 점을 분명하게 보여준다. 그는 기술 지시서보다 사람의 마음 상태에 먼저 관심을 두었고, 그 관심은 사람들에게 다시 신뢰를 낳았다.

관계의 품격은 누군가를 대하는 한순간의 매너가 아니다. 그것은 관계에 임하는 태도, 언어, 감정에서 비롯된다. 존중은 말 한마디로 생기는 것이 아니라, 말하고 행동한 것을 일관되게 오래 반복할 때 생긴다. 그리고 그 품격이 조직을 살리고, 사람을 오래 머물게 만든다. 결국 핵심은 상대에 대한 존중감이다. 존중은 실천할 때 비로소 품격이 된다.

비가 내리는 어느 날 초라한 모습의 노부인이 백화점에 들어섰을 때, 대부분의 직원들은 아무런 관심도 보이지 않았다. 노부인은 비에 젖어 불편하고 어색한 상황 속에서 불안한 마음으로 주변을 둘러봤지만, 주위 사람들은 시선을 피하며 마치 존재하지 않는 것처럼 지나쳤다. 그러나 말단 직원 페리는 달랐다. 그는 조심스럽게 다가가 따뜻한 말 한마디를 건네고, 노부인이 편히 비를 피할 수 있도록 의자를 마련해 주었다. 페리의 작은 행동은 단순한 친절을 넘어서 그날 노부인의 기억 속에 깊이 새겨졌다.

부인은 페리의 명함을 받아 돌아갔고, 몇 달 후 백화점 사장에게 한

통의 편지가 도착했다. "제가 소유한 섬 전체를 위한 가구를 귀사의 백화점과 계약하고 싶습니다. 단, 조건은 페리 씨가 담당해야 한다는 것입니다." 그 발신자는 바로 그날 백화점에 비를 피해 들어섰던 노부인이었고, 철강왕 앤드류 카네기의 어머니였다.

앤드류 카네기의 어머니와 백화점 직원 페리의 일화는 인간관계에서 품격이 무엇인지, 그리고 그것이 어떻게 행동으로 나타나야 하는지를 단적으로 보여준다.

관계의 품격은 단순한 예절이나 매너에서 그치지 않는다. 그것은 행동으로 실천될 때, 비로소 그 가치를 갖는다. 누군가를 존중한다는 말이 무색하게도, 사람들은 종종 권위나 지위에 따라 태도를 달리하거나, 바쁜 일상과 무관심 속에서 눈앞의 상대를 지나쳐 버린다. 그러나 페리처럼 그 순간 눈앞의 사람을 진심으로 바라보고 배려하는 마음이 행동으로 이어질 때, 우리는 그를 '품격 있는 사람'이라고 부른다. 그리고 그 행동은 누군가에게는 큰 위로가 되고, 신뢰가 되며, 결국은 자신에게 돌아오는 값진 결과가 된다.

관계는 타인과 나를 연결하는 다리이지만, 그 다리가 튼튼하려면 기초부터 견고해야 한다. 그 기초는 바로 상대방에 대한 존중과 배려, 그리고 진심 어린 마음이다. 말이나 형식적인 예절은 때로는 허울뿐일 수 있지만, 행동으로 드러나는 진정성은 상대의 마음을 움직인다. 페리의 행동은 내가 대하는 사람이 누구든, 그 사람은 존중받아야 할 존재라는 단순하지만 근본적인 신념에서 시작되었을 것이다. 그 믿음은 행동으로 표출되었고, 그 행동은 곧 신뢰와 존경으로 돌아왔다.

　우리가 살아가는 현대 사회는 빠르고 복잡하게 돌아간다. 많은 사람이 바쁜 일상 속에서 상대방에게 진심을 다하는 것보다 해야 할 일에만 몰두하기 쉽다. 그러나 인간관계의 본질은 속도나 효율이 아니라, 마음과 행동의 일치에 있다. 진정한 품격은 빠른 판단이나 표면적인 친절이 아닌, 상대를 깊이 이해하고 존중하려는 태도에서 나온다. 때로는 그것이 시간이 걸리고, 감정을 요구하는 일이지만, 그러한 꾸준함이 곧 단단한 관계로 만든다.

　우리는 각자의 자리에서 수많은 사람을 만난다. 그 가운데는 우리가 좋아하는 사람도, 어려운 사람도 있다. 때로는 이해하기 힘든 사람도 마주한다. 하지만 그 모든 관계에서 품격 있는 태도를 유지하는 것은 우리가 우리에게 하는 약속이다. 그 약속이 지켜질 때, 우리는 주변 사람들로부터 신뢰와 존중을 받게 된다. 그리고 그것이 모여 우리 자신이 누구인지를 규정하는 가장 강력한 요소가 된다. 결국 우리 인생의 품격은 우리가 타인을 대하는 태도와 행동의 총합이다.

　결국 관계의 품격은 말보다 행동, 말보다 마음가짐, 그리고 순간의 선택보다 일관된 태도에서 온다. 아무도 주목하지 않는 곳에서조차 사람을 존중하고 배려하는 마음이 꾸준히 실천될 때, 우리는 진정한 품격을 갖춘 사람이 된다. 그리고 그 품격은 삶을 더욱 풍요롭게 만들고, 사람들과의 관계를 더욱 단단하게 이어준다. '진정한 관계의 품격은 사람을 진심으로 대하는 행동에서 나온다'는 것은 모든 인간관계의 핵심이며, 우리 각자가 평생 실천해야 할 삶의 지침이다.

⑥
인맥보다
인연을 쌓는 노력

　나의 어머니는 김장을 하실 때마다 넉넉하게 하셨다. 배추를 골라 소금에 절이고, 고춧가루며 젓갈이며 하나하나 손수 준비하는 그 과정이 보통 일이 아니었지만, 늘 이웃의 것도 함께라는 마음을 놓지 않으셨다. 당시 우리 집 아래층에는 고등학교 후배의 가족이 살고 있었다. 그 가족은 겨울이 되면 우리 어머니가 담가주신 김치 한 통이 큰 위로가 됐다고 한다. 또한 어머니는 김장 김치 한 통 더 드리는 것 정도를 대단한 일로 여기지 않으셨다. "겨울에 김장 김치 없으면 얼마나 서운해. 이웃끼리 이런 것도 못 나눌까 봐." 그 말 한마디에 담긴 따뜻함이 그땐 익숙하게만 느껴졌다.

　세월이 흘러, 아랫집 후배는 다른 지역으로 이사를 갔고 나도 다른 곳에서 삶을 이어가게 되었다. 그런데 어느 날, 정말 오랜만에 후배에게 연락이 왔다. "언니, 언니네 김치 아직도 생각나. 진짜 그 맛은 어디 가도 못 찾겠어. 그 김치 맛보러 언니네 놀러 가도 돼?" 수화기 너머로 들려오는 목소리에는 마치 어린 시절로 돌아간 듯한 그리움이 묻어 있었다. 단순히 음식의 맛을 떠올리는 게 아니었다. 그 김치에는 어머니의 손맛과 함께 따뜻한 마음, 살가운 인사, 집집마다 오가던 정이 고스란히 담겨 있었던 것이다. 그 기억은 냉장고 속에서 발효된 김치처럼, 시간이 지나면서 더욱 깊은 감동으로 남아 있었다.

내가 어떤 일로 곤란한 상황에 처했던 적이 있었다. 누구에게 도움을 요청해야 할지도 모를 정도로 마음이 급하고 혼란스러웠던 시기였다. 그때 가장 먼저 연락을 주고, 먼 거리를 말도 없이 달려와 해결해 준 사람이 그 후배였다. 내 어려움이 알려졌을 때, 조건을 따지지 않고 망설임 없이 "언니, 괜찮아? 나 지금 가고 있으니깐 조금만 기다려."라며 나선 그 마음을 보며, 나는 문득 어머니의 김장 김치가 떠올랐다. 인맥은 명함을 주고받을 때 반짝이지만, 정작 마음이 필요한 순간 전화기 너머에는 침묵으로 돌아올 때가 많다. 하지만 인연은 다르다. 시간이 흘러도, 장소가 달라져도, 내 안에 남아 있던 온기로 인해 다시 걸음을 옮기게 만든다. 후배가 그랬다. 십수 년 전, 겨울마다 받은 따뜻한 어머니의 김치 한 통의 기억이, 훗날 위기 앞에서 강력한 도움의 손길이 되었다.

사람들은 종종 인맥을 쌓는 데 집중한다. 더 많은 사람을 만나고, 더 큰 무리에 속하고, 더 빠른 속도로 관계를 넓히려 한다. 하지만 그런 인맥은 생각보다 쉽게 흩어진다. 어떤 자리에선 반가워하며 웃고 악수했지만, 정작 진짜 필요할 땐 내 옆에는 아무도 없을 때가 있다. 그런 경험을 한 번쯤은 해봤을 것이다. 결국 인맥은 목적이 있을 때 작동하는 구조다. 누군가의 도움을 얻거나, 정보를 얻거나, 무언가를 이루기 위한 수단일 뿐이다. 그 관계가 끝나면, 사람도 함께 사라진다.

반면 인연은 다르다. 어떤 조건도 없이, 마음이 마음을 기억한다. 내어머니의 김치는 그런 의미에서 단순한 음식이 아니었다. 정성으로 담근 김치는 마음을 나누는 연결고리였고, 그런 따뜻한 진심은 세월이 아무리 흘러도 사람의 가슴속에 잊히지 않는 온기로 남았다. 어머니는 무엇을 바라며 김치를 나눈 것이 아니었다. 그저 겨울이 오면 당연히 해야 할 일처럼, 이웃들에게 따뜻함을 건네는 삶의 온기였다. 그 일상의 따뜻함이 시간이 지나 어머니의 영혼 같은 자식인 나에게로 다시 돌아왔다.

진짜 좋은 관계는 특별한 기술로 쌓는 게 아니라, 어떤 마음으로 대하느냐에 따라 결정된다. 인연은 속도가 아니라, 깊이로 만들어진다. 많은 사람과 얕은 관계를 맺기보다, 한 사람과 깊은 신뢰를 쌓는 일이 오히려 더 단단한 울타리가 될 때도 있다.

사람을 만날 때, 우리는 종종 '이 사람과의 관계가 나에게 어떤 도움이 될까?'를 먼저 계산하곤 한다. 사회가 그렇게 돌아가고, 경쟁이 일상인 시대에서 살아남으려면 어쩔 수 없는 부분일지도 모른다. 하지만 결국 내 인생에 진짜 빛이 되어주었던 사람들은, 그런 계산과는 무관하게 진실된 마음을 나눈 사람들이었다. 어머니가 보여주신 삶의 방식은 내게 관계에 대한 깊은 통찰을 주었다. 세상은 여전히 차갑고 관계는 복잡하지만, 그 안에서 우리가 선택해야 할 방향은 분명하다. 인맥이 아니라 인연이다. 더 많은 사람을 알려는 것이 아니라, 사람과 얼마나 깊이 연결되는가 하는 것이다.

세월이 흘러도 변하지 않는 관계, 마음속에 오래도록 남아 있는 온기, 그리고 어려운 순간에 돌아오는 뜻밖의 손길. 그것이 바로 인연이다. 인맥은 표면을 따라 흘러 나가지만, 인연은 내면을 파고들어 마음의 결을 만든다. 인맥은 시간이 지나면 기억 속에서 흐려지지만, 인연은 세월을 건너 사람의 마음에 깊게 새겨진다. 그런 인연이, 때로는 인생 전체를 바꾸는 힘이 되기도 한다. 그렇기에 우리는 인맥을 좇기보다, 인연을 쌓는 일에 더 많은 시간과 정성을 들여야 한다. 그렇게 맺어진 인연은 언젠가 반드시 우리 삶의 어느 시점에서, 가장 귀하고 따뜻한 모습으로 돌아올 것이다.

직장생활을 오래 하다 보면 능력도 중요하지만 결국 사람이라는 생각이 자주 든다. 어떤 사람은 업무능력이 탁월해도 어쩐지 함께 일하고 싶지 않은 이가 있는가 하면, 어떤 사람은 큰 능력을 뽐내지 않아도 주변 사람들을 편안하게 만들고, 실제로 함께 일하면 편안함을 주는 경우가 있다. 내가 기억하는 동료는 후자였다. 늘 조용히, 그러나 확실하게 사람들에게 따뜻한 영향을 주던 사람. 회사에서 흔히 보기 어려운 부류였다. 그는 눈에 띄는 화려함보다, 사소한 배려로 동료들에게 사랑받던 사람이었다.

그는 상사의 머리 스타일 변화를 먼저 알아차리고는 이렇게 말했다. "상무님, 머리 새로 하셨어요? 오늘 스타일 진짜 멋지세요." 그러면서 엄지척하고 치켜세웠다. 그의 말 한마디에 상무님은 쑥스러워했지만, 그 순간 표정이 환해졌다. 말없이 넘어갈 수 있는 변화에 눈길을 주는 그 감수성은 감탄스러웠다. 또 다른 상사가 기침이 끊이지 않을 때 "과장님. 감기 걸리셨어요? 많이 힘드시면 제가 감기약 사다 드릴게요."라며 진심으로 걱정해 주었다. 누구나 지나친 사소한 변화들에 그는 늘 먼저 반응했다. 그런 작은 관심들이야말로 사람의 마음을 오래도록 움직이는 힘이라는 걸, 나는 그를 통해 배웠다.

무엇보다 그가 보여준 따뜻함은 보여주기 위한 제스처가 아니었다. 감기 기운이 있는 동료에게는 조용히 약을 건넸고, 야근 후 지쳐 보이는 사람에게는 아무 말 없이 따뜻한 커피를 책상에 올려놓곤 했다. 매일 얼굴을 맞대는 일터라는 공간에서, 이런 배려는 단순한 친절 이상이었다. 바쁜 하루 속에 사람으로서 관심받고 있다는 기분을 느끼게 해주는 진심이었으니까. 그는 그렇게 따뜻한 행동으로 사람들을 돌보고, 잔잔한 일상에서 밝은 에너지를 만들어냈다.

시간이 흐르며 나는 이직을 하게 되었고, 새로운 환경 속에서 다시 사람들과 관계를 쌓아가야 했다. 그러던 중 어느 날, 우리 부서에서 인원 충원이 필요하다는 이야기가 나왔다. 자연스레 머릿속에 떠오른 사람이 그 동료였다. 나는 아무런 망설임 없이 말했다. "정말 괜찮은 사람 있어요! 적극 추천합니다!" 함께 일하고 싶은 마음이 들게 하는 존재. 그것이 진정한 인연의 힘이었다. 그렇게 그는 다시 내 옆으로 돌아왔고, 지금은 함께 같은 부서에서 근무하고 있다.

그와 함께 일하게 된 건 단순한 우연일까. 수많은 사람들 사이에서 누군가가 좋은 기억으로 떠오른다는 건, 그 자체로 특별한 일이다. 기억된다는 건 그만큼 마음에 남았다는 뜻이고, 마음에 남는다는 건 일시적인 친절이 아니라, 지속된 진심의 결과다. 그가 보여준 모든 사소한 관심들, 배려와 따뜻한 말 한마디, 눈길, 그리고 손길이 결국 나를 움직였고, 그 기억은 어떤 스펙보다 강한 설득력이 되어주었다.

이런 경험을 통해 나는 확신하게 되었다. 인맥은 숫자로 쌓는 것이고, 인연은 마음으로 이어지는 것임을. 인맥은 자주 만남을 가지지 않으면 금세 식어버리고, 새로운 정보나 이득이 없으면 자연히 멀어진다. 하지만 인연은 그렇지 않다. 오랜 시간 떨어져 있어도, 다시 만났을 때 어제 본 듯한 익숙함과 따뜻함이 있다. 그것은 시간이 가도 바래지 않는 진심 때문이다.

사람들은 흔히 인간관계를 효율성으로 판단한다. 얼마나 많은 사람을 아느냐, 어떤 위치에 있는 사람과 연결되어 있느냐를 중요한 잣대로 삼는다. 하지만 정작 중요한 순간에는 그런 관계들이 아무런 도움이 되지 않을 때가 많다. 연락처는 넘치지만, 전화를 걸 상대가 없는 허무한 순간. 그럴 땐 내가 얼마나 많은 사람을 알았는지가 아니라, 얼마나 깊은 사람과 연결되어 있었는지가 진정한 차이를 만든다.

　그 동료는 나에게 또 다른 관계의 본질을 일깨워준 인물이다. 인연은 한순간에 만들어지는 것이 아니라, 꾸준한 진심이 쌓여 형성되는 것이다. 그는 매 순간 그 진심을 잃지 않았고, 누구보다 사람을 귀하게 여겼으며, 작은 배려를 실천했다. 그 모든 것들이 모여 결국 하나의 인연이 되었다. 그리고 그 인연은 내 삶 속에서 다시 꽃 피웠다. 지금 우리가 함께하는 이 순간은, 과거 그가 묵묵히 쌓아온 마음의 결과다.

　사람의 마음에 남는 건 대단한 능력이 아니다. 오히려 잊지 않는 배려, 작은 정성, 작게 건넨 진심의 말 한마디가 훨씬 오래 기억된다. 그 기억은 필요할 때 나를 움직이게 만들고, 그 사람을 다시 삶으로 불러들이게 한다. 그렇게 다시 맺어진 관계는 이전보다 더 깊고 단단해진다.

　우리는 종종 관계를 맺는 기술을 배우려 한다. 말 잘하는 법, 사람을 사로잡는 대화법, 호감을 얻는 태도. 물론 그런 기술들도 필요하다. 그러나 진짜 관계는 기술이 아니라, 태도에서 나온다. 사람을 어떻게 대하느냐, 얼마나 진심으로 바라보느냐, 그것이 관계의 밀도를 결정짓는다. 인맥은 기술로 만들 수 있지만, 인연은 오직 진심으로만 만들어진다.

　지금 나와 함께 일하는 동료는 그 사실을 스스로 증명해 보였다. 누군가를 기억하고, 배려하고, 진심으로 바라볼 줄 아는 그 마음이 결국 그를 이곳으로 이끌었다. 그리고 다시 우리의 인연을 잇게 만들었다.

그것이 인연의 힘이다. 계산된 인맥은 사라지지만, 마음으로 맺어진 인연은 결코 사라지지 않는다. 그리고 그 인연은 인생의 가장 중요한 순간에 가장 빛나는 모습으로 돌아온다.

만나고, 관찰하고,
공부하라

우리는 본능적으로 상대방을 이해하고 싶어 한다. 그래서 인류는 수많은 방법을 고안해 왔다. 혈액형별 성격설, 별자리 운세, MBTI별 성향, 타로점, 명리학, 신점 등은 모두 인간을 읽고 싶어 하는 오랜 갈망의 산물이다. 물론 이 모든 방법에는 한계가 있다. 그러나 흥미로운 사실은, 시대와 문화를 달리해도 인류가 끊임없이 사람을 탐구하고 분류하려 했다는 점이다. 이는 곧 인간 이해가 생존과 직결되는 중요한 과제였음을 말 해준다.

사람을 관찰하는 것은 일종의 예술이다. 누군가는 풍경을 그리며 자연을 탐구하고, 누군가는 악보를 통해 음악의 흐름을 읽어내듯, 나는 오래전부터 사람이라는 존재 자체를 탐구하고 관찰하는 데에 큰 흥미를 느껴왔다. 단순히 상대방의 말투나 행동을 바라보는 것이 아니다. 그 속에서 흐르는 무언의 맥락, 아직 말로는 표현되지 않았지만, 삶의 습관과 기질 속에 새겨진 내면의 흔적들을 읽어내는 과정이었다.

처음에는 막연했다. '어떻게 하면 사람을 정확히 파악할 수 있을까?'라는 질문이 나를 사로잡았다. 그러던 중 우연히 '명리학'이라는 동양철학을 접하게 되었다. 명리학은 인간이 태어난 연·월·일·시의 질서를 통해 그 사람의 생애를 풀어나가는 학문이다. 처음 들었을 때는 단순한 운명 풀이로 치부할 수도 있었지만, 나는 그 안에서 관계와 인간을 해석하는 깊은 통찰의 가능성을 보았다. 그래서 명리학에 관련된 기초서적을 구입했고, 독학으로 10년 넘게 공부를 이어왔다. 지금도 가끔 관련 서적을 펼쳐 연구하고 공부한다.

그러나 세월을 거치며 나는 깨달았다. 책으로만 배우는 것은 단지 학문에 그친다. 책 속의 명리학은 이론과 체계일 뿐, 그것이 곧바로 눈앞의 사람을 온전히 설명해 주지 않았다. 결국 중요한 것은 만남이었다. 다시 말해, 수많은 사람을 만나며 그 속에서 관찰하고, 배우고, 사유하는 길이다. 이론은 참고가 될 수 있다. 하지만 이론만으로는 절대 실제 사람의 복잡한 내면과 행동을 설명할 수 없다. 살아있는 인간은 책 속의 기호나 도표가 아니라, 끊임없이 변하고 모순을 안고 살아가는 존재이기 때문이다.

인간은 태어나면서부터 이미 타인과의 관계 속에 던져진다. 부모와의 관계에서 시작해 형제, 스승, 친구, 연인, 동료와 이어지는 그물망은 우리 생애 전체를 감싼다. 대면 관계뿐 아니라, 전화를 통한 대화, 인터넷을 매개로 한 소통, 심지어 책 속 저자와의 정신적 만남까지도 인간관계의 확장이다. 인간은 관계없이는 존재할 수 없으며, 관계는 늘 배우고 관찰해야 할 대상이 된다.

나는 이런 이유로 관계를 단순히 '주어진 것'으로 보지 않는다. 인간관계는 살아가면서 끊을 수 없는, 그러나 늘 새롭게 배워야 하는 '평생의 숙제'와도 같다. 어떤 관계는 기쁨을 주고, 어떤 관계는 깊은 상처를 남긴다. 하지만 그 어떤 만남도 헛되지 않다. 모든 관계는 결국 나 자신을 더 깊이 알게 하고, 삶을 성숙하게 다듬어 주기 때문이다.

사람을 탐구하기에 앞서 가장 중요한 것은 나 자신을 탐구하는 일이다. 내가 누구인지 알지 못한 채 타인을 연구한다면, 그 관찰은 왜곡되기 쉽다. 내가 가진 욕망, 편견, 추구하는 가치가 필터가 되어 타인을 잘못 읽게 하기 때문이다.

인간관계에 대한 공부가 깊어질수록 내 마음속의 결은 섬세해졌다. 감정이 출렁일 때마다 한 발짝 물러서서 나의 몸, 호흡, 생각을 관찰했다. '지금 내 마음이 소란한 상태'라고 느껴지면 스마트폰을 내려놓고, 조용히 눈을 감고 호흡에 집중했다. 그렇게 몇 분만 지나도, 방금 전까지 날카롭게 느껴지던 말들이 멀어져 갔다. 관찰은 세상을 향한 '망원경'이었다면, 고요함은 내면을 바라보는 '현미경'이었다. 두 도구가 균형을 이룰 때, 비로소 나는 스스로 중심을 잡을 수 있었다.

이렇게 사람을 공부하고 탐구하는 시간이 늘어나면서 흥미로운 사실을 발견했다. 사람은 상황과 특정 시기에 따라 계속 변한다는 점이다. 활동적이라고 알려진 ENFP 친구가 뜻밖에 낯선 자리에서 말수가 줄어들기도 하고, 무뚝뚝하고 숫기 없던 ISTJ 동료가 예상 못 한 순간에 위트있는 농담을 던져 얼어붙은 분위기를 전환하기도 한다. 관찰은 고정된 답을 구하는 시험이 아니라, 변화하는 풍경을 감상하는 여정에 가까웠다. 그러다 보니 깨달았다. 다른 사람을 이해하기 위한 최종 관문은 결국 내 안을 들여다보는 일이었다. 내가 나를 모르면 상대를 온전히 이해할 수 없다. 사람을 만나고, 관찰하고, 공부하는 과정은 원을 그리며 점점 내면의 중심으로 수렴해 왔다.

따라서 사람 공부는 언제나 자기 관찰에서부터 출발해야 한다. 내가 무엇을 좋아하고, 어떤 상황에서 화를 내며, 어떤 것에 마음이 움직여지는지 알아내야 한다. 나를 알아야 타인을 볼 때 객관성을 유지할 수 있다. 소크라테스가 남긴 "너 자신을 알라."는 말은 단순한 철학적 격언이 아니다. 그것은 인간관계의 출발점이자, 올바른 관찰의 기준점이 된다. 내가 추구하는 미적 감각과 성향, 내 삶의 우선순위와 가치관을 먼저 파악한 뒤에야 비로소 타인을 올바로 탐구할 수 있다. 나를 모른 채 타인을 연구하는 것은, 목적지 없는 지도 위에서 길을 찾는 것이나 다름없다.

그러다 보니 자연스레 나 자신을 관찰하는 일로 관심이 옮겨 갔다. 왜 어떤 사람에게는 마음이 열리고, 어떤 상황에서는 갑자기 위축되는지 내 안의 소리를 끊임없이 살폈다. 일기장에는 특정 상황에 따른 내 감정과 기분을 기록했고, 만남이 끝난 뒤엔 무엇이 편안했고 무엇이 불편했는지 짧게 메모하는 습관을 들였다. 그 기록이 쌓이자, 나만의 감정 지도가 조금씩 눈에 들어왔다.

급한 결정을 요구받을 때 긴장감과 불안함이 극에 달했다. 말 한마디에도 감정선을 세심하게 살피는 사람 앞에서는 마음이 빠르게 열렸다. 또한 내 이야기를 끝까지 들어주고 공감해 주는 상대방에게는 깊은 신뢰를 느꼈다.

이런 데이터를 토대로 나만의 '감정 관계 지도'를 만들었다. 내가 편한 속도, 선호하는 대화 방식, 부담이 되는 상황들을 미리 적어 두었다. 나만의 기준을 갖고 사람들을 만났더니, 관계가 훨씬 자연스러워졌다. 무작정 맞추거나 애쓰는 일들이 줄어들었고, 대신 상대의 본모습을 더 뚜렷이 볼 수 있었다. 이 지점에서 나는 다음 질문과 마주했다.

'세상의 관찰을 통해 내면을 어떻게 다듬을 것인가?'

사람을 통과해 돌아온 시선이 내 마음 한가운데에 머물게 되자, 나는 진정으로 내면을 비우고 고요해지는 법을 배우고 싶어졌다. 내면이 조용하지 않으면 관계에서 얻은 통찰도 흩어지기 때문이었다. 수많은 만남에서 수집한 정보, 그때마다 동요되었던 감정, 그 속에 쌓인 크고 작은 상처들을 가라앉히려면, 마음을 비우고 고요 속에 나를 두어야 했다.

사람을 만나는 일은 언제나 쉽지 않다. 때로는 상처를 남기기도 하고, 이해받지 못해 소외감을 느끼기도 한다. 그러나 바로 그 만남과 부딪힘 속에서 인간에 대한 통찰이 자라난다. 수십 권의 이론서가 가르쳐주지 못하는 것을, 단 한 번의 진솔한 대화가 알려줄 때도 있다. 관찰은 상대방의 말뿐 아니라 눈빛, 몸짓, 침묵, 표정, 감정 속에서도 이루어진다. 그 작은 단서들을 통해 우리는 타인의 내면을 어렴풋이 이해한다. 그리고 시간이 흐르며 우리는 알게 된다. 타인을 이해한다는 것은 곧 나 자신을 더 깊이 이해하는 길이기도 하다는 것을.

결국 인간관계는 우리의 평생 과제다. 이론은 단지 부차적일 뿐, 진정한 공부는 만남과 관찰, 그리고 그 속에서 일어나는 성찰에 있다. 우리는 끊임없이 사람을 만나며 배우고, 때로는 실패를 겪으며 성숙해진다. 이 과정이야말로 본질적인 관계 공부이다. 사람을 공부하고 싶다면 먼저 자신을 관찰하자. 그리고 사람을 만나자. 그 만남 속에서 겸손히 배우자. 결국 사람은 사람을 통해서만 배울 수 있다.

2장

비움과
고요함으로
자기중심 잡기

①
혼자 있는 시간에
진짜 나를 만난다

퇴수(退修)라는 단어를 처음 들었을 때, 그 단어에 묘하게 마음이 끌렸다. 퇴수란 인생의 불운이나 사회적 활동의 길이 막혔을 때, 잠시 모든 것을 내려놓고 자신을 성찰하는 시간이라 한다. 단지 물러서고 멈춘다는 뜻이 아니다. 나 자신을 고요한 공간 속으로 물러나게 하여, 내면의 소리를 듣는 훈련. 내 삶의 어느 국면에서든 꼭 필요한, 어쩌면 인간으로서 반드시 거쳐야 할 시간이다.

우리는 언제부터 이렇게 바빠졌을까. 아침부터 쏟아지는 알람과 이메일, SNS 알림과 뉴스 속보들 사이에서 나라는 존재는 점점 희미해진다. 누군가의 딸이자 부모이자 동료이자 친구로 살아가느라, 정작 '나 자신'은 놓쳐버린 채 하루를 소비한다. 누군가의 기대를 채우고, 사회가 요구하는 모양을 따라가다 보면, 나라는 사람은 결국 가장 먼 뒷자리에 밀려버린다. 이럴 때 필요한 것이 있다. 세상의 소음을 끄고, 나의 내면을 다시 바라보는 고요한 시간. 나는 이 시간을 '셀프 고립'이라고 부른다.

구약성경에 나오는 모세는 광야에서 40년을 홀로 보냈다. 그것은 단순한 유배나 도피가 아니었다. 이집트의 왕궁에서 쫓겨난 그는 광야에서 철저히 자신을 비워내는 시간을 가졌다. 외부와 단절된 그 고요한 광야는 그의 내면을 갈고닦는 시간이었다. 이스라엘 백성을 이끌어갈 리더로서의 준비는 바로 그 침묵과 단절 속에서 이루어졌다. 역설적으로, 혼자였기 때문에 그는 더 깊은 곳까지 갈 수 있었다.

이 셀프 고립의 시간은 단순한 휴식이 아니다. 말 그대로 '고립'이다. 외부의 기대와 평가로부터, 관계의 피로로부터, 끊임없는 비교와 경쟁으로부터 나를 분리시키는 일이다. 마치 세상의 모서리에서 살짝 빠져나와 혼자만의 작은 방에 몸을 눕히는 듯한 느낌. 고요 속에서 비로소 들리는 내면의 소리. 그것은 내가 누구인지, 무엇을 원하는지, 어떤 삶을 살아가고 싶은지를 묻는다. 그리고 그 물음은 내가 외부가 아닌, 내 중심에 뿌리내릴 수 있게 도와준다.

중국의 역사가 사마천도 마찬가지였다. 그는 궁형이라는 끔찍한 형벌을 겪은 후 오히려《사기(史記)》라는 위대한 작품을 남겼다. 신체적으로는 치명적인 상처를 입었지만, 그는 그 고통 속에서 퇴수의 시간을 맞는다. 세상에서 가장 잔인한 형벌 속에서도 사유는 퇴적층처럼 쌓여 문장의 뼈대를 이뤘고, 그 뼈대는 천 년이 지나도 무너지지 않는 문명사의 기둥이 되었다.

　역사 속의 위인들을 떠올리며 나는 생각했다. 그렇다면 오늘날 우리는 어떤 방식으로 퇴수의 시간을 가질 수 있을까. 현대인의 삶은 정보와 소음으로 가득하다. 메신저, 메일, 소셜미디어, 전화, 회의, 스케줄로 매일 같이 정신없이 부대끼며 살아간다. 우리에겐 광야도, 궁형도 없지만, 그들처럼 나를 비워낼 시간이 절실하다. 그래서 요즘 많은 사람들이 택하는 것이 바로 '셀프 고립'이다. 이러한 고요함 속에서 만나는 나는, 우리가 평소 알고 있던 나와는 다르다. 평소에는 무의식적으로 지나쳤던 감정의 결, 억눌렀던 욕망, 가볍게 넘겼던 두려움이 비로소 고개를 든다. 처음엔 불편하다. 그러나 그 불편함을 끌어안고 조금만 더 머무르면, 그 안에서 진짜 내가 모습을 드러낸다. 나는 나를 이해하고, 위로하고, 격려하는 법을 그 고요 속에서 배운다.

　나는 이 '셀프 고립'이야말로 현대판 퇴수라고 느낀다. 외부와 단절된 그 고요한 시간 속에서, 우리는 진짜 나를 만난다. 나는 매일 그 시간을 의식적으로 만든다. 하루 중 단 30분이라도 책을 읽고, 혼자서 걷고, 조용히 명상을 한다. 어떤 날은 침묵 속에서 눈을 감고 앉아 있고, 또 다른 날은 노트북을 덮고 무작정 산책길에 나선다. 스마트폰은 멀리 치워둔다. 이 시간 동안 나는 타인의 시선에서 완전히 벗어나, 오롯이 나 자신과만 마주한다. 그 순간이야말로 나의 내면이 가장 뿌리 깊게 내려가는 시간이다. 외부의 소란함이 가라앉고, 깊은 호수의 바닥처럼 맑고 고요한 나를 느낄 수 있다.

혼자 있는 시간이 처음에는 어색했다. 주변의 소리가 사라지면 괜히 불안하고, 뭔가 해야 할 일을 놓치고 있는 듯한 초조함이 밀려왔다. 하지만 그 시간을 견디고 나면 내 안에서 아주 미세하지만 단단한 뿌리가 자라는 느낌이 든다. 누구에게도 방해받지 않고, 어떤 비교에도 흔들리지 않으며, 오롯이 나를 중심에 놓는 시간. 그 시간이 쌓이면 쌓일수록 내면의 토대가 깊어진다. 이런 시간을 통해 삶의 방향을 재정비하고, 생각의 가지를 다듬고, 내면의 감정을 들여다볼 수 있다. 마치 대나무가 속을 비워 더 높이 뻗어나가는 것처럼, 혼자의 시간은 나를 더 깊고 높게 성장하게 만든다. 그리고 이 고요한 시간을 통해 진정한 자아가 형성된다. 흔들리지 않는 삶은 이렇게 시작된다.

사람들은 종종 자기 자신을 모른 채 살아간다. 아니, 자기 자신과 마주하는 것이 두려워 일부러 바쁘게 살아가는 사람도 존재한다. 고요해지면 감춰왔던 두려움, 상처, 결핍이 고개를 들기 때문이다. 그러나 그 감정들을 피하지 않고 마주할 수 있어야 진짜 자신을 만날 수 있다. 나는 그 셀프 고립의 시간 속에서 내 속에 억눌려 있던 감정들을 하나씩 들여다보았다. 외면하고 싶었던 나의 실수, 불안, 후회, 분노. 그 모든 것을 하나씩 마주하며 이렇게 말했다. '그래도 괜찮아. 너는 네 방식대로 잘 견디고 있어.'

놀랍게도 이런 셀프 고립을 삶의 중요한 전략으로 활용한 인물들이 있다. 빌 게이츠는 셀프 고립의 대표적인 사례로 자주 언급된다. 그는 세계적인 기업 마이크로소프트의 창립자이자, IT 혁신의 상징처럼 여겨지는 인물이다. 그 성공의 뿌리에는 '혼자만의 시간'이 존재했다. 빌 게이츠는 매년 말이면 '생각 주간(Think Week)'이라는 이름의 특별한 일정을 가진다. 그는 이 시간을 위해 모든 외부 일정을 정리하고, 자신만의 외딴 오두막 별장으로 들어간다. 가족, 친구, 동료 누구와도 접촉하지 않는다. 오직 책과 노트, 그리고 조용한 공간만을 지닌 채, 그는 일주일 혹은 2주 동안 자신과의 고립된 시간을 가진다.

이 기간 동안 그는 하루에 12시간 이상 책을 읽는다. 단순한 독서가 아니다. 그는 그 책들을 통해 미래를 바라보고, 현재의 문제를 분석하며, 새로운 아이디어를 구상한다. 그리고 실제로 이 생각 주간에서 읽은 책과 얻은 통찰은 마이크로소프트의 전략과 방향성에 결정적인 영향을 미치기도 했다. '생각 주간'에서 도출된 아이디어 중에는 인터넷 익스플로러의 초기 기획, 클라우드에 대한 장기 전략 등도 포함되어 있다.

세상은 빌 게이츠의 천재성에 놀라워한다. 하지만 그의 지혜는 천재성도 한몫했지만 '조용히 나를 만나는 시간'에서 비롯된 것이다. 그는 고요 속에서 미래를 그렸고, 혼자 있는 시간 속에서 수많은 결정들을 내렸다. 셀프 고립은 그에게 있어 두려운 시간이 아니라, 가장 창조적인 시간이었던 것이다.

우리는 종종 두려워한다. 혼자 남겨질까 봐, 세상의 흐름에서 멀어질까 봐. 하지만 가장 무서운 것은 남들과 달라지는 것이 아니라, 자신을 잃어버리는 것이다. 내가 누구인지, 어디로 가는지조차 모른 채 살아가는 삶은 결코 자유롭지 않다. 반면 내 중심을 단단히 잡고 살아가는 사람은 외부의 혼란에도 쉽게 흔들리지 않는다. 왜냐하면 그는 이미 자신이 어디에 있는지, 어떤 방향으로 나아가야 할지를 알고 있기 때문이다.

결국 혼자 있는 시간은 고립이 아니라, 나를 성장시키는 시간이다. 세상의 소음으로부터 나를 분리시키고, 내가 누구인지 다시 확인하는 시간. 빌 게이츠처럼, 혹은 위대한 고전 속 인물들처럼, 우리 모두에게도 생각 주간이 필요하다. 하루 30분이라도 좋다. 자신만의 고요한 방을 찾아, 나를 만나는 시간을 가져보자. 그 시간은 당신을 더 단단하게, 더 깊이 있게, 더 자유롭게 만들어 줄 것이다.

②

세상의 소음보다
마음의 속삭임을 경청하라

세상은 언제나 소란스럽다. 누구는 이렇게 해야 한다고 말하고, 또 다른 사람은 그렇게 해서는 안 된다고 한다. 사회는 끊임없이 사람들을 판단하고 평가하며, 바깥의 소음은 우리를 쉬이 휘청이게 만든다. 그러다 보면, 어느새 나는 어디로 가고 있었는지 잊고, 남이 정해놓은 기준과 방향에 나를 끼워 맞추게 된다. 그런데 생각해 보면, 정말 중요한 깨달음은 대부분 외부가 아니라 내면에서 시작된다. 조용한 마음의 틈새에서 들리는 작지만 확실한 속삭임, 그것이 삶을 바꾸는 시작이 된다.

아이작 뉴턴의 이야기가 떠오른다. 흔히 우리는 그를 '만유인력의 법칙을 발견한 과학자'라고만 기억한다. 하지만 그 법칙이 세상의 수많은 외침 속에서 나온 것이 아니라, 철저히 세상과 단절된 고요 속에서 태어났다는 사실은 잘 알려져 있지 않다.

1665년, 런던에 흑사병이 퍼졌다. 뉴턴이 수학하던 케임브리지 대학교도 문을 닫게 되자, 그는 고향 영국 동부 울스소프(Woolsthorpe)로 돌아가야만 했다. 그는 스물셋에 불과했다. 당시로서는 젊은 학생에 불과했던 뉴턴이 학교라는 지식의 체계, 경쟁, 기대, 사회의 틀에서 완전히 벗어나 고립되었을 때, 오히려 그의 삶은 가장 찬란한 궤도에 진입하게 된다. 그는 직접 이렇게 회고했다. "나는 그 시기를 내 인생에서 가장 생산적인 시기로 기억한다." 그는 아무도 없는 정원에 앉아 사과가 떨어지는 것을 보고 사색에 잠겼고, 사과를 땅으로 끌어당기는 힘이 지구가 달을 끌어당기는 힘과 같을 수 있다는 상상을 했다. 여기서 만유인력의 법칙이라는 씨앗이 태어났다.

그뿐만이 아니다. 뉴턴은 이 고요 속에서 미적분학의 기초 이론을 정립했다. 수많은 수학자가 그토록 풀지 못했던 문제들을, 그는 혼자서, 지도 교수와 멘토도 없이 정리하고 증명했다. 광학 이론에 있어서도 당시 누구도 시도하지 못했던 실험을 통해 빛이 여러 색으로 구성되어 있음을 밝혀냈고, 프리즘을 통해 이를 입증했다. 무엇이 그에게 이토록 깊은 사고력과 통찰력을 안겨주었을까? 바로 외부 세계의 소음을 차단하고, 내면의 목소리에 귀를 기울이는 고요한 시간들이었다. 뉴턴은 자기가 무언가를 이뤄야겠다는 야망보다는, 자신에게 떠오르는 질문에 온전히 몰입하는 시간을 가졌다. 그가 위대한 발견을 했다는 사실보다 더 중요한 점은, 그 발견들이 세상의 틀 안에서가 아닌, 내면의 속삭임에 귀 기울였다는 것에 있다. 세상과 일정한 거리를 두고 고요히 마음의 흐름을 따라간 끝에 도달한 결과였다는 점에서 뉴턴은 '내면 소통'의 상징이라 해도 지나치지 않다.

요즘 사람들은 대부분 속도에 쫓긴다. 빠른 성과를 내야 하고, 누구보다 앞서야 한다고 느끼며 살아간다. SNS와 미디어는 끊임없이 비교하게 만든다. 그렇게 외부의 소음은 점점 커진다. 세상은 결코 조용해지지 않는다. 세상이 시끄럽다고 해서 나의 내면까지 시끄러워져야 할 이유는 없다. 오히려 소음 속에서도 평정심을 잃지 않는 태도가 중요하다. 그것은 단순히 말을 줄이고, 외부와 차단하는 것을 의미하지 않는다. 나 자신에게 더 많이 그리고 깊이 묻는 과정이다. '나는 지금 무엇을 바라고 있는가?', '이 감정은 왜 이렇게 나를 흔들고 있는가?', '내가 겪고 있는 이 일은 왜 나타난 것인가?' 이런 질문을 외부에서는 얻을 수 없다. 누가 정답을 알려주는 것도 아니다. 다만 자기 마음의 속삭임을 고요히, 차분히 들으려는 용기가 필요하다.

뉴턴은 자기 안에 질문을 던지고, 해답을 찾았다. 그는 세상의 거대한 소음 앞에 침묵했지만, 내면에서는 그 누구보다 분주하게 움직이고 있었다. 세상의 소리는 높은 데시벨을 유지하지만, 표면은 비교적 얕다. 반면 마음의 소리는 속삭이는 듯이 작지만 깊은 곳까지 들여다볼 수 있다. 그 작은 속삭임을 듣는 사람만이, 깊은 곳에서 진짜 자기 삶의 방향을 찾을 수 있다. 뉴턴이 흑사병의 절망 속에서도 혼자서 위대한 발견을 할 수 있었던 건, 외부로부터 정보를 흡수하려 하기보다 내면의 호기심과 사색을 믿고 따라갔기 때문이다. 그런 점에서, 오늘날 우리도 외부에 묻기보다 각자에게 묻는 삶을 살아야 한다. 그 속삭임을 기록하고, 붙잡고, 가꾸어야 한다. 그 과정에서 우리는 타인과 비교하지 않는 삶, 성과에 쫓기지 않는 삶, 그리고 결국 스스로 중심을 잡고 나아가는 삶을 살 수 있게 된다.

세상은 끊임없이 말을 건다. 알림 소리, 메시지, 댓글, 좋아요, 멘션, 사진, 영상, 끝도 없는 이야기들. 정보의 파도는 가만히 서 있는 사람도 휘청이게 만든다. A는 어디 다녀왔다고 하고, B는 또 무엇을 샀다고 자랑하고, C는 또 무언가를 이뤘다고 한다. 마치 모든 사람이 무언가를 이뤄내며 살아가고 있는 듯한 착각 속에 갇히게 된다. 그러는 동안 나는 정작, 내가 무엇을 원하고 어디로 가야 하는지조차 놓치게 된다.

D는 그런 시대의 한복판에 있던 친구였다. 우리가 만나는 시간에도 D는 늘 휴대폰을 손에서 놓지 않았다. 대화 중에 고개를 들어 눈을 마주치는 일은 드물었고, 식사 중에도 포크보다 폰을 더 많이 들고 있었다. 나는 처음엔 그저 우리 세대의 일상이라 여겼다. 그러다 어느 날, 조심스럽게 물었다. "너, 그거 매번 확인해야 하는 거야?" D는 조금 민망한 듯 웃으며 말했다. "응... 알림이 오면 바로 확인해야 마음이 놓여. 아니면 불안해서 아무 일도 집중이 안 돼."

그때 나는 D가 알림에 반응한다기보다 종속되어 있음을 느꼈다. 그것은 반응이 아니라 반사에 가까운 행동이었고, 감정의 주도권이 자신에게 있지 않음을 뜻했다. D의 감정은 화면 속 타인의 글과 반응, 숫자에 의해 움직이고 있었다. SNS 속의 '좋아요' 수, 누가 댓글을 달았는지, 내 글이 얼마나 주목받았는지에 따라 기분이 요동치고 있었다. 사실 D는 SNS를 즐기고 있는 것이 아니라, SNS에 의해 움직이고 있었던 것이다.

그러던 어느 날, D는 오랜 기간 사귄 남자친구와 헤어졌다는 소식을 전해왔다. D에게서 전화가 왔고, 눈물로 끊임없이 하소연했다. 그녀의 목소리가 유난히 잠겨 있었다. "걔는 내가 SNS에 너무 빠져 사는 모습이 힘들대. 만날 때도 폰만 보는 내가 너무 서운했대. 그럴 거면 폰이랑 사귀라더라." 잠시 침묵이 흐르고, D는 이렇게 덧붙였다. "남친 이야기를 들으니, SNS 중독이 얼마나 심각했는지를 이제야 알겠더라."

그 후 D는 조용히 SNS 앱을 삭제했다. 습관처럼 손이 가던 자리에 선홍색의 아이콘이 사라졌다. 처음 며칠은 손끝이 허전하고, 공허한 기분이 들어 안절부절못했다고 한다. 하지만 그것도 잠시. 나는 D에게 독서를 권유했다. D는 SNS의 빈자리에 책을 들여놓았다. 나중에 들었는데, SNS를 지운 다음 날, 가볍게 서점에 들러 아무 생각 없이 에세이 책 한 권을 집어 들었다고 한다. 그리고 그날 밤, 책장을 넘기며 느낀 집중과 몰입은 오래전 잊고 살았던 감각을 되살렸다고 했다. 책장을 넘기면서 타인의 '좋아요'를 기다리는 대신, 자기 내면의 생각과 감정을 따라가게 되었고, 노트를 꺼내 자기 생각을 정리하는 습관이 생겼다고 했다.

몇 달 뒤 다시 만난 D는 예전보다 훨씬 맑고 고요한 사람이 되어 있었다. 가장 눈에 띄는 건 시선이었다. 이제 대화할 때면 나를 또렷하게 바라보는 눈. D의 가방에는 더 이상 셀카봉이나 보조배터리가 들어있지 않았다. 대신 책 한 권, 그리고 펜이 끼워진 작은 노트가 있었다. D는 말했다. "처음엔 그 사람을 잃은 게 너무 힘들었는데, 이제 와서 보니, 그 일이 나를 성장시킨 계기였던 것 같더라. SNS를 끊으니, 처음엔 허전했지만, 그 자리에 내가 잊고 있던 것들로 채워졌어."

우리는 매일 수없이 많은 세상의 소리에 귀를 기울인다. 하지만 내 마음의 소리는 얼마나 자주 듣고 있는가? 누가 더 많은 '좋아요'를 받았는지, 누구의 사진이 더 빛이 났는지, 누가 뭘 샀고, 어디를 갔는지, 그런 것들에 귀 기울이느라 정작 내 마음속 작은 목소리는 듣지 않고 있다. 하지만 삶을 바꾸는 진짜 신호는 바깥에서 들려오지 않는다. 그것은 늘 우리 안에서 미세하게 진동하고 있다. 단지 우리가 너무 시끄러운 세상에 살고 있어 그것을 듣지 못할 뿐이다.

D처럼 SNS의 소음을 잠시 내려놓는 것도 하나의 방법이다. 정보를 잠시 차단하고, 스마트폰을 내려놓고, 나만의 고요 속으로 들어가 보자. 그리고 조용히 내게 물어보자. 지금 내 마음이 바라는 건 무엇인지, 이 불안의 진짜 이유는 무엇인지, 나는 지금 어디로 가고 있는지를. 책은 그런 질문에 좋은 친구가 되어준다. 수다스럽지 않고, 섣불리 판단하지 않으며, 그저 그 자리에서 나를 기다리는 존재. 노트 위에 한 줄씩 써 내려가는 문장은 타인의 댓글보다 더 진실되게 나를 움직인다.

D는 그렇게, 외부 소음을 줄이고 마음의 소리에 귀를 기울이면서 다시 삶의 중심을 찾았다. 화려한 필터 속 자극적인 순간이 아니라, 조용히 책을 넘기고 생각을 정리하는 그 평범한 일상에서 오히려 더 깊은 충만함을 느꼈다고 했다. SNS 속에서는 누군가와 비교하며 불안해했지만, 이제는 자기 삶의 속도와 색깔을 더 소중히 여기게 되었다고도 했다. 나는 그 말이 마음에 깊이 박혔다. 결국 우리가 정말 바라는 것은 남들에게 잘 보이는 삶이 아니라, 스스로에게 떳떳한 삶, 내면이 평화로운 삶 아닐까.

세상은 여전히 시끄럽다. 그러나 그 소음을 이기는 방법은 소리를 키우는 것이 아니라, 오히려 세상을 잠깐 멀리하고 고요해져 보는 것이다. D처럼 말이다. 한 번쯤 세상의 알림을 꺼보고 마음의 목소리에 귀를 기울이는 것. 거기서 우리는 삶의 진짜 중심을 다시 찾을 수 있다. 내가 누구인지, 내가 무엇을 원하는지, 그리고 어떻게 살아가고 싶은지를 잊지 않기 위해서라도 말이다.

③
타인의 페이스에
끌려다니지 마라

우리는 살아가면서 종종 상대에게 모든 것을 내어주는 것이 사랑이고, 배려라고 착각하곤 한다. 특히 연인 관계에서 이런 현상은 쉽게 나타난다. 첫 연애를 시작한 A도 그랬다. 그는 여자친구가 원하는 대로 다 맞춰주었다. 데이트 일정부터 여행지 선택, 하고 싶은 활동까지 모두 여자친구의 의견을 따랐다. 처음에는 A도, 여자친구도 행복한 듯 보였다. A는 사랑하면 모든 걸 내어주는 것이 당연하다고 생각했다. 여자친구가 원하는 걸 들어주지 않으면 떠나버릴지도 모른다는 두려움이 그를 지배했다. 그래서 그는 자신의 목소리를 내지 않았다. 하고 싶은 말도, 행동도 억눌렀다. 그렇게 A는 스스로를 작은 그림자로 만들어 갔다.

하지만 관계라는 것은 단순히 상대에게 맞춰주는 것만으로 유지되지 않는다. 몇 달이 지나고 여자친구는 A에게 이별을 통보했다. 여자친구는 A의 헌신을 고마워했지만, 동시에 결단력이 없어 보인다는 느낌을 지우지 못했다. 모든 걸 맞춰주는 사람은 자신의 주관이 없다는 인상을 준다. 그녀는 미래를 함께 그려보았을 때, A가 스스로 선택하고 결정을 내릴 수 있는 사람이라는 확신이 없었다고 했다. A는 사랑 앞에서 큰 좌절을 맛봤다. 그는 자신의 헌신과 배려를 생각하며 상처받았다. 하지만 시간이 지나면서 A는 중요한 사실을 깨달았다. 모든 것을 맞춰주는 것이 사랑이 아니라는 사실, 사람과 사람 사이는 자기중심을 지킬 때, 비로소 의미가 있다는 사실을 배운 것이다.

타인의 페이스에 끌려다니는 사람은 겉으로 보면 헌신적이고 좋은 사람처럼 보인다. 처음에는 그 배려가 사랑스럽게 느껴질 수도 있다. 그러나 시간이 지나면 그 사람의 매력은 점점 사라진다. 왜냐하면 매력은 단순히 맞춰주는 능력에서 나오는 것이 아니기 때문이다. 사람은 자신만의 중심을 가지고, 자기 삶을 주도하는 사람에게서 강렬한 매력을 느낀다. 배려와 헌신이 의미를 가지려면, 먼저 자기 자신에게 중심을 두고 단단히 서 있어야 한다. A가 배운 것처럼, 상대에게 맞추기만 하고 자기중심을 잃으면 관계는 오래가지 못한다.

A의 이야기는 연인 관계뿐 아니라 친구나 가족, 직장에서도 동일하게 적용된다. 친구 사이에서 모든 계획을 친구의 의견에 맞추고, 자신이 하고 싶은 것을 억누른다면 처음엔 편한 사람으로 보일 수 있다. 하

지만 시간이 흐르면 주체성이 없는 사람으로 여겨지고, 친구 관계에서도 중심을 잃게 된다. 직장에서도 마찬가지다. 상사가 무리한 요구를 해도 늘 "알겠습니다."라고만 대답하는 사람은 잠깐의 인정은 받을 수 있지만, 오래가는 신뢰와 존중은 얻지 못한다. 자기 목소리를 내고 자신의 의견을 명확히 표현하는 사람에게서만, 타인은 신뢰와 매력을 느끼게 된다.

왜 우리는 상대에게 맞추는 데 그토록 급급할까. 그 밑바탕에는 두려움이 내재되어 있다. 내가 거절당할까 봐, 상대가 떠나버릴까 봐, 나를 싫어하면 어쩌나 하는 두려움이 우리를 지배한다. A도 그랬을 것이다. 여자친구가 떠나버릴까 봐, 자기 의견을 말하면 상처받을까 봐, 자기중심을 지키지 못하고 모든 것을 맞춰주었다. 하지만 결과는 정반대였다. 맞춰준다고 해서 사랑받는 것이 아니라, 오히려 자신의 존재감과 매력을 스스로 잠식시켰을 뿐이다. 상대는 처음에는 고마워할지 몰라도, 시간이 갈수록 상대의 결단력과 중심이 없는 모습에 지쳐 떠나게 된다.

그렇다면 자기중심을 지키면서도 상대를 배려하는 방법은 무엇일까. 첫째, 자신의 마음을 분명히 아는 것이다. 내가 무엇을 원하고, 무엇을 좋아하고, 무엇을 할 때 행복한지를 스스로 알아가야 한다. 그래야 상대와의 관계에서 내 중심이 흔들리지 않는다. 둘째, 경청은 하지만 무조건 맞추지는 않는 것이다. 상대의 의견과 바람을 듣고 이해하되, 필요하다면 솔직하게 내 입장을 표현해야 한다. 셋째, 선택과 결정을 나누는 것이다. 모든 것을 상대에게 맞추는 대신, 나도 선택의 권리를 갖고 함께 조율한다면 관계는 훨씬 건강해진다.

A의 첫사랑은 상처로 끝났지만, 그는 그 경험을 통해 성장했다. 사랑은 상대를 일방적으로 맞추는 것이 아니라, 서로를 존중하며 함께 나아가는 것이다. 자기중심을 지키는 사람은 배려와 헌신이 더욱 빛난다. 반대로 자기중심을 잃으면 아무리 맞춰줘도 관계는 오래가지 못하고, 결국 자신에게 상처만 남긴다. 사람은 서로에게서 무언가를 얻는 존재가 아니라, 자신의 중심을 지키며 함께할 때 비로소 매력과 관계의 의미가 살아난다.

연애든, 친구 관계든, 직장이든 관계의 크기와 형태는 다를 수 있지만 본질은 같다. 삶은 타인의 페이스를 따라가면서 채워지지 않는다. 상대에게 맞추는 것보다 중요한 것은 내 중심을 바로 세우는 것이다. 중심을 잃지 않을 때, 우리는 비로소 진정한 사랑과 관계, 배려와 헌신의 의미를 깨닫게 된다. 타인의 페이스에 휘둘리지 않고, 나의 중심을 지키며 관계를 만들어 가는 사람만이, 오래도록 사랑받고 존중받을 수 있다.

사실 우리는 모두 알게 모르게 타인의 페이스에 끌려다닌다. 누군가의 기대, 회사의 문화, 사회의 흐름. 좋은 사람, 성실한 동료, 책임감 있는 부모, 도리를 다하는 자식이라는 이름 아래 우리는 끊임없이 자신만의 기준을 외부에 둔다. 그렇게 살다 보면, 정작 내 삶의 주인은 언제나 타인이 되기 마련이다. 그리고 나 자신을 잃은 사람은 어떤 선택도 주도적으로 하지 못한다.

나 또한 한때, 타인의 시간이 곧 내 삶의 페이스가 되는 시기를 살았다. 직장 동료들이 갑자기 회식을 하자고 하면 단 한 번도 거절하지 못했다. 적게는 한 달에 한두 번, 많게는 일주일에 두세 번씩 이어지는 모임 속에서 나는 어떤 것도 놓치지 않기 위해 애썼다. 모임 자리에 빠지면 소외될까 두려웠고, 분위기를 맞추지 않으면 조직 안에서 내 입지가 흔들릴 것만 같았다. 그 불안은 단지 사회적 생존의 문제만은 아니었다. 나는 '좋은 사람', '사교성이 좋은 동료'로 남기 위해 끊임없이 타인의 기준에 나를 맞췄다.

그런데 회식 다음 날 늦은 출근으로 인해 중요한 업무에 차질이 생긴 적이 있었다. 집중력이 바닥을 치고, 몰려오는 숙취에 업무 효율은 추락했다. 허덕이는 하루를 마치고 집에 돌아와 거울을 보았을 때, 나는 그제야 깨달았다. 피곤함에 절어 힘없이 축 처진 어깨, 생기 없는 얼굴, 매사에 짜증이 섞인 말투. 그것은 내가 아닌 누군가의 페이스에 끌려다닌 결과였다. 나는 점점 나를 잃고 있었고, 그 누구도 그것을 책임져 주지 않았다. 그 순간 내 삶의 중심은 오직 나에게만 있다는 사실을 알게 되었다.

그 후 나는 작은 실천을 시작했다. 동료들이 술자리를 제안해도, 무리한 약속은 정중히 거절했다. 처음에는 거절이 상당히 힘이 들었다. 나조차도 '혹시 내가 너무 이기적인 건 아닐까?' 하는 자책감이 들었다. 뿐만 아니라 주변의 시선이 의식되었다. 하지만 놀랍게도, 내가 분명한 기준을 세우자, 사람들도 나의 기준을 존중하기 시작했다. 아무도 내 삶을 침범하려 하지 않았고, 오히려 나의 변화는 주변 동료들에게도 좋은 영향을 주었다. 내가 나를 존중하자, 세상이 나를 존중하기 시작한 것이다.

이 변화는 나의 일상에 놀라운 결과를 가져왔다. 술자리에 쏟던 에너지들은 자기계발과 가족과의 시간에 집중되었다. 다음 날 아침 맑은 정신으로 일어나 내가 좋아하는 모닝커피 한 잔을 마시고, 그날의 업무 일정을 정리하는 시간은 더없이 소중했다. 업무 능률은 자연스레 올라갔고, 내면의 여유는 타인을 대하는 나의 태도도 바꾸어 놓았다. 나는 그때 처음으로 느꼈다. 남의 속도에 맞춰 발을 맞추는 것보다, 내 속도를 지키는 것이 훨씬 더 건강하고 지속 가능한 삶이라는 것을 말이다.

이런 나만의 페이스를 회복하기 위해, 나는 더 깊이 있는 시간을 찾아보기로 했다. 단지 술자리를 거절하는 것만으로는 부족했다. 진짜 중요한 건, 타인의 페이스에 흔들리지 않고 내면의 중심을 세우는 것이었다. 그러기 위해 나는 혼자 있는 시간을 의도적으로 확보해 보기로 했다. 아침 일찍 일어나 고요한 새벽에 좋아하는 책 속의 구절들을 필사하고, 운동을 하고, 독서를 했다. 누구에게도 방해받지 않는 그 시간은 오직 나만을 위한 시간이었다. 그 시간 속에서 나는 내가 진정 누구인지, 무엇을 원하는지, 어떤 것을 버려야 할지를 분명하게 마주할 수 있었다.

이런 습관은 내게 인생의 리듬을 되찾게 했다. 내 감정의 온도, 생각의 깊이, 에너지의 흐름을 타인의 리듬이 아닌 나의 리듬에 맞춰 조율하는 힘. 그것은 진짜 삶의 자율성과 내면의 자유를 가져다주었다. 내가 하고 싶은 말, 내가 하고 싶은 일, 더 나아가 내가 원하지 않는 것들까지도 분명하게 구별할 수 있게 된 것이다. 그 변화는 놀라운 자기효능감으로 이어졌다. 또한 삶 전체를 더 깊이 통제할 수 있는 힘을 길러주었다.

④
조용한 결심이
오래간다

사람들은 결과에 환호하고 울상을 짓는다. 드러나는 성과와 눈에 보이는 증거가 있어야만 믿고 반응한다. 그래서 세상은 언제나 속도와 외침, 경쟁과 비교 속에 있다. 그러나 정작 인생을 움직이는 힘은 겉으로 화려하지 않은 곳에 숨어 있는 경우가 많다. 내가 지난 1년을 오롯이 경험하며 알게 된 것도 그것이었다.

어느 날 문득, 바쁘다는 핑계로 무너진 일상을 마주했다. 아침에 눈을 떠도 일어나는 게 힘들었고, 하루의 시작은 늘 스마트폰 알림과 함께였으며, 씻고 나서 허둥지둥 나가다 보면 하루가 이미 흐트러져 있었다. 아무도 모르는 일상의 틈, 그 조그마한 틈이 계속 벌어지면서 어느 순간 삶 전체가 흐릿해졌다. 그때 '루틴을 만들어 보자.'라는 결심이 생겼다.

'내일 아침, 눈 뜨면 무조건 이불부터 개자.'

오직 나만 아는 소소한 결심이었다. 단 1분이면 끝나는 그 행동. 하지만 그 1분이 나의 하루 전체를 바꿔놓기 시작했다. 이불을 개며 하루를 시작하면, 아침부터 내가 무언가를 해냈다는 성취감이 생긴다. 그 성취가 하루의 리듬을 만들고, 그 리듬이 마음의 질서를 만들어 주었다. 정돈된 공간이 생각을 더 맑게 해주는 것처럼, 어지럽지 않은 아침은 내 하루 전체를 맑게 했다. 이불을 개는 단순한 동작은 그렇게 나의 자존감과도 연결되기 시작했다. 나만의 약속을 지켰기 때문이다. 누구도 강요하지 않았고, 보여줄 필요도 없었던 것이 지켜졌을 때, 나 자신에게 믿음을 가지게 되었다. 나는 해낼 수 있는 사람이라는 자신감은 그렇게 작고 반복적인 실천에서 나왔다.

사람들은 결심을 말로만 한다. "내일부터 진짜 다이어트할 거야.", "올해는 정말 새벽 5시 기상!" 그렇게 말하고, 타인에게 알리고, 때로는 SNS에 공유하면서 동기부여를 끌어올리려 한다. 물론 그 방식도 틀렸다고 할 수는 없다. 하지만 그런 방식은 종종 외부의 박수와 반응에 기대어 지속성을 유지하려고 한다. 누군가의 '좋아요'가 끊기면 자신의 의지나 동기도 같이 꺼져버리는 경우가 있다. 작은 결심은 다르다. 너무 작고 소소해서, 남들에게 보여주고자 하는 욕심도 없다. 그냥 내 마음속에만 조용히 켜놓은 등불처럼, 나만 알고 나만 지켜보는 방식으로 이어진다. 작은 결심은 오래간다. 장기적인 변화는 결국 삶을 바꾼다. 삶이란 원래 하루하루 쌓여가는 것이니까.

이불을 개는 하루 1분의 결심이 점점 더 많은 변화를 끌어냈다. 이불 개기로는 뭔가 아쉬워 그 뒤에 또 다른 습관을 덧붙이기 시작했다. 방 정리를 하게 되고, 퇴근 후 벗어놓던 옷을 걸게 되고, 주말마다 미뤘던 정리를 하게 되고, 그런 작은 정돈 속에서 마음은 점점 가벼워졌다. 그러자 정리된 책상 위에서 책을 읽고 글을 써보게 되고, 그 글을 하루 한 편씩 블로그에 올리게 되었다. 처음엔 누구도 보지 않는 비공개 글이 대부분이었고, 그냥 생각을 비워내는 용도로 썼다. 그런데 신기하게도 하루에 한 편씩 글을 올리는 것도 이불 개기와 같은 결이 있었다. 스스로와의 조용한 약속. 누군가에게 보이기 위한 것도 아니고, 특별한 반응을 기대하는 것도 아니었다. 오늘은 이런 생각으로 하루를 보냈구나 하는 기록을 글 속에 남기고 싶었던 마음. 그렇게 하루 한 편의 글이 쌓이고, 그 글들이 몇 달, 몇백 편이 지나면서 나는 어느 날 문득 책을 쓸 수 있을 것 같다는 용기를 얻게 되었다.

누가 시킨 것도 아니고, 특별한 목표가 있었던 것도 아니었다. 하지만 오늘도 글을 썼다는 기록은 매일을 더 단단하게 만들어 주었다. 조용한 루틴이 나를 지탱하고 있었다. 하루 한 편의 글을 써야 한다는 강박보다, 루틴이라는 자연스러운 흐름 속에서 나를 만나고 있었던 것이다. 어떤 날은 10분 만에 끝내는 날도 있었고, 어떤 날은 1시간 넘게 붙잡고 있는 날도 있었다. 하지만 중요한 건 분량도, 주제도, 문장의 완성도도 아니었다. 매일 습관처럼 글을 쓰고 있다는 것. 매일 나를 정돈하고 있다는 것. 그렇게 조용한 실천이 내 삶을 지탱하는 중심축이 되어가고 있었다.

조용한 결심이 좋은 이유는 흔들리지 않는 데 있다. 외부의 평가나 반응, 기대에 따라 움직이지 않기 때문에, 오히려 더 오래간다. 어떤 날은 피곤하고, 의욕도 없고, 몸도 무겁다. 그런 날에도 '이불만은 개야지!'라는 생각 하나로 하루가 다시 움직이기 시작한다. 그렇게 조용한 루틴은 나에게 성취감을 안겨 주었다. 하지만 그 성취감은 강박적이거나 거창한 것이 아니었다. 숨 쉬듯 물 흐르는 자연스러움이었다. 그런 루틴은 무너지더라도 금방 일어설 수 있는 버팀목이 되어준다.

사람들은 의지라는 말을 쉽게 쓰지만, 그 의지는 결코 단번에 생기지 않는다. 작은 성공이 반복되면서 그 의지는 조금씩 자란다. 이불을 개는 1분, 글을 쓰는 10분, 정리하는 5분, 그 소소한 시간들이 내 삶에 단단한 뼈대를 만들어 주었다. 그러자 어느 순간 나는 예전의 나보다 더 성실하고, 신중하고, 평온한 사람이 되어갔다. 그 변화는 드라마틱하지는 않았다. 박수받는 것도 아니고, 화려하지도 않았다. 하지만 오래 갔다. 단 하루도 빠짐없이 실천 중이다. 지금도 아침이면 눈을 뜨자마자 이불부터 갠다. 그렇게 하루는 다시 시작된다.

이렇듯 조용히 뭔가를 지속한다는 건 이상하리만치 사람을 단단하게 만든다. 아무도 칭찬해 주지 않아도, 아무도 알아주지 않아도, 그 행위 자체가 나를 지탱하는 기둥이 된다. 매일 블로그 글을 발행한다는 건 단순히 시간을 내는 문제가 아니라 나의 일상, 리듬, 태도에 대한 질문이기도 했다. 오늘도 쓸 수 있겠느냐, 오늘도 나와의 약속을 지킬 수 있겠느냐는 질문에 매번 '예'라고 대답하면서 나는 내가 생각하는 나 자신보다 더 신뢰할 수 있는 사람이 되어갔다. 물론 중간에 유혹도 많았다. '오늘은 좀 쉬어도 되지 않을까?', '아무도 알아주지 않는데 하루쯤 글 안 올려도 무슨 일이 생기겠어?' 하는 생각이 수없이 스쳐 지나간다. 하지만 그런 유혹을 넘기는 날이 많아질수록, 나는 매일 글 쓰는 사람이 되어 있었다. 글 쓰는 사람이 되기 위해서 꼭 대단한 능력이나 영감이 필요한 건 아니었다. 중요한 건 조용한 나 자신과의 약속이었다. 그리고 그것을 남들에게 보이기 위한 것이 아니라, 오직 나 자신과의 약속을 지켜낼 때, 나의 마음은 점점 단단해졌다.

조용히 지속된 작은 행동은 언제나 예상하지 못한 문을 열어준다. 어느 순간 나도 모르게 쌓인 글들이 눈에 들어오기 시작했고, 글을 다시 읽으며 '내가 이런 생각도 했었구나!', '이런 관점을 가졌구나!' 놀라기도 했다. 하루하루는 미세하지만, 쌓인 글들은 거짓말을 하지 않는다. 그렇게 나는 자연스럽게 더 큰 결심을 품게 되었다. 블로그에 쌓아온 글들을 바탕으로 책을 써보자는 마음이 들었다. 매일 쌓은 글들 안에서 나의 목소리를 들었다. 그 목소리가 '세상에 내 이야기를 꺼내보는 것은 어떨까?'하고 말해주는 것 같았다. 처음 블로그에 글을 쓸 때만 해도, 내가 책을 쓰겠다는 마음을 먹을 줄은 몰랐다.

하지만 조용한 결심이란 그런 것이다. 나조차도 생각하지 못한 용기가 생긴다. '언젠가 해야지.' 하고 막연하게 미루어 왔던 꿈이 '지금 당장 하자!'라고 용기 있게 다가설 수 있었던 것도, 그 조용한 결심이 있었기 때문이었다.

조용한 결심은 오래간다. 그리고 오래가는 결심은 삶 자체를 바꾼다. 누가 알아주지 않아도 괜찮다. 누구에게 보여주지 않아도 충분하다. 중요한 건 나 스스로와 한 약속을 얼마나 진지하게, 그리고 성실하게 지켜내느냐 하는 것이다. 조용한 결심은 삶을 움직이고, 내면을 단단하게 만든다. 매일 써온 흔적들이 지금의 나를 만들었고, 꾸준함이 바로 나의 가장 든든한 자산이 되었다. 결국 나는 나 자신에게 배웠다. 내가 매일 하는 일과 선택하는 태도들이 모여, 내가 누구인지 정의해 준다는 것을. 그렇게 이불을 개고 글을 쓰며, 조용한 결심이 주는 놀라운 변화의 힘을 믿게 되었다. 그리고 그 변화의 끝에서 나는 또 하나의 조용한 결심을 한다. 지금처럼 앞으로도 흔들리지 않고, 묵묵히 나의 하루를 써내려 가겠다고. 그것이 나를 나답게 만들고, 내 인생의 방향을 꾸준히 밀어주는 진짜 힘이라는 것을 안다.

삶은 그렇게 바뀌어야 한다고 믿는다. 외부에서 오는 충격이나 영감, 사건도 중요하지만, 지속 가능한 변화는 내 안에서, 아주 조용하게, 작은 결심에서 비롯된다. 누구에게도 말하지 않았고, 인증하지도 않았고, 화려하게 계획하지도 않았던 그 작은 다짐. 그게 지금 나의 하루를 만들었고, 나만의 글을 쓸 수 있는 사람이 되었고, 결국 이렇게 책 한 권을 써보겠다는 마음에까지 도달하게 했다. 큰소리의 결심보다 조용한 결심이 오래간다. 세상이 시끄러울수록, 조용히 마음속 불을 켜고 꾸준히 나아가는 사람이 결국 자신을 가장 멀리 데려간다. 이불 하나 개는 일이 뭐 그렇게 대단하냐고 묻는다면 나는 웃으며 대답할 것이다.

"이불을 개는 일은 작은 실천에 불과했지만 내 삶을 바꾸는 시작점이 되었습니다."

⑤

끊어야 비로소
보이는 것들

빅터 프랭클의 이야기는 우리에게 삶의 진정한 무게와 자유에 대해 깊이 생각하게 만든다. 그는 '홀로코스트'라는 상상할 수 없는 고통의 현장에서 자신의 내면을 지켜냈다. 당시 그는 강제 수용소라는 극한의 환경에 놓여 있었다. 추위와 굶주림, 짐승보다 못한 대우, 매일 마주하는 죽음의 그림자 속에서 누구나 절망과 비관에 빠질 법했다. 그러나 프랭클은 다른 방향을 선택했다. 그는 '내 인생은 의미가 있다.'는 생각을 단단히 잡았고, 그 믿음이 그의 정신을 지탱했다. 그는 마음속에서 비관적인 생각을 끊어내는 것이야말로 진정한 자유라고 말했다. 그것은 외부 상황이 아무리 비참해도, 스스로가 내면의 태도를 선택할 수 있다는 뜻이다. 이처럼 그가 끊어낸 것은 비관과 절망, 무기력한 생각들이었다. 대신 삶의 의미를 새김으로써 자기중심을 단단히 지켰다.

사람들은 주변 환경에 휘둘리기 쉽다. 감정이나 생각이 그럴듯하게 강요당할 때, 우리는 거기에 휩쓸려 삶의 균형을 잃는다. 특히 부정적인 감정은 한 번 마음에 들어오면 집요하게 머무르며 우리의 시야를 흐린다. 하지만 빅터 프랭클의 이야기는 단순한 정신 승리가 아니다. 그것은 극한 상황에서 생존을 넘어 의미를 창조해 낸 정신의 승리다. 그는 끊임없이 '왜 살아야 하는가?'라는 질문에 해답을 찾으며, 자신에게 주어진 상황 안에서 가능한 선택과 행동에 집중했다. 절망이 아니라 의미를 선택하는 그 태도가 바로 삶의 중심을 잡는 힘이 되었다.

우리 삶에서 부정적인 생각이나 감정을 끊어내는 것은 때로는 고통스럽고 어려운 일이다. 누군가는 그것을 회피하거나 억누르려 하기도 한다. 그러나 진정으로 끊어내는 것은 도망치는 것이 아니다. 프랭클은 그 극한의 고통 속에서도 자신과 세상을 냉정하게 바라보고, 무엇이 자신을 살아가게 만드는지를 명확히 인식했다. 그것은 가족에 대한 사랑일 수도, 살아서 이루고 싶은 목표일 수도, 자신의 존재 자체에 대한 의미일 수도 있다.

비단 강제 수용소라는 극단적인 현실뿐만 아니라, 일상 속에서도 우리는 무수히 많은 부정적인 감정과 생각에 맞닥뜨린다. 스트레스, 불안, 분노, 질투, 무력감 등은 우리 삶의 무게를 더한다. 그런데 그 감정들을 그대로 받아들이고, 마치 의무감처럼 품고 있어야 하는가? 프랭클은 그렇지 않다고 말한다. 우리는 언제든지 내면에서 부정적인 감정들을 끊어낼 수 있다. 또한 마음의 부정적인 감정으로 물들였던 공간을 비울 수 있다. 그 빈 공간에 스스로 살아가고자 하는 소명과 내면의 중심을 자리 잡게 만드는 것이다.

끊어내는 것은 단순히 부정적인 것을 버리는 것만이 아니다. 그것은 다시 말해 삶에서 무엇을 중요하게 여길지, 어떤 가치를 중심에 둘지 스스로 결정하는 것이다. 프랭클은 자신이 붙잡은 삶의 의미가 그를 살아있게 만들었다고 했다. 그 의미는 그가 고통을 견디고, 인간으로서의 존엄을 지키며, 죽음의 공포 앞에서도 흔들리지 않게 하는 뿌리였다. 그래서 그는 삶이 우리에게 무엇을 요구하는지 이해하는 것이야말로 자기중심 잡기의 출발점이라고 강조했다.

이처럼 마음속 소음과 절망을 끊어내고, 삶의 본질적 의미를 찾는 과정은 현대를 살아가는 우리에게도 시사하는 바가 크다. 우리는 끊임없이 외부에서 쏟아지는 정보와 자극, 타인의 기대와 비교에 휘둘린다. 사회적 압박은 우리의 내면을 혼란스럽게 하고, 자신의 진짜 목소리를 잃게 만든다. 그럴수록 우리는 조용히 내면의 속삭임에 귀 기울여야 한다. 그것이 곧 자신과의 진정한 대화이며, 마음속 소음을 끊어내는 일이다.

그 소음을 끊어내지 않으면 우리의 삶은 타인의 시선과 환경에 휩쓸리게 된다. 그러나 부정적인 감정을 끊어냄으로써 우리는 비로소 자신만의 길을 찾을 수 있다. 또한 프랭클처럼 의미를 발견하고, 내면의 평화를 구축할 수도 있다. 그것이 바로 자기중심을 잡는 가장 강력한 방법이다. 우리의 마음속에 어떤 생각을 허용할지 선택하는 순간, 우리는 자유로워진다. 프랭클은 그것을 '마음속에서의 자유'라고 불렀다. 그의 삶은 그 말이 단순한 언어가 아니라, 현실 속에서 실현 가능한 힘이라는 것을 보여준다.

우리 삶은 종종 무수한 잡음과 불안으로 가득 차 있다. 그 속에서 흔들리지 않고 중심을 잡기란 쉽지가 않다. 하지만 한 가지 분명한 것은, 자기 내면에서 무엇을 끊고 무엇을 붙잡을지를 결정하는 것은 오롯이 자기 자신에게 달려 있다는 점이다. 그 결단이 바로 삶을 바꾸고, 우리 자신을 단단하게 만드는 힘이다. 그리하여 오늘 내가 마음속에서 끊어내는 부정적인 생각과 감정이 내일의 자유와 평화로 이어진다.

우리는 살아가면서 무언가를 붙잡으려고 애쓴다. 점수가 높은 성적표, 좋은 직장, 좋은 집, 비싼 차, 값나가는 명품 옷과 가방, 멋지고 아름다운 외모와 태도, 타인의 인정 같은 것들 말이다. 하지만 그것들은 붙잡으면 붙잡을수록 마음은 점점 무거워지고, 결국에는 나조차 지치게 만든다. 아이러니하게도 어떤 순간에는 붙잡는 것보다 놓아버리는 것이 훨씬 더 큰 힘이 된다. 끊어낸 자리에서 비로소 새로운 내가 보이기 때문이다.

그중에서도 우리가 가장 먼저 끊어내야 할 것은 비교와 자책이다. 사람은 본능적으로 남과 자신을 견주어 본다. 시험 성적을 받고 나면 옆자리 친구가 몇 점을 받았는지 궁금해하고, 사람들과 함께 사진을 찍으면 내 모습보다 옆에 선 사람의 얼굴과 몸매를 먼저 살피는 사람도 있다. 비교는 작은 습관 같지만, 마음속에서는 뜨거운 불씨를 일으킨다. 문제는 비교가 결코 끝나지 않는다는 데 있다. 오늘은 내가 조금 앞서 있는 것 같아도 내일은 또 다른 누군가가 나보다 더 앞서가는 모습을 보게 된다. 잠시 얻었던 우월감은 순식간에 사라지고, 불안과 초조함만 남는다. 결국 우리는 비교라는 쳇바퀴 위에서 쉴 틈 없이 달리게 된다.

한 친구가 있었다. 늘 성적 상위권을 유지했지만, 그는 만족하지 못했다. 옆 반에는 자신보다 더 높은 점수를 받는 학생이 있었기 때문이다. 그는 늘 '나는 왜 노력해도 2등밖에 할 수 없을까?' 하며 괴로워했지만, 그 마음이 결코 성적 향상으로 이어지지 않았다. 오히려 공부에 대한 흥미를 잃고, 자기혐오가 가득한 마음만 커져갔다.

비교가 습관이 되면 타인을 통해서만 나를 정의하게 된다. 내가 무엇을 좋아하는지, 무엇을 잘하는지보다 타인과의 간격이 먼저 눈에 들어온다. 그러다 보면 내 인생의 기준은 사라지고 남이 만든 자로만 나를 재게 된다. 비교하기를 멈춘다는 것은 곧 내 시선을 바깥에서 안쪽으로 돌린다는 뜻이다. 어제의 나와 오늘의 나를 비교하는 것이다. 어제보다 그 일에 더 집중했는지, 주변 사람들에게 어제보다 더 따뜻하게 말했는지, 어제보다 조금 더 웃을 수 있었는지를 살펴보는 것이다. 그 작은 태도가 쌓이면 결국 남과 견줄 수 없는 단단한 나만의 힘이 된다.

비교와 함께 우리를 지치게 만드는 또 다른 습관은 자책이다. 자책은 실수나 실패가 있을 때 자연스럽게 따라오는 감정이지만, 문제는 그것을 멈추지 못하고 끝없이 되뇌는 데 있다.

"왜 그때 그렇게밖에 못했을까."

"내가 좀 더 잘했어야 했는데."

이런 말들은 상황을 개선하지 못한다. 오히려 나를 더 깊은 수렁으로 끌고 들어갈 때도 있다. 실제로 지나친 자책은 새로운 시도를 막고, 관계 속에서도 불필요한 사과를 반복하게 만든다. 직장에서 작은 실수를 저지른 사람이 있다고 하자. 그는 이미 동료에게 사과를 했고 문제는 해결되었다. 그런데도 집에 돌아와 침대에 누운 후 '나는 왜 맨날 이 모양일까, 나는 너무 멍청해.'라며 자기 자신을 괴롭힌다. 결국 다음 날 그는 위축된 태도로 회의에 참석하고, 새로운 아이디어를 말할 용기를 내지 못한다. 작은 실수가 과도한 자책을 만나 자신감을 무너뜨린 것이다.

내가 나를 존중해주지 않는데 타인에게 존중을 바라는 것은 터무니없는 욕심이다. 자책이 반복되면 스스로를 존중할 수 없고, 결국 남의 눈에도 그 모습이 그대로 비친다. 반대로 나 자신을 있는 그대로 받아들이고 존중하는 사람은 타인에게도 자연스럽게 존중을 받는다. 자책을 끊는다는 것은 책임을 회피한다는 뜻이 아니다. 잘못을 인정하고 필요한 조치를 취한 후, 그다음 자신을 용서하는 것이다. '다시는 같은 실수를 하지 않겠다.'는 다짐은 남기되, 스스로를 체벌하는 몽둥이는 내려놓는 것이다.

비교와 자책을 끊어내면 놀라운 변화가 일어난다. 마음이 한결 가벼

위지고, 사람들과의 관계에서도 훨씬 자유로워진다. 비교하지 않는 사람은 타인을 시기하거나 질투하지 않는다. 오히려 타인의 성취를 진심으로 축하할 수 있다. 자책하지 않는 사람은 작은 실수에 매몰되지 않는다. 오히려 실패에서 배움을 얻고, 다시 앞으로 나아갈 힘을 찾는다. 이런 사람은 유난히 특별한 아우라를 풍긴다. 외모가 뛰어나서도 아니고, 언변이 좋아서도 아니다. 자신을 존중하고 자신과 친한 사람이 내뿜는 단단함이 있기 때문이다. 사람들은 본능적으로 그런 사람에게 끌린다. 곁에 있으면 마음이 편안하고, 따르고 싶어진다.

결국 우리가 끊어야 할 것은 무언가 대단히 큰 것이 아니다. 남과의 비교, 끝없는 자책, 나를 스스로 깎아내리는 작은 습관들이다. 이 사소해 보이는 것들을 내려놓을 때, 우리는 비로소 단단한 나 자신을 만나게 된다. 마치 잡동사니를 치운 책상 위에 책 한 권이 또렷하게 보이는 것처럼, 마음속 불필요한 짐을 걷어낼 때 비로소 내 안에 숨겨져 있던 힘과 가능성이 선명하게 드러난다.

삶은 채워지기도 하지만, 내려놓음으로 완성되기도 한다. 무엇을 더 붙잡을지 고민하기 전에 무엇을 놓아야 하는지 살피는 눈이 필요하다. 끊어야 할 것을 끊었을 때, 우리는 오히려 더 자유롭고 더 풍성한 삶을 살게 된다. 비교와 자책이라는 오래된 굴레에서 벗어나, 특별하고 단단한 자신을 만나는 것, 그것이 바로 관계의 소모를 줄이고 자기중심을 지키는 첫걸음이 된다.

⑥
복잡한 세상에서
단순하게 사는 법

사람 사이에서 가장 큰 피로는 타인을 바꾸려는 마음에서 시작된다. 우리는 종종 타인의 행동을 내 기준에 맞추려 애쓴다. '왜 저 사람은 좋지 못한 태도를 고치지 않을까?'라는 생각은 끝도 없이 이어진다. 그러나 대부분의 경우, 상대는 바뀌지 않는다. 애써 바꾸려 할수록 오히려 내 마음만 소모된다. 그래서 때로는 사람을 바꾸려 하지 말고, 그냥 하나의 '현상'으로 바라보는 태도가 필요하다. 마치 계절이 바뀌는 현상, 비가 오는 현상, 바람이 부는 현상을 우리가 받아들이듯이 말이다.

회사에는 최소 5분씩 지각하는 후배가 있다. 처음에는 별일 아니라고 여겼다. 누구나 늦을 수 있으니 말이다. 그러나 그것이 매일 반복되자 내 마음이 불편해졌다. 어느 순간 그 후배를 볼 때마다 부정적인 감정이 먼저 생기기 시작했다. 결국 몇 번 주의를 주었다. 출근 시간을 지키는 건 기본이고, 반복되는 지각은 다른 동료들에게도 좋지 않은 영향을 준다고 이야기했다. 후배는 그때마다 "네, 알겠습니다."라고 했지만, 달라진 건 없었다. 주의를 준 며칠은 정각에 출근하는가 싶더니 얼마 지나지 않아 여전히 최소 5분 늦게 도착했다.

그때부터 출근 시간은 불편한 감정으로 물들었다. 후배가 문을 열고 들어오는 순간, 나는 시계를 확인했고, 또다시 '역시 늦는군.' 하며 속으로 한숨을 쉬었다. 몇 번을 지적해도 나아지지 않으니, 불편한 감정이 쌓였다. 그런데 어느 날 문득 이런 생각이 들었다. '저 사람은 원래 지각하는 사람일 뿐이야.'

이 관점으로 바라보기 시작하자 신기하게도 마음이 편안해졌다. 매일 아침 그 후배의 지각은 더 이상 고쳐야 할 문제가 아니라, 그냥 그 사람이 가진 패턴이 되었다. 마치 여름에 더위가 찾아오고, 겨울에 눈이 내리듯, 그 후배는 매일 5분 늦게 출근하는 현상을 보여주는 것이다. 이상하게 들릴 수도 있다. 하지만 이렇게 생각하자 그 후배를 바라보는 내 감정의 무게가 훨씬 가벼워졌다.

사실 회사에서 후배가 5분 정도 늦는다고 큰 문제가 생기는 것은 아니었다. 그 후배가 맡은 업무는 비교적 유연하게 시작할 수 있었고, 회의 시간에 크게 영향을 주지도 않았다. 그럼에도 내가 괴로웠던 건, '이건 모두가 지켜야 하는 규칙인데 왜 혼자 지키지 않는 거지?'라는 고정관념 때문이었다. 내 기준을 상대에게 강제로 끼워 맞추려 했기 때문에 불필요한 피로감이 생겼던 것이다.

현상으로 바라본다는 건 상대방을 무책임하게 방치한다는 뜻이 아니다. 한두 번은 당연히 지적할 수 있고, 알려줄 수도 있다. 하지만 여러 번의 지적에도 고쳐지지 않는다면 그것은 나의 문제가 아니다. 지각하는 후배의 문제인 것이다. 어떤 사람은 늘 지각하고, 또 다른 사람은 늘 일찍 출근한다. 어떤 사람은 메일 답장을 빠르게 보내고, 또 다른 사람은 항상 하루 뒤에 답한다. 이 모든 건 상대방의 문제이자 현상일 뿐이다. 이렇게 바라보기 시작하면 복잡한 세상이 조금 단순해진다. 모든 것을 내 기준대로 바꾸려는 욕심을 내려놓으면, 불필요한 갈등이 줄어든다. 바뀌지 않는 타인을 붙잡고 애쓰는 대신, 그 사람을 있는 그대로 인정하는 순간, 오히려 내 마음이 자유로워진다.

예를 들어보자. 버스에서 누군가 큰 소리로 통화를 할 때, 우리는 불편하다. 하지만 그 순간 그 사람을 바꾸려 들면 갈등이 커진다. 만약 그것을 그냥 버스 안 소음 현상으로 본다면, 내 마음은 편안해진다. 불평이 많은 친구도 마찬가지다. 불평을 고쳐주려 애쓰는 대신, 그 사람은 늘 그렇게 살아간다고 인정하면 훨씬 가볍게 대화할 수 있다. 세상을 있는 그대로 받아들이는 태도, 이것이 단순하게 사는 방법이다.

다시 후배 이야기로 돌아가 보자. 나는 그 후배가 매일 5분 늦을 때마다, 그 시간에 내 할 일을 조금 더 정리하기로 했다. 하루 일정표를 다시 점검한다든가, 차를 한 모금 더 마신다든가, 후배에게 요청할 업무를 조금 더 챙겨본다. 즉, 나만의 작은 루틴을 만들었다. 그렇게 하니, 후배의 지각은 오히려 내 하루를 준비하는 신호처럼 다가왔다. 내게 그 후배보다 5분이 더 확보된 셈이다. 이렇게 생각하니 더 이상 문제가 되지 않았다.

사람을 바꾸려는 마음을 내려놓는다는 건, 결국 나의 마음을 고요하게 만드는 훈련이다. 타인을 통제하려는 욕구를 내려놓을 때, 우리는 불필요한 감정을 쓰지 않는다. 그리고 그만큼 내 삶의 여백이 넓어진다. 단순하게 사는 법은 멀리 있지 않다. 복잡한 세상 속에서, 내가 바꿀 수 없는 것을 억지로 붙잡지 않고, 그저 하나의 현상으로 바라보는 것. 그것만으로도 내 마음은 훨씬 단단해지고 평화로워진다.

이처럼 사람이 사람 때문에 힘들어하는 일은 너무 흔하다. 누구도 혼자 살아갈 수 없는 세상 속에서, 관계는 필연적으로 우리를 기쁘게도 하지만 괴롭히기도 한다. 가까운 가족일 수도 있고, 매일 마주하는 직장 동료일 수도 있으며, 때로는 스쳐 지나가는 낯선 이가 될 수도 있다. 그들이 의도했든 의도하지 않았든, 어떤 말 한마디나 행동이 마음속에 긴 그림자를 드리우며 우리의 평온을 앗아가곤 한다. 우리는 이런 순간마다 스스로 묻는다. '왜 저 사람은 나를 괴롭힐까? 내가 뭘 잘못했을까? 어떻게 하면 바꿀 수 있을까?' 그러나 곱씹을수록 해답은 좀처럼 나오지 않고, 오히려 마음은 더 복잡해진다.

이때 필요한 건 새로운 태도의 전환이다. 타인을 바꾸려 애쓰는 대신, 그들을 하나의 '현상'으로 바라보는 관점이다. 내가 누군가에게서 받은 불편함을 북한산 해발 453m 지점쯤에 놓인 자갈이나 흙 정도로 여긴다면 어떨까. 그 자갈은 그저 거기에 놓여 있을 뿐이다. 흙 역시 마찬가지다. 내가 원한다고 해서 자갈이 부드러운 모래로 변하지도 않고, 흙이 돌처럼 단단하게 뭉쳐지지도 않는다. 그것은 단지 거기에 있을 뿐, 나를 겨냥해서 존재하는 것도 아니고, 나를 괴롭히려는 의도도 없다. 타인 역시 그러하다. 타인은 내 바람대로 변하지 않는다. 설령 순간적으로 변한 듯 보여도, 본질은 여전히 그 사람일 뿐이다.

현상으로 받아들이기 시작하면 마음은 놀랍도록 가벼워진다. 누군가의 날 선 말들이 더 이상 나를 향한 공격으로 들리지 않는다. 그것은 바람이 불어 나뭇가지가 흔들리는 소리일 수도 있고, 빗방울이 지붕을 두드리는 소리일 수도 있다. 자갈이 발밑에 굴러 소리를 내듯, 그저 세계가 만들어내는 현상의 일부로 여길 수 있다. 물론 인간은 감정을 가진 존재이기에 완벽히 무감각할 수는 없다. 그러나 현상으로 받아들이는 태도는 불필요한 감정의 과잉을 줄여준다. 스트레스 지수는 자연스럽게 낮아지고, 마음속 파도는 잔잔해진다. 그 결과 나를 괴롭히던 그 '현상'은 더 이상 괴롭힘의 대상이 아니라, 그저 지나가는 풍경처럼 흘러가게 된다.

복잡한 세상에서 단순하게 산다는 것은, 결국 이렇게 불필요한 집착을 비우는 일이다. 우리는 매 순간 너무 많은 것에 휘둘린다. 더 잘해야 한다는 압박, 더 가져야 한다는 욕망, 더 인정받아야 한다는 갈망. 그리고 타인이 내 기준에 맞춰주길 바라는 헛된 기대까지. 이런 것들이 켜켜이 쌓이면 마음은 혼탁해진다. 그러나 정작 우리를 진정으로 괴롭히는 건, 외부의 조건이 아니라 그것을 쥐고 놓지 못하는 내 마음이다.

단순하게 산다는 건 버림의 용기에서 비롯된다. 불필요한 욕심을 버리고, 바꿀 수 없는 것을 바꾸려는 집착을 버리고, 타인의 말과 행동에 지나친 의미를 부여하는 습관을 버리는 것이다. 자갈을 자갈로, 흙을 흙으로 받아들일 수 있다면 세상은 놀랍도록 단순해진다. 남의 말 한마디에 잠 못 이루는 밤은 줄어들고, 내일 마주할 사람 때문에 미리 불안해지는 시간도 줄어든다. 그렇게 확보된 여백 속에서 우리는 비로소 자신을 만난다.

여기서 중요한 건 '비움'이 곧 무기력이나 무관심을 의미하지 않는다는 점이다. 오히려 그것은 더 깊은 집중으로 이어진다. 불필요한 것들을 걷어낸 자리에 비로소 본질이 남는다. 시끄러운 잡음 속에서는 피아노의 선율이 잘 들리지 않지만, 잡음을 줄이면 맑은 음들이 또렷하게 울린다. 마음도 그렇다. 타인을 바꾸려는 헛된 욕망을 내려놓고, 현상으로 받아들이는 단순한 태도를 취할 때, 내면의 고요함이 드러난다. 그 고요 속에서 나는 내가 가야 할 길을 분명히 볼 수 있다.

세상은 언제나 복잡할 것이다. 인터넷 뉴스 속에는 늘 새로운 사건이 쏟아지고, 직장에서는 끝나지 않는 업무가 기다리고, 관계 속에서는 오해와 충돌이 반복된다. 그러나 그 모든 것이 나를 흔드는 건 아니다. 마치 산을 오를 때 발밑의 자갈이 신발 밑창을 간질이듯, 작은 불편함은 피할 수 없지만 그것이 나의 여정을 막아설 수는 없다. 내가 걸음을 멈추지 않고, 그저 발을 옮겨 계속 걸어간다면, 자갈은 그저 지나온

길의 일부가 될 뿐이다.

그렇기에 단순하게 사는 법은 태도의 문제다. 세상은 변하지 않는다. 타인도 변하지 않는다. 그러나 내가 세상을 바라보는 시선은 변할 수 있다. 내가 자갈을 자갈로 받아들일 때, 복잡했던 길은 단순해지고, 어지럽던 마음은 고요해진다. 우리가 진정 배워야 할 것은 세상을 바꾸는 힘이 아니라, 세상을 있는 그대로 받아들이는 힘일 것이다. 비움과 고요 속에서 자기중심을 단단히 세울 때, 복잡한 세상은 오히려 단순한 풍경으로 다가온다. 그리고 그 단순함 속에서, 우리는 마침내 삶의 풍요함을 누리게 된다.

⑦
스스로 편안한 사람이
되어야 한다

　나는 어릴 적부터 공감 능력이 뛰어났다. 상대의 기분을 빠르게 읽어내고, 그 감정의 결을 함께 느끼는 것이 나에게는 너무나 자연스러운 일이었다. 특히 어머니와의 관계에서 그 성향은 더욱 두드러졌다. 어머니가 슬퍼하면 나도 슬펐고, 어머니가 기뻐하면 나도 덩달아 기뻤다. 마치 내 감정의 뿌리는 어머니와 연결되어 있는 나무처럼, 어머니의 감정이 곧 나의 감정이 되었다. 어릴 적 나에게 감정이란 독립적인 영역이 아니라, 서로가 공유하는 공기 같은 것이었다. 그런데 바로 그 성향이 시간이 흐르면서 나를 힘들게 만들었다. 타인의 감정에 동요할 수 있다는 건 분명 귀한 능력이지만, 그만큼 자기 자신을 잃을 위험도 내포하고 있었기 때문이다.

내가 그 사실을 자각하게 된 결정적인 계기가 있었다. 어릴 적, 어머니와 함께 영화를 보러 갔던 경험이다. 그때 보았던 영화는 〈반지의 제왕〉이었다. 어린 마음에도 그 장대한 서사와 장면들은 가슴을 벅차게 했고, 영화관을 나오는 순간, 나는 전율과 감동에 휩싸여 있었다. 심장이 빨리 뛰고, 신난 나머지 각 장면에 대한 인상 깊었던 점을 말로 쏟아냈다. 나는 마치 그 영화 속 세계를 직접 다녀온 사람처럼 어머니께 내 감정을 공유하며 신나게 감상평을 전했다.

그런데 정작 어머니의 반응은 내 기대와 달랐다. 나와 같은 감동을 공유할 것이라 믿었던 어머니는 담담했고, 특별히 흥미로웠다는 기색도 없어 보였다. 나는 당혹스러웠다. 어머니와 나는 같은 영화를 보았는데, 왜 이렇게 다르게 느끼는 걸까. 나를 감싸던 그 벅찬 감정이 어머니에게는 전혀 닿지 않은 것 같았다. 순간, 알 수 없는 허전함과 혼란이 밀려왔다. 그러나 그 경험은 동시에 중요한 깨달음을 남겼다.

그때 나는 처음으로 어렴풋이 이런 생각이 들었다. '아, 내 감정은 내 것이구나. 어머니가 어떤 기분을 느끼든, 그것과 상관없이 내가 느낀 감정은 온전히 나의 것이다.' 그 깨달음은 단순한 발견이 아니었다. 어린 시절의 나에게는 일종의 결단이었다. 더 이상 타인의 감정을 나의 것으로 착각하지 않겠다는, 내 감정의 독립을 다짐하는 순간이었다.

이후 나는 조금씩 변화를 시도했다. 예전 같으면 상대가 슬퍼하면 나도 따라서 울적해졌겠지만, 이제는 그 감정을 있는 그대로 바라보되, 그것이 나의 감정과 동일한 것이 아님을 의식하려 했다. 누군가 화를 내면 그 화에 덩달아 휩쓸리던 나였지만, 그 순간에도 내 마음이 실제로 느끼는 반응은 무엇인지 한 걸음 물러서서 살펴보려 노력했다. 그것은 아주 작은 차이였지만, 시간이 지날수록 내 삶의 중심을 다시 찾는 데 중요한 역할을 했다.

스스로 편안한 사람이 된다는 것은 단순히 고요하게 살아가는 것이 아니다. 타인의 감정에 흔들리지 않고, 내 감정을 분명히 지켜낼 수 있는 힘을 갖는 것을 말한다. 공감능력이 뛰어난 사람일수록 이 지점에서 혼란을 겪는다. 남의 감정이 너무 생생하게 다가와서 내 감정처럼 느껴지기 때문이다. 하지만 그때마다 나를 지켜내는 질문은 단순하다. '지금 이건 정말 내 감정인가?' 이 질문이 감정의 주인을 구분해 주고, 나를 지탱하는 기준이 된다.

물론 타인의 감정과 거리를 둔다고 해서 차가운 사람이 되는 것은 아니다. 오히려 내 감정이 분명해야 상대의 감정을 더 온전하게 존중할 수 있다. 내가 나의 감정을 소중히 대하지 못하면, 남의 감정에도 휘둘리기만 할 뿐 제대로 공감할 수 없다. 진짜 공감은 경계가 흐려지는 것이 아니라, 건강한 구분 위에서 이루어진다. 내 감정은 내 것, 타인의 감정은 타인의 것. 그 단순한 진리를 인정할 때 우리는 더 깊이 연결될 수 있다.

나는 이제 상대의 감정에 흔들릴 때마다, 먼저 내 감정을 살펴보려 한다. '저 사람은 화가 났지만, 나는 어떤가? 나는 지금 평온한가? 나도 불편한가?' 이런 식으로 내 감정을 먼저 확인한다. 그러면 불필요한 감정 소모를 줄일 수 있고, 타인의 감정에 휩쓸려서 불필요하게 힘들어지는 상황도 줄어든다. 내 감정을 존중하는 태도는 결국 나를 더 편안하게 만들고, 동시에 건강한 인간관계를 만든다.

돌이켜보면, 나는 오랫동안 남의 감정에 의존해 살아왔다. 어머니의 감정이 나의 기분을 좌우했고, 주변 사람의 감정이 나의 하루를 좌지우지했다. 하지만 나의 감정을 나답게 지켜낼 수 있을 때, 나는 비로소 스스로 편안한 사람이 된다. 그것은 삶을 훨씬 단단하고 자유롭게 만드는 길이다.

스스로 편안해지면 오히려 나 자신과의 관계가 안정되기에, 세상과 더 건강하게 연결될 수 있다. 내 안의 중심을 잃지 않는 한, 타인의 어떤 감정도 나를 무너뜨릴 수 없다. 그 자리에 서 있을 때 비로소 고요함 속에서 자기중심을 잡을 수 있고, 삶은 흔들리지 않는 평온으로 물든다.

대학 시절, 가까운 친구가 연애 문제로 심각하게 고민하던 날이 있었다. 그녀는 좋아하는 사람과의 관계에서 불안과 의심으로 하루 종일 내게 하소연했다. "남친이 어제 친구들이랑 술 약속이 있다고 했는데, 오늘 왜 연락이 안 되는지 모르겠어. 분명 약속 끝나고 연락을 주기로 했는데 여태 연락이 없어. 혹시 무슨 일이 있는 걸까?" 친구의 말은 끊임없이 이어졌고, 그녀의 얼굴에는 긴장과 걱정이 가득했다. 이전 같았으면 나는 그 무게를 온전히 짊어지고, 함께 불안하고 초조해하며 공감의 깊이를 더하는 데만 집중했을 것이다. 하지만 〈반지의 제왕〉 사건 이후 나는 달라져 있었다.

나는 마음속에서 먼저 나의 감정을 살폈다. 이 이야기를 들은 나의 감정은 어떤지 질문을 한 뒤, 내 마음을 들여다보았다. 그리고 친구의 이야기에 다시 귀 기울였다. 나는 친구의 불안을 받아들이되, 나까지 친구의 감정폭풍 속에 휘말리지 않기로 했다. 단순히 그녀의 마음을 이해하는 것뿐 아니라, 동시에 내 경계를 분명히 세운 것이다.

이 경험은 매우 중요한 메시지를 담고 있다. 과거 같았으면 나와 친구 둘 다 함께 무너졌을 순간이었지만, 감정의 경계를 설정함으로써 감정의 무게를 전부 짊어지지 않고도 충분히 공감할 수 있었다. 단순히 감정을 억누르는 것이 아니라, 적당한 공감과 자기 경계라는 구체적 방법을 적용함으로써 내 마음을 지키고 동시에 관계를 건강하게 유지할 수 있었다. 내면의 편안함이 외면의 평화로 이어질 수 있다는 사실을, 나는 그 경험을 통해 몸으로 깨달았다. 그 경험 이후, 나는 과에서 자연스럽게 연애 상담사로 불리게 되었다는 후일담이 있다.

돌이켜보면, 나는 오랫동안 남의 감정에 의존해 살아왔다. 어머니의 감정이 나의 하루를 좌우했고, 주변 사람의 기분이 나의 마음을 흔들었다. 하지만 이제는 그 굴레에서 조금씩 벗어나고 있다. 내 감정을 지켜낼 수 있을 때, 나는 비로소 스스로 편안한 사람이 된다. 그것은 삶을 훨씬 단단하고 자유롭게 만드는 길이다.

결국 내면의 편안함이 외면의 관계로 이어질 때, 비로소 진정한 힘을 발휘한다. 내가 나를 지키며 공감하는 순간, 주변 사람들도 그 평화를 느끼고 편안해진다. 영화관에서 느낀 감동과 대학 시절 친구와의 상담 경험은 하나로 연결된다. 내 감정을 지켜내는 연습이 쌓일수록, 나는 타인에게 안정과 평화를 전달할 수 있게 된다. 내면의 고요함은 결국 관계 속에서 실천되는 법이다.

3장

과도하게 애쓰며
자신을
소모하지 말 것

①
기대에 부응하다가
기대에 갇힌다

사람은 누구나 사랑받기 위해 태어난다. 그러나 사랑받기 위해, 사랑받았던 기억을 반복하기 위해, 우리는 종종 타인의 기대에 나를 꾹꾹 눌러 넣는다. 그것이 부모의 기대라면, 그 무게는 감히 거역할 수 없는 운명처럼 다가올 수도 있다.

드라마 〈폭싹 속았수다〉의 박영범이 떠올랐다. 총명했던 그는 어린 시절부터 어머니의 기대에 부응하며 자라났다. 말 잘 듣는 아들, 반에서 늘 상위권을 유지하는 학생, 학교 선생님들에게 칭찬받는 아이. 그리고 마침내 서울대 법학과에 입학한 '모범생'으로, 그는 어머니가 그토록 바라던 인생을 살아주고 있었다. 문제는 영범이 자신의 인생을 살고 있지 않았다는 데 있었다.

어머니가 바라는 인생에 충실하느라, 정작 영범은 자기 삶의 주인이 되지 못했다. 그는 사랑하는 연인 금명에게 깊은 감정을 품고 있었지만, 그 사랑마저 어머니의 기대라는 거대한 벽 앞에 무너졌다. 영범의 어머니는 금명을 탐탁지 않아 했다. 집안의 격이 맞지 않는다며, 그녀를 며느리로 받아들일 수 없다고 단정 지었다. 결국 영범은 그 사랑을 포기했고, 금명과의 관계는 파혼으로 끝이 났다. 그는 사랑을 잃는 대신, 어머니의 아들로 남기를 선택했다.

박영범의 선택은 단순히 드라마 속 인물의 비극으로 끝나지 않는다. 이는 이 시대 수많은 청년들에게 벌어지고 있는 현실이다. 부모의 기대, 사회의 기준, 타인의 칭찬 속에서 나를 증명하려는 몸부림. 하지만 그 기대에 부응하기 위해 애쓰는 순간, 우리는 '나'라는 존재를 점점 잃어간다.

기대는 처음엔 따뜻한 불빛 같다. 사랑의 언어이고, 신뢰의 다른 이름처럼 느껴진다. 하지만 그 기대가 감시가 되고, 통제의 무기가 될 때, 우리는 기대에 부응하다가 기대에 갇히게 된다. 더 무서운 것은, 그 감옥이 우리가 스스로 만든 함정이라는 것이다. "엄마가 원하는 대로 살면 넌 정말 행복할 거야.", "내가 포기하면 가족이 덜 힘들 거야.", "이 정도 희생은 해야 착한 딸이지."라는 자기암시 속에서, 우리는 자신의 삶을 타인에게 조금씩 내어준다.

영범은 자신이 원하는 사랑을 포기했다. 그리고 본인의 삶을 놓아버렸다. 그가 금명과 함께하는 미래를 그려보는 것조차 불가능했다. 사랑보다 기대에 부응하는 삶을 선택한 그에게 남은 것은 성공의 껍데기와 외로운 내면뿐이었다. 금명과의 관계가 끝난 뒤, 그는 후회한다. 그러나 그 후회는 너무 늦었고, 삶은 이미 자신이 아닌 엄마의 인생에 바쳐진 뒤였다.

기대는 때때로 사랑보다 강하다. 우리는 종종 기대에 부응하지 못하면 사랑도 사라질까 봐 두려워한다. 하지만 그렇기에 더욱 중요한 건, 기대와 나 사이의 건강한 경계를 세우는 일이다. 누군가의 바람이 나를 삼켜버리기 전에, 나는 나로서 살아야 한다.

우리는 박영범의 삶을 반면교사로 삼아야 한다. 나를 아끼는 사람이라면 나의 진짜 행복도 함께 빌어줄 것이다. 타인의 기준이 아닌, 내가 진정 바라는 삶을 선택할 때, 비로소 우리는 '기대에 부응하는 삶'이 아니라, '내 삶을 주체적으로 사는 삶'을 살게 된다. 우리 모두는 누구도 대신 살아줄 수 없는 값진 인생을 살아간다.

그러니 나 자신에게 다시 물어보자.

"나는 지금 누구의 기대에 살고 있는가. 그리고 그 기대는 내가 감당할 가치가 있는 것인가?"

어느 날 한 신입사원이 입사했다. 그는 눈에 띄는 성과를 냈고, 성실함과 꼼꼼함으로 모두의 신뢰를 얻었다. 상사들은 그에게 '에이스'라는 별명을 붙여주었고, 동료들은 그와 함께 일하면 든든하다며 그의 이름을 입에 올렸다. 처음에는 그 별명이 자부심이 되었고, 그만큼의 기대가 자신을 더욱 단단하게 성장시켜 줄 것이라 믿었다. 그는 사람들의 반짝이는 눈빛에서 비추어지는 신뢰를 보며, 더 열심히 해야 한다는 다짐을 했다.

그러나 기대라는 무게는 시간이 갈수록 칭찬이 아닌 압박으로 다가왔다. 상사들은 중요한 프로젝트마다 그를 앞세웠고, 그에게 의지했다. 동료들 또한 '저 사람은 반드시 잘 해낼 것이다.'라는 암묵적인 믿음을 전제로 그를 대했다. 처음에는 영광처럼 느껴졌던 일들이 차츰 숨 막히는 굴레로 변해갔다. 실패가 허락되지 않을 것만 같았다. 항상 더 나은 결과를 내야 한다는 압박감이 그의 마음을 조여왔다. 몸은 점점 무거워지고, 밤마다 쏟아지는 과로 속에서 피로가 누적되었지만, 그는 멈출 수 없었다. '기대에 미치지 못하면 나의 존재가 무너질 것이다.'라는 두려움이 그를 붙잡았다. 그는 어느새 자신의 성실함이 감옥이 되어버렸음을 깨닫지 못한 채, 끝없는 달리기를 멈출 수 없었다.

결국 그의 몸에는 과로로 인한 여러 질병이 찾아왔고, 그 합병증들은 쉽게 낫지 않았다. 마음은 이미 무너져 있었고, 다시 회사에 복귀할 힘을 잃은 그는 결국 퇴사를 선택할 수밖에 없었다. 사람들은 처음엔 아쉬워했지만, 곧 또 다른 에이스를 찾기 위해 입사공고를 올렸다. 그제야 그는 알게 되었다. 사람들이 자신에게 기대를 걸었던 것은 그를 온전히 바라본 것이 아니라, 그의 성과를 바라본 것이었음을. 그는 인간으로서의 자신이 아니라, 결과로서 자신을 증명하느라 몇 년을 소모한 셈이었다.

기대란 애초에 양날의 검과 같다. 그것은 사람을 일으켜 세우기도 하지만, 때로는 사람을 짓누르기도 한다. 누군가의 기대에 부응하려 애쓰는 순간, 우리는 자신을 잃어버리기 쉽다. 타인의 눈에 비친 '에이스'라는 이름이 나의 정체성이 되어버리면, 그 기대가 무너지는 순간 나는 곧 존재하는 이유를 잃어버린다. 그러나 인간의 가치는 성과나 별명으로 환원될 수 있는 것이 아니다. 내가 진정한 나로 설 수 있는 자리는 타인의 기대 속이 아니라, 나 자신이 선택한 중심 위에 있다.

기대를 충족시키려는 삶은 결국 기대에 갇히는 삶이다. 사람들은 내가 얼마나 애쓰는지, 내 안에서 무엇이 무너지는지 깊이 들여다보지 않는다. 그들은 단지 내가 해낸 결과와 성취만을 본다. 그러므로 타인의 기대에만 자신을 걸고 살아간다는 것은 모래 위에 집을 짓는 것과 같다. 모래는 언제든 흩어질 수 있고, 그렇게 지어진 집은 결국 무너진다.

그렇다면 우리는 어떻게 살아야 할까. 먼저 나만의 기대와 타인의 기대를 구분할 수 있어야 한다. 나의 성실함이 나를 지탱하는 힘으로 작용하는가, 아니면 남의 기대에 갇혀 나를 소모하는 굴레가 되는가. 그 차이를 분별하는 눈이 필요하다.

철학자 칸트는 인간을 단순한 수단이 아닌, 그 자체의 목적으로 대우해야 한다고 말했다. 이 말을 타인의 시선에 갇힌 삶에 비추어 본다면, 나 자신을 누군가의 기대를 충족시키는 수단으로 전락시켜서는 안 된다는 뜻이 된다. 나의 존재는 그 자체로 존엄하며, 누군가의 기대가 있어야만 살아갈 자격이 부여되는 것이 아니다. 그러나 현대 사회는 끝없이 우리에게 기대를 요구한다. 회사는 성과를, 가정은 역할을, 사회는 기준을 요구한다. 우리는 그 속에서 끝없는 부응을 강요받는다. 하지만 중요한 것은, 나의 본질적 가치는 그 모든 기대와는 무관하다는 사실이다. 기대를 충족하지 못했다고 해서 내가 무가치한 것은 아니다. 기대를 충족한다고 해서 내 삶이 완성되는 것도 아니다.

진정한 삶의 힘은 타인의 기대에 부응하는 것이 아닌, 나 스스로의 한계를 인정하고 균형을 지켜내는 데서 비롯된다. 한 사람이 에이스라는 이름 아래 무너져 간 이야기는 우리에게 분명한 교훈을 준다. 타인의 기대는 절대로 나의 존재 이유가 되어서는 안 된다는 것. 기대를 만족시키려는 순간부터 우리는 기대의 감옥에 자신을 가두기 시작한다는 것. 그러므로 기대에 부응하되, 그 속에 갇히지 않는 지혜가 필요하다. 그 지혜는 결국 자기 성찰에서 나온다.

나는 지금 누구의 기대를 충족시키려 하고 있는가, 그 기대를 따르다 내가 무너지는 것은 아닌가. 이런 질문을 던지며 살아야 한다. 그래야만 타인의 기대 속에서도 무너지지 않고, 나 자신의 삶을 끝내 지켜낼 수 있을 것이다.

②
미안한 감정을
자주 느끼는 사람

　아이가 잘 안 먹어도, 감기에 자주 걸려도, 또래보다 키가 작아도, 몸이 뚱뚱해도, 가끔 문제 행동을 보여도, 감정 기복이 심하고 정서가 불안해 보여도, 공부를 못해도, 심지어 아이가 장애를 가지고 태어났어도 대부분의 엄마들은 그 모든 것을 자신의 탓이라고 여긴다.

　나 역시 그랬다. 아이를 임신하고 6개월쯤 되었을 무렵, 조산기 진단을 받았다. 그때부터 나는 하루 20시간 이상을 꼼짝없이 침대에 누워 지내야 했다. 거의 움직이지 못한 채 침대에 눕는 것이 일상이 되었고, 그 시간은 육체적으로도, 정신적으로도 무척 버거웠다. 아이는 그런 나의 임신 과정을 거쳐 태어났고, 태어났을 때 선천성 사경을 가지고 있었다.

그 순간부터 내 마음 깊은 곳에 죄책감이라는 감정이 뿌리를 내렸다. '나 때문에 아이가 건강하게 태어나지 못한 건 아닐까.', '조산기가 아니었으면 달라졌을까.', '내가 더 잘했더라면 아이가 조금 더 건강하게 태어났을 텐데.' 이런 생각들이 끝없이 밀려들었다. 그 죄책감은 내 일상과 양육 전반에 그림자처럼 드리웠고, 아이가 자라는 매순간마다 미안함이 따라붙었다. 그러다 어느 날, 소아 청소년 정신과 전문의 오은영 박사의 책에서 한 문장을 마주하게 되었다.

"지나친 죄책감을 가진 엄마 밑에서 자란 아이는 오히려 불안정한 정서를 갖게 됩니다."

그 말은 마치 내 머리를 단번에 울리는 망치처럼 강하게 다가왔다. 그동안 나는 아이에게 더 잘해주고 싶은 마음에서 스스로 자꾸만 자책하고 있었는데, 아이에게 진짜 필요했던 건 그런 미안함이 아니라 안정감이었다. 내가 자책하는 마음으로 아이를 바라볼수록, 그 감정은 아이에게도 자연스럽게 스며들었고, 아이는 나의 눈치를 보며 더 불안해졌을지도 모른다. 그 문장을 통해 나는 미안한 감정이 사랑의 표현이 되기보다는, 오히려 아이에게 불안의 근원이 될 수 있다는 사실을 처음 깨달았다.

그날 이후, 나는 내게 말하기 시작했다. "그때 너는 정말 최선을 다했어. 네가 잘못한 게 아니야. 너도 지쳐 있었잖아. 아이를 10개월간 품고, 견뎌내고, 낳아준 것만으로도 충분히 잘한 거야." 나 자신을 다독이는 말이 처음엔 어색했다. 그렇게 자신을 위로할 자격이 나에게 있는지조차 의심했다. 하지만 계속해서 내 마음 깊은 곳에서 조용히 말해주었다. 너는 괜찮다고. 괜찮다고. 괜찮다고. 그 말들이 차곡차곡 쌓이면서, 어느 순간부터는 아이를 보는 눈빛이 달라졌다. 아이가 실수해도, 울어도, 고집을 부려도, 그 모습 그대로 사랑스러워 보이기 시작했다. 미안함이 아닌 신뢰의 눈으로 아이를 바라볼 수 있게 된 것이다.

사랑은 죄책감으로 전해지지 않는다. 죄책감은 사랑처럼 보일 수 있지만, 실제로는 그 감정의 중심에 아이가 아닌 내가 있었다. 내가 괜찮지 않아서, 내가 자책하고 있어서, 내가 용서받고 싶어서 "미안해."라는 말을 반복했던 것이다. 그것은 결국 아이에게 '네가 문제다.'라는 신호처럼 작용하고 있었다. 아이에게 진심으로 전하고 싶었던 사랑은 그 감정 속에서 왜곡되고, 전혀 다른 형태로 흘러가고 있었던 것이다. 나는 그 사실을 깨닫고 무너졌다. 하지만 그 무너짐 속에서 다시 시작할 수 있다는 가능성을 발견했다.

그리고 무엇보다 나 자신이 가벼워졌다. 자책으로 무거웠던 내 하루는 조금씩 맑아졌고, 아이와 함께 보내는 시간들이 긴장 대신 여유로 채워졌다. 아이도 달라졌다. 눈치를 덜 보았고, 실수해도 위축되지 않았다. 엄마가 편안해지자 아이도 편안해졌다. 아이는 엄마의 그림자를 따라 자란다. 엄마가 자신을 믿고 괜찮다고 말해주는 사람일 때, 아이는 비로소 자신을 믿고 도전할 수 있다. 그런 변화들이 쌓이자, 나는 이전보다 훨씬 더 아이를 잘 이해하게 되었고, 더 용감해졌다. 무엇보다 나 자신을 미워하지 않게 되었다. 그것이 가장 큰 변화였다.

그러니 지금도 여전히 "미안해."라는 말을 자신에게 너무 자주 건네는 누군가가 있다면, 이 말을 꼭 해주고 싶다. "그때 너는 정말 최선을 다했어. 잘했어. 그리고 지금도 충분히 잘하고 있어." 그 말을 가장 먼저 자신에게 들려줄 수 있을 때, 우리는 아이와의 관계 속에서 죄책감이 아닌 신뢰로, 불안이 아닌 사랑으로 걸어갈 수 있다. 그렇게 변한 엄마의 마음은 결국 아이의 세상도 따뜻하게 바꾼다. 우리가 가장 먼저 바꿔야 할 건 환경도, 상황도 아니다. 내 마음속에서 뿌리내린 그 '미안함'이라는 오래된 감정을 놓아주는 일이다. 그래야 비로소 나도 아이도 자유로워질 수 있다.

우리는 살아가면서 수많은 관계 속에 놓인다. 가족, 친구, 직장 동료, 연인 그리고 낯선 이들과도 얽히며 때로는 따뜻함을 느끼고 때로는 상처받는다. 그 관계들을 건강하게 유지하는 데 가장 기본이 되는 것은 자기 자신을 지키는 일이다. 하지만 너무 많은 사람이 그 자기 자신을 소홀히 한다. 그중에서도 특히 미안함이라는 감정에 지나치게 얽매여 자신의 내면을 지치게 만드는 사람들이 있다. 그들을 일컫는 말이 바로 '에코이스트'다.

에코이스트는 사전적으로는 '메아리치는 사람'이라는 의미를 갖는다. 이 단어가 특별한 의미를 가지는 이유는, 타인의 말과 감정에 지나치게 공명하며 자신의 감정과 욕구를 억누르는 사람들을 지칭하기 때문이다. 이들은 말 그대로 상대방의 요구와 기대에 메아리처럼 반응하느라 자신을 돌보는 일에는 소홀하다. 에코이스트의 내면에는 '내가 다 맞춰야 한다.', '내가 다 책임져야 한다.'는 과도한 부담감과 함께 끝없는 미안함이 자리 잡고 있다.

미안함은 애초에 관계를 원만히 유지하는 데 꼭 필요한 감정이다. 누군가에게 피해를 주거나, 실수했을 때 미안함을 표현하는 것은 타인에 대한 예의이자 건강한 관계의 신호다. 그러나 이 미안함이 지나치면 문제가 된다. 자신이 잘못하지 않은 상황에도 미안함을 느끼고, 자신의 감정을 억누르며 상대를 우선시하는 습관은 결국 자기 소모로 이어진다.

에코이스트들은 자신이 겪는 감정적 피로를 쉽게 드러내지 않는다. 그들은 미안하다는 말을 너무 자주, 너무 쉽게 입에 올리다 보니 그 말의 진정성이 희석되기도 한다. '미안하다'는 말이 일종의 버릇처럼 되면, 주변 사람들에게도 '그 사람이 항상 미안해하니 별일 아닌가 보다.'라는 인상을 줄 수 있다. 더 심각한 것은, 미안함에 짓눌린 에코이스트 스스로가 '나는 항상 문제를 일으키는 사람' 또는 '나는 늘 상대에게 폐를 끼친다'는 생각에 빠져 자존감이 떨어지고, 점점 관계 속에서 소외되거나 무기력해진다는 점이다.

직장에서 자신의 의견을 말할 때마다 "죄송하지만…"을 입에 달고 다니는 한 직원이 있었다. 처음에는 겸손함으로 받아들여졌다. 하지만 시간이 지날수록 그의 말에는 확신이 줄어들었고, 동료들은 그의 의견을 진지하게 듣지 않게 됐다. 결국 그는 회의 자리에서 점점 존재감이 희미해졌다. 그의 미안함은 결국 자신의 가치를 훼손했고, 관계와 직장 내 입지를 약화시키는 독이 됐다.

이렇듯 미안함이 습관이 되고, 자신의 존재를 끊임없이 부정하게 만드는 것은 심각한 문제다. 미안함을 자주 느끼고 표현하는 것은 일종의 방어기제일 수 있지만, 그것이 과해지면 자기애 결핍과도 연결된다. 자기 자신을 사랑하고 존중하지 못하는 사람은 건강한 관계를 유지하기 어렵다. 에코이스트의 특징은 타인을 지나치게 배려하는 만큼, 스스로를 위한 배려에는 인색하다는 점이다.

왜 이런 현상이 생길까? 사회문화적 요인도 크다. 특히 대한민국이 속한 동양 문화권에서는 '겸손'과 '배려'를 미덕으로 여긴다. 때로는 자신의 욕구와 감정을 솔직하게 드러내는 것을 이기적이라 비판하는 경향도 있다. 이런 환경에서 자라난 사람들은 타인의 기대에 맞추려 애쓰고, 자신의 실수나 잘못이 아니더라도 미안함을 느끼며 자신을 몰아붙인다.

그렇다고 해서 미안함 자체를 부정할 수는 없다. 미안함은 관계 속에서 서로를 존중하고 이해하는 기본적인 감정이다. 하지만 그것이 지나쳐서 미안함이 남발되면 독이 된다. 미안함이 건강한 배려와 경계 설정 사이에서 균형을 잃으면, 결국 나 자신을 소모시키는 길로 빠져든다.

이와 관련해 심리학자들은 '자기 연민'이라는 개념을 강조한다. 자기 연민이란 자신에게 따뜻하고 관대하게 대하는 태도다. 실수하거나 부족한 점이 있어도 스스로 질책하지 않고, 마치 가까운 친구에게 하듯 다정하게 자신을 대하는 것이다. 자기 연민은 과도한 미안함과 죄책감에서 벗어나 자신을 회복시키는 강력한 힘이다.

결국 미안함에 자주 휩싸이는 에코이스트들이 건강한 삶으로 나아가기 위해선 '미안함' 그 자체를 덜어내는 것이 아니라, '균형감'을 찾는 과정이 필요하다. 미안함과 자기 존중 사이의 균형은 자기 삶의 중심을 잡는 일과 같다. 관계에서 흔들리지 않는 내면의 단단함이 바로 여기에서 비롯된다.

끝으로 미안함을 느끼는 자신을 탓하지 않는 것이다. 미안함이 너무 익숙한 사람들은 오히려 그 감정이 나를 위한 배려임을 인식할 필요가 있다. 즉, '내가 배려가 지나쳤구나, 그래서 미안함도 자주 느끼는구나.' 하는 자기 이해가 출발점이다. 그 위에 건강한 경계 설정과 자기 돌봄을 쌓아 올릴 때, 그 미안함은 더 이상 독이 아니라 관계를 풍요롭게 하는 감정이 된다.

에코이스트가 아닌, 진정한 나를 만나는 길. 그것은 미안함에 휩싸인 자신을 있는 그대로 받아들이는 순간부터 시작된다. 그리고 그 내면의 소리에 귀 기울이며 '나도 소중한 사람'임을 느끼는 과정에서 삶은 조금씩 더 편안해지고, 관계는 더욱 건강해질 것이다.

③
지나친 배려는
독이 된다

　사랑이라는 이름으로 가장 많이 오해하는 것이 있다. 그것은 바로 '무조건적인 이해와 용서'다. 연인의 잘못, 심지어는 폭력조차도 사랑이라는 이유로 덮어주는 경우가 있다. 처음에는 관계를 지키려는 마음에서 비롯된다. '이 사람도 힘든 일이 있겠지.' '다음에는 달라질 거야.' '내가 조금만 더 참으면 되지 않을까.' 그렇게 자신에게 말을 건네며 인내심을 미덕처럼 포장한다. 하지만 그 포장이 오래갈 수는 없다. 왜냐하면 상대방은 인내심과 배려를 허용으로 받아들이기 때문이다.

　잘못을 저지른 쪽이 책임을 느끼지 않는 이유는 단순하다. 상대가 받아주기 때문이다. 한두 번은 미안한 마음을 표현할 수도 있다. 하지만 시간이 지남에 따라 '내가 잘못한 것이 아니구나.', '내가 변하지 않아도 관계는 유지되는구나.'라는 왜곡된 확신이 자리 잡는다. 그리고 그 순간부터 관계는 균형을 잃는다. 한쪽은 끊임없이 인내해야 하고, 다른 한쪽은 끝도 없이 배려를 요구하게 된다.

이것은 단순히 개인적인 불균형이 아니라, 개인의 가치와 존엄성을 침해하는 일이다. '사랑'이라는 이름으로 자신을 소모하며 상대의 무책임을 용납하는 것은 사랑이 아니다. 그것은 자기 파괴일 뿐이다. 사랑은 반드시 이해를 수반한다. 상대를 이해하지 않고는 깊은 관계를 맺을 수 없다. 하지만 문제는 경계를 긋지 않는 이해다. 경계가 없는 이해는 결국 상대방을 방종하게 만든다. 이해가 배려의 얼굴을 하고 상대의 무책임을 정당화하는 순간, 그것은 더 이상 사랑이 아니다.

모든 관계는 경계 위에 세워진다. 나와 너의 경계, 나의 권리와 너의 권리의 경계, 나의 책임과 너의 책임의 경계가 분명해야 한다. 그 경계가 희미해질수록 관계는 모호해지고, 모호함은 곧 착취로 이어진다. 연인 사이의 폭력은 바로 그 경계가 무너졌을 때 발생한다.

폭력을 행사하는 사람은 '상대는 나를 떠나지 못할 것이다.'라는 확신 속에서 행동한다. 왜냐하면 이전에도 상대는 모든 것을 받아주었기 때문이다. 그리고 그 관용은 더 큰 폭력의 발판이 된다. 결국 지나친 이해와 용서는 폭력을 키우는 토양이 되어버린다.

많은 사람들이 말한다. "그래도 이해와 용서가 있어야 관계가 지속되는 것 아닌가?" 하지만 그것은 반쪽짜리 진실이다. 관계를 유지하는 힘은 이해와 용서만이 아니라, 책임과 변화에도 달려 있다. 상대가 잘못을 저질렀을 때, 그 잘못을 있는 그대로 직면하게 하고, 책임을 묻고, 변화를 요구하는 것. 그것이 진정한 관계의 토대다. 그런데 이해와 용서만이 반복된다면 어떻게 될까? 관계는 겉으로는 유지되는 것처럼 보이지만, 실제로는 한쪽만의 희생으로 기울어진다. 균형이 무너진 관계는 오래가지 못한다. 끝내는 한쪽의 영혼이 소진되고, 결국은 돌이킬 수 없는 파국을 맞게 된다.

이 문제는 비단 연인 관계에만 국한되지 않는다. 사회적 관계에서도 마찬가지다. 어떤 사람이 반복적으로 무례한 행동을 해도, 우리가 그것을 '좋은 게 좋은 것'이라며 참아내면 어떻게 될까? 결국 상대는 자신의 무례함을 습관으로 굳히게 된다.

조직에서도 비슷한 일이 벌어진다. 책임을 회피하는 사람이 있다. 실수를 반복하면 늘 누군가 대신 수습해 준다. 처음에는 동료들이 "이번 한 번은 내가 도와줄게."라며 나선다. 하지만 그 한 번이 두 번, 세 번이 되고, 결국에는 동료들의 도움을 당연시하며 고착된다. 무책임한 사람의 태도를 방관하는 사회적 구조. 이것이야말로 지나친 배려가 낳은 사회의 불균형이다.

철학자 한나 아렌트는 '악의 평범성'을 이야기하며 이렇게 경고했다. 악은 거대한 폭군의 얼굴로만 찾아오는 것이 아니라, 일상의 작은 무책임, 사소한 방관에서 자라난다고. 지나친 배려도 바로 그런 맥락에서 악의 씨앗이 된다. 상대의 잘못을 덮어주는 순간, 우리는 악의 토양을 비옥하게 만드는 셈이다.

진정한 사랑은 상대를 성장하게 하는 힘이 있다. 성장하지 못하게 만들면서 '사랑한다'고 말하는 것은 참된 사랑이 아니다. 마찬가지로 진정한 배려는 상대의 책임을 대신 떠안는 것이 아니라, 그 책임을 스스로 감당할 수 있도록 도와주는 것이다.

한 부모가 있다. 자녀가 실수하거나 실패할까 두려운 마음에 모든 선택을 대신 해주려 든다. 진로, 인간관계, 사소한 생활 습관까지 부모가 나서서 결정한다. 아이가 넘어질까 염려되어 아예 걸음도 걸을 수 없도록 붙잡아 버리는 꼴이다. 부모의 마음은 애틋하다. "내가 더 살아본 사람이니 네가 겪지 않아도 될 고생은 미리 막아주고 싶다."는 마음이 존재한다. 그러나 이 따뜻한 마음이 때로는 아이의 삶을 옥죄는 족쇄로 변하기도 한다.

시간이 흘러 그 부모의 아이가 커간다. 부모의 결정 아래에서 자란 아이는 자기 힘으로 문제를 해결해 본 경험이 부족해진다. 학교에서 친구와 겪은 작은 갈등에도 쉽게 흔들리고, 자장면을 먹을 것인가, 짬뽕을 먹을 것인가 하는 사소한 결정을 내릴 때조차 불안해하며, 독립적으로 서지 못하는 성향이 자리 잡는다. 부모가 애써 막아준 그 길 위에서, 아이는 더 이상 자기 두 발로 걷는 법을 배우지 못한다. 부모는 처음엔 "다 너를 위해서다."라고 말한다. 하지만 자립하지 못하는 자녀를 보면 결국 죄책감과 후회를 남기게 된다.

이것이 바로 지나친 배려의 그림자다. 아이의 미래를 지켜주려는 마음과 행동이 사실은 한 인간이 성장함에 있어서 큰 방해물이 된다. 그렇게 자란 아이는 부모의 울타리 안에서 안전했지만, 세상 앞에서는 스스로 서지 못하는 불안한 존재로 남게 된다. 부모가 자녀의 모든 선택을 대신 해주면 아이는 독립하지 못한다. 연인이 서로의 잘못을 무조건 덮어주면 결국 폭력적인 관계에 갇힐 수도 있다. 사회에서 무책임한 이들의 잘못을 끝없이 감싸주면 조직은 병들게 된다. 그러므로 우리는 반드시 질문해야 한다.

'나는 지금 사랑하고 있는가, 아니면 두려움에 매여 자신을 소모하고 있는가?'
'나는 지금 배려하고 있는가, 아니면 관계를 유지하기 위해 내 존엄성을 희생하고 있는가?'

사랑은 무조건적인 이해와 용서가 아니다. 사랑은 진실을 마주하는 용기다. 잘못을 잘못이라고 말할 수 있는 용기, 책임을 물을 수 있는 용기, 관계의 균형을 지켜내는 용기. 그것이 없다면 그 사랑은 오래가지 못한다.

우리는 상대를 위한다는 이유로 자기 자신을 소모하지 말아야 한다. 지나친 배려는 결국 독이 되어 나도 해치고, 상대도 해친다. 연인 관계에서, 가족 관계에서, 사회적 관계에서도 마찬가지다. 진정한 배려는 상대가 자기 삶의 책임을 스스로 감당하도록 돕는 것이다. 진정한 사랑은 상대가 독립적 존재로 성장하도록 이끄는 것이다. 그러니 이제는 용기 내어 경계를 세워야 한다. 누군가의 삶을 대신 살아주는 것이 아니라, 그 삶이 스스로 빛나도록 곁에서 지켜봐 주었으면 한다.

④
갈등을 일으키는 사람과 거리두기

장 대리는 늘 입버릇처럼 말했다. "아 출근하기 싫어." "김 팀장님은 책임감이 너무 없어요." "최 부장님은 분위기 파악 진짜 못하는데요." 처음엔 아무 생각 없이 고개를 끄덕였다. 틀린 말도 아니었으니깐. 하지만 이상하게도, 장 대리와 한참 이야기를 나누고 나면 마음이 뿌옇게 흐려졌다. 일에 집중이 안 됐고, 누구의 말도 긍정적으로 들리지 않았다. 어느 순간부터는 내 입에서도 비슷한 말이 튀어나오기 시작했다. "그러게, 요즘 진짜 회의감 들지 않아요?" 장 대리의 푸념과 투덜거림을 나도 모르게 닮아가고 있었다. 그때서야 문득 잘못되어 간다는 걸 깨달았다. 왜 나는 장 대리와 대화한 후엔 늘 기분이 가라앉을까. 왜 멀쩡했던 하루가 갑자기 무의미해지는 것 같을까.

사실 나는 그런 사람이 아니었다. 소소한 유머를 좋아했고, 팀원들 사이의 좋은 분위기를 중요하게 여겼고, 다 같이 힘을 내서 일하는 걸 즐거워하는 사람이었다. 그런데 장 대리와의 대화 이후에는 부정적인 생각이 머리에 조금씩 차오르는 것이 느껴졌다. 장 대리는 그저 자기 이야기를 한 것뿐일 수도 있다. 하지만 그 이야기는 나에게는 부정적인 영향을 끼치고 있었다. 대인관계를 중시해 왔던 나로서는 장 대리를 피하는 일이 쉽지 않았다. '직장 동료는 결국 가족보다 더 많은 시간을 보내는 사람들인데, 마찰 없이 잘 지내야지.' 그런 생각에 늘 맞춰주려고 했고, 최대한 웃으며 대화를 이어갔다. 그러다 보니 더욱 이상한 일이 생겼다. 사람들과 함께 있어도 혼자 있는 것 같았고, 웃고 있어도 마음속은 소란스러웠다.

그렇게 수개월이 흐르고, 어느 날 문득 나 자신이 많이 흐려졌다는 걸 느꼈다. 내가 누구였는지, 어떤 생각을 했는지, 왜 일을 시작했는지도 모호해졌다. 그때 결심했다. 한 직장에서 아예 관계를 끊어내는 것은 불가능한 일. 대신 아주 조용히 장 대리와의 불필요한 소통을 줄여보자고 결심했다. 처음엔 그와 거리를 두는 것이 어려웠다. 웃으며 다가오는 동료를 어떻게 밀어낼 수 있겠는가. 하지만 나는 의식적으로 대화를 짧게 마무리했고, 잡담이 시작되면 메일 확인을 핑계로 자리를 떴다. 커피를 마시러 가자는 제안도 한두 번은 함께했지만, 점점 피했다. 그렇게, 아주 조심스럽고 천천히, 장 대리와의 간격을 만들기 시작했다. 처음엔 내가 너무 예민하게 구는 것 아닌가, 소심한 행동인가 싶은 마음도 들었다. 하지만 점점 내 마음은 고요해졌고, 그 고요 속에서 나는 다시 나로 돌아오고 있었다.

누구와도 원만하게 지내야 한다는 생각은 그 자체로는 나쁘지 않다. 하지만 그 생각이 나를 지치게 만든다면, 멈춰야 한다. 장 대리와의 거리두기 이후, 나는 다시 긍정적인 생각을 하기 시작했다. 내가 마주한 문제의 본질은 장 대리가 아니라, '모두와 잘 지내야 한다'는 나의 잘못된 신념이었다.

나는 지금도 여러 사람들과 함께 교류한다. 그리고 여전히 누군가와의 관계를 소중히 여기고, 작은 갈등에도 예민하게 반응한다. 하지만 예전처럼 모든 관계를 지켜야 할 의무로 여기지는 않는다. 관계는 선택이고, 선택에는 책임이 따르지만, 그 책임은 결코 나를 파괴하는 방향으로 향해서는 안 된다. 갈등을 일으키는 사람과 무리하게 친하게 지내려는 건, 내 안의 평화를 포기하는 일이다. 관계에는 온기만 있는 게 아니다. 때론 날이 서 있고, 소음을 내고, 때로는 날카롭게 마음을 찌르기도 한다. 그런 관계는 이해하려 애쓰는 것이 아니라, 적절한 거리를 두는 것이 정답일 수 있다.

장 대리와의 잡담을 줄였다고 해서 세상은 무너지지 않는다. 그와의 관계가 완전히 끝난 것도 아니다. 업무에 필요한 대화는 여전히 잘 이어지고 있고, 필요할 때는 서로 돕기도 한다. 하지만 그 관계는 이제 더 이상 나의 감정을 흔드는 도구가 아니다. 나는 그를 통해 배웠다. 불필요한 관계에 과도하게 애쓰는 건, 나를 소진시키는 일이다. 그리고 그것은 누구도 대신 해줄 수 없는, 내가 나를 지키는 아주 중요한 선택이다. 나의 에너지를 불필요하게 소모시키는 관계에 거리를 둔다고 해서 내가 나쁜 사람이 되는 건 아니다. 오히려 거리를 둠으로써 나는 더 선명한 나로 존재할 수 있게 되었다.

갈등을 일으키는 사람을 탓하는 것보다, 그와 적당한 거리를 두는 것이 더 성숙한 태도다. 모든 사람과 잘 지낼 수는 없다. 내 감정, 내 시간, 나의 평온을 지키기 위해서라면, 관계의 끈을 느슨히 푸는 것도 하나의 방법이다. 때로는 그 거리감이, 내가 나다울 수 있는 안전지대가 되어준다. 자신을 잃으면서까지 유지해야 하는 관계는 존재하지 않는다. 우리는 잘 지내야 할 이유보다, 잘 살아야 할 이유를 먼저 생각해야 한다. 갈등을 일으키는 사람과의 거리, 그 몇 걸음이 내 삶의 안온함을 결정짓는다. 그러니 필요한 거리만큼은 용기 있게 확보하자. 그것이 나를 과도하게 소모하지 않는 방법이다.

독서모임을 할 때의 일이다. 박 작가님 이야기를 처음 들었을 때, 참 단단한 분이라는 생각이 들었다. 작가 모임에서 알게 된 김 작가와의 관계는 처음엔 너무 자연스럽고 유쾌했다고 한다. 둘 다 창작에 대한 열정이 있었고, 대화도 잘 통하고, 서로의 글을 진심으로 읽고 나눌 수 있었기에 관계는 빠르게 가까워졌다고 했다. 하지만 이상하게도 시간이 지나며 말끝마다 불편함이 스며들기 시작했다. 처음엔 '원래 저런 스타일인가 보다.' 하고 존중했다. 하지만 문제는 그 스타일이 타인의 감정을 고려하지 않는 데 있었다. 김 작가의 말은 상당히 직설적이었고, 종종 박 작가님의 자존심을 긁는 무례한 표현들이 숨어 있었다. 처음엔 그냥 웃어넘겼지만, 어느 순간부터 박 작가님의 마음엔 아린 상처들이 쌓이기 시작했다. 예민하게 굴고 싶진 않았지만, 그렇게 말한 것이 무례하게 느껴졌다. 조금 주의해달라며 정중하게 부탁을 해보았다고 한다. 하지만 김 작가의 반복되는 무례함 앞에선 마음이 점점 무너지고 지쳐갔다고 했다.

사람 사이의 갈등이란 늘 이렇게 시작된다. 처음에는 별일 아닌 것으로 받아들이지만, 시간이 흐를수록 그 별일 아닌 일이 마음의 골칫덩이가 되어버린다. 박 작가님은 말하셨다. 어느 날 김 작가가 도를 넘는 말을 했을 때, 순간 숨이 턱 막히는 느낌이 들었다고. '이건 아니다.'라는 생각이 번개처럼 지나갔고, 그때 결심했다. 이 관계는 더 이상 나를 건강하게 만들지 않는다고. 사람을 미워하고 싶진 않았지만, 그렇다고 계속 그 곁에 머물며 상처받는 것도 자신의 선택임을 인정해야 했다. 결국 박 작가님은 김 작가와 거리두기를 시작했다. 일주일에 세네 번씩 오가던 연락을 주에 한 번으로, 그 다음엔 격주, 한 달에 한 번으로 점차 줄여갔다. 그 과정에서 마음이 불편하지 않았다고 하면 거짓말이다. 상대에게 미안한 마음, 내가 너무 이기적인 건 아닌가 하는 고민도 있었지만, 관계란 본래 쌍방이 균형을 이룰 때 지속되는 것이지, 한 사람이 계속해서 감내해야 유지되는 건 아니란 걸 깨달았다고 한다.

무례한 사람은 늘 핑계를 댄다. "나는 솔직해서 그래.", "다 너를 위해서 하는 말이야." 하지만 진짜 솔직함은 타인의 마음에 상처 주지 않는다. 솔직함이라는 이름 아래 행해지는 무례함은 결국 그 사람의 감정 조절 능력 부족일 뿐이다. 박 작가님도 처음엔 그런 말들에 속았다. '내가 너무 예민한 건가?', '그냥 저 사람 스타일일 뿐이겠지.' 했지만 아무리 스타일이라도, 상대가 상처받고 불편해한다면 조절하는 게 인간관계의 기본이다.

그 후 박 작가님의 생활은 눈에 띄게 달라졌다고 한다. 불편한 관계에 거리를 두었더니 글에는 다시 온기가 돌기 시작했고, 다른 사람들과의 관계에서도 한결 여유로워졌다고 했다. 무례함을 감내하는 데 쓰였던 에너지가, 이제는 자기 자신을 돌보고 성장하는 데 쓰이게 된 것이다. 거리두기는 단절이 아니라, 나에 대한 배려이다. 박 작가님은 그걸 경험으로 체득하신 분이다. 갈등을 회피한 것이 아니라, 건강한 관계의 기준을 스스로 정하고 그 기준을 지킨 것이다. 불필요한 감정 소모를 줄이고, 나를 지키는 것. 그것이야말로 성숙한 인간관계의 기술이다.

생각해 보면 우리 모두에게는 이런 갈등의 순간이 있다. 무례한 말을 아무렇지 않게 던지는 사람, 나를 도구처럼 대하는 사람, 혹은 끊임없이 나를 타인과 비교하고 깎아내리는 사람. 우리는 그들과의 관계 속에서 '내가 얼마나 더 노력하면 좋아질까?'라는 헛된 희망을 품고 버티곤 한다. 하지만 그 끝엔 언제나 모든 에너지가 소모된 나만 남는다. 인간관계는 결코 혼자 감당해서는 유지될 수 없다. 상대도 나를 향한 배려와 존중을 가질 때만 건강하게 지속될 수 있다. 그러니 자꾸만 상처받는 관계 앞에선, 거리두기를 고민해야 한다. 나를 위해, 그리고 앞으로 집중해야 할 소중한 관계들을 위해.

갈등은 삶에 있어 자연스러운 현상이다. 하지만 그 갈등이 반복되며 나를 무너뜨린다면, 그것은 더 이상 자연스러운 것이 아니라 해로운 것이다. 박 작가님의 선택처럼, 우리는 스스로에게 질문을 던져야 한다. '이 관계는 나를 성장시키는가, 소모시키는가?' 그 질문에 대한 대답이 명확해진 순간, 거리두기는 선택이 아니라 필수가 된다. 나를 지키기 위한 명확한 경계 설정이며, 나의 평안함을 지키기 위한 행위다. 누군가를 바꾸는 것은 불가능하다. 하지만 관계의 거리감은 조정할 수 있다. 그것이 바로 우리에게 주어진 힘이며 권리다.

박 작가님의 이야기를 들으며 나는 인간관계의 본질에 대해 다시 생각하게 되었다. 관계란 늘 함께 가야만 의미 있는 것이 아니다. 적절한 거리에서 서로를 지켜볼 수 있는 관계 또한 충분히 유의미하다. 오히려 그 거리를 통해 서로를 더 명확하게 바라보게 되고, 감정의 폭풍 속에서 중심을 잃지 않게 된다. 그 중심은 바로 '나'이다. 내가 나를 먼저 돌보고 보호하지 않으면, 어떤 관계도 결국 무너지고 만다. 나의 감정을 다치면서까지 유지해야 할 관계는 없다. 아무리 오래된 인연이어도, 그 인연이 지금의 나를 갉아먹고 있다면 과감하게 거리를 두어야 한다.

우리는 모두 한정된 에너지를 가진 존재다. 그 에너지를 반복되는 상처를 감내하는 데 쓰기보다, 나를 사랑하고 나를 성장시키는 데 써야 한다. 내가 무너지지 않기 위해, 갈등을 일으키는 사람과의 거리는 반드시 조정되어야 한다. 그것이 때로는 침묵의 방식으로, 때로는 속도를 줄이는 방식으로 이루어질지라도, 그 본질은 하나다. 나를 지키기 위해, 불필요한 상처를 피하기 위해, 그리고 결국 더 단단한 나로 살아가기 위해 우리는 관계의 거리를 조절할 수 있어야 한다. 그건 이기적인 선택이 아니라, 꼭 필요한 선택이다. 그리고 성숙한 사람은 그 선택을 두려워하지 않는다.

⑤
애쓰지 않아도
괜찮은 관계가 진짜다

    인간관계에서 가장 큰 착각 중 하나는, 좋은 관계를 유지하려면 항상 애써야 한다고 믿는 것이다. 우리는 흔히 친구나 동료, 가족과의 관계를 유지하기 위해 끊임없이 맞춰주고, 관심을 표현하고, 때로는 자기 감정을 억누르기까지 한다. 하지만 진짜 좋은 관계는 그런 과도한 노력이나 긴장 없이도 자연스럽게 흐른다. 겉으로 보기에는 아무런 노력 없이 유지되는 것처럼 보여도, 사실 그 관계 속에는 보이지 않는 신뢰와 이해, 그리고 상호적 배려가 깊이 자리 잡고 있다.

    관계에 있어서 누구나 상처받기 마련이다. '애착손상'이라는 단어를 아는가? 애착손상은 주로 대인관계와 애착관계에서 발생한 상처나 신뢰 붕괴를 의미한다. 예를 들어, 친밀한 관계에서 상대방이 배신, 무시,

거절, 반복적인 상처를 주었을 때, 그 관계에서 형성된 안전감과 신뢰가 손상되는 현상을 가리킨다. 어린 시절 부모나 양육자에게 충분한 안정감을 느끼지 못했거나, 친구 관계에서 반복적으로 외면이나 배제를 경험했을 때도 생긴다. 성인이 되어서도 직장, 연인, 친구, 사회적 관계 속에서 생길 수 있다. 중요한 것은 애착손상이 생겼다고 해서 인간관계가 영원히 불편하거나 힘든 상태로 남는 것은 아니라는 점이다. 현명하게 회복하고 서로를 이해하며 신뢰를 쌓는 경험이 반복될 때, 그렇게 받은 상처는 오히려 관계를 더 깊게 만드는 힘이 된다.

내게는 10년 넘게 변치 않고 이어지는 고등학교 동창 친구들이 있다. 우리는 자주 만나지 못하고, 평균 1년 또는 2년에 한 번 정도 겨우 얼굴을 마주하지만, 만나면 어제 만난 것처럼 편안하다. 특별한 말을 주고받지 않아도, 각자 옆에서 자기 할 일을 해도 어색함이 전혀 없다. 이런 편안함은 하루아침에 만들어진 것이 아니다. 서로에게 상처주고 실수했던 시절을 지나, 그 상처를 현명하게 회복하고 서로를 존중하려는 태도가 반복되었기에 지금의 자연스러운 관계가 가능해진 것이다.

고등학생 시절, 우리는 서로에게 때때로 무심하거나 부주의한 행동으로 상처를 주기도 했다. 그때는 작은 오해나 말실수가 큰 상처로 느껴지기도 했다. 하지만 중요한 것은, 그런 상황을 서로가 회피하지 않고, 충분히 소통하며 풀어가는 과정을 거쳤다는 점이다. 서로의 마음을 헤아리고, 사과하고, 이해하려는 노력이 반복되면서 우리는 단단한 신뢰를 쌓아갔다. 단순히 '노력해서 좋은 관계를 유지했다.'는 수준이 아니라, 상호 간의 진심 어린 이해와 배려가 관계를 자연스럽게 이어주었다.

이 경험에서 중요한 교훈은 한쪽만 노력해서는 진정한 관계를 만들 수 없다는 점이다. 한 사람이 열심히 마음을 쓰고 배려한다고 해서 관계가 편안해지지 않는다. 서로가 서로를 존중하며 진심으로 위하려는 태도가 있어야 한다. 서로의 입장을 이해하고, 보이지 않는 배려까지 헤아리는 마음이 있을 때, 관계는 자연스럽게 안정되고 편안해진다. 과도한 노력 없이도 서로에게 기대고, 마음을 나눌 수 있는 공간이 만들어진다.

이런 관계는 특별한 이벤트나 꾸준한 확인, 지속적인 연락에 의존하지 않는다. 오히려 일정한 거리와 자율성을 유지하면서 서로를 인정하고 신뢰하는 것이 중요하다. 우리는 자주 만나지 못해도 서로의 삶과 선택을 존중하며, 상대방에게 과도하게 기대하거나 무리한 부탁을 요구하지 않는다. 그 결과, 관계 속에서 생기는 부담과 긴장감이 줄어들고, 편안함과 자유로움이 자연스럽게 자리 잡는다. 애쓰지 않아도 서로에게 안정감을 주는, 바로 그런 관계가 진짜 좋은 관계다.

인간은 누구나 관계 속에서 상처를 받는다. 오해, 배신, 배려없이 뱉은 말, 사소한 행동 등은 의도치 않게 상처를 남긴다. 하지만 애착손상을 현명하게 회복하고, 서로가 마음을 열고 배려하며 신뢰를 쌓는 과정을 반복하면, 관계는 더 깊고 단단해진다. 나와 내 친구들의 경우처럼, 과거 상처를 회복하는 경험이 쌓이면서 오히려 편안하고 안정적인 관계가 가능해진다. 과거의 상처는 관계를 망치기 위한 도구가 아니라, 서로를 이해하고 배려하는 능력을 키워주는 계기가 된다.

또한 애쓰지 않아도 유지되는 관계 속에서는 각자의 자율성이 존중된다. 상대방이 무엇을 하든, 내가 무엇을 하든 서로를 억압하거나 강요하지 않는다. 필요 이상으로 신경 쓰지 않아도 관계는 자연스럽게 이어지고, 오히려 상대방에게 진심이 잘 전달된다. 이는 인간관계에서 가장 힘든 부분 중 하나인 '과도한 부담감'에서 벗어나는 방법이기도 하다. 상대방을 바꾸려고 하지 않고, 내가 먼저 마음을 열고, 상대를 이해하려는 태도만으로도 충분히 깊은 연결을 경험할 수 있다.

친구들과의 관계를 돌아보면, 아무리 시간이 흘러도 변치 않는 편안함은 바로 이런 배경에서 비롯되었다. 2년에 한 번, 혹은 더 오랜 시간 동안 만나지 못해도, 우리는 서로의 존재를 당연하게 여기고 존중한다. 특별한 대화나 행동 없이도 각자의 삶 속에서 서로를 응원하며, 필요할 때는 기꺼이 손을 내민다. 이런 관계는 애쓰지 않아도 자연스럽게 유지되며, 오히려 편안함과 신뢰를 주는 관계가 된다.

관계를 유지하기 위해 끊임없이 애쓸 필요는 없다. 중요한 것은 진심과 신뢰, 배려다. 한쪽만 노력해서는 얻을 수 없고, 서로의 마음을 이해하고 존중하려는 태도가 있어야 한다. 애쓰지 않아도 편안한 관계는 어렵게 만들어진 것이 아니라, 오히려 서로의 마음을 진심으로 헤아리고 회복하는 경험이 쌓이면서 자연스럽게 만들어진다. 과거의 작은 실수나 상처는 관계의 장애물이 아니라, 서로를 이해하고 성장하게 만드는 기회로 삼을 수 있다.

결국 인간관계의 본질은 편안함과 신뢰, 그리고 배려다. 애쓰지 않아도 자연스럽게 유지되는 관계, 그것이 진짜 좋은 관계임을 우리는 일상 속에서 확인할 수 있다. 그리고 이러한 관계를 경험할 때, 인간관계 속에서 느끼는 불안과 부담이 줄어들고, 진정한 즐거움과 안정감을 느낄 수 있다. 삶은 관계로 이루어져 있고, 그 관계에서 편안함과 신뢰를 느낄 수 있을 때, 우리는 비로소 행복을 조금 더 가까이에서 만날 수 있다

지금 나는 내 삶에서 애쓰지 않아도 되는 관계들을 조금씩 확장해 가고 있다. 어떤 모임에서는 굳이 나를 포장하지 않아도 되고, 어떤 친구와는 오랜 기간 연락이 되지 않더라도 그저 잘 지내고 있겠지, 믿는다. 그런 신뢰와 믿음이 우리를 연결하고 있다. 그리고 나는 그것이 이상적인 관계라 믿는다. 의도적으로 유지되는 관계는 쉽게 끊어지지만, 신뢰를 바탕으로 한 관계는 오래도록 유지된다.

애쓰지 않아도 되는 관계는 결국 나 자신에게도 영향을 미친다. 그런 관계를 통해 우리는 타인을 대하는 방식뿐 아니라, 나 자신을 대하는 태도도 바꾸게 된다. 나에게도 여유로움을 주게 된다. 실수해도 괜찮다고, 나를 다독일 수 있게 되는 것이다. 애쓰지 않아도 괜찮은 타인의 관계가 결국 나와의 관계로까지 확장된다.

계속해서 경쟁하고 비교해야 하는 불안한 현실 속에서, 내 마음 편히 둘 수 있는 몇몇 사람. 그들이 있다는 것만으로도 삶은 견딜 만해진다.

살면서 꼭 잡고 싶은 사람은 몇 되지 않을 수 있다. 하지만 그런 관계를 잘 지키는 일, 그것이 인간관계에 있어 노력해야 할 일이라고 생각한다. 애쓰지 않아도 괜찮은 관계란, 결국 서로가 서로에게 따뜻한 쉼표가 되어주는 일이다. 말없이 다정하되 기대지 않는 그런 관계. 나도 누군가에게 그런 사람이 되고 싶다.

⑥
잘 쉬는 것도
능력이다

휴식은 단순히 피로를 풀고 에너지를 충전하는 기능에 그치지 않는다. 그것은 자기 자신을 회복시키는 적극적인 행위이자, 몸과 마음의 균형을 맞추는 지혜로운 선택이다. 우리가 '쉰다.'라는 것을 가볍게 여기기 쉬우나, 사실은 잘 쉬는 것도 능력이고, 삶을 지탱하는 중요한 힘이 된다.

특히 현대인들은 늘 무언가를 성취해야 한다는 강박 속에서 살아간다. 잠시라도 멈추면 뒤처질 것 같고, 쉰다는 것은 게으름이라고 여기기도 한다. 그러나 몸은 정직하다. 무리한 채찍질을 계속하면 어느 순간 균열이 생기고, 작은 피로가 큰 병으로 번지기도 한다. 삶의 지혜는 과도하게 애쓰는 데 있지 않고, 적절히 멈추고 잘 쉬는 데 있다는 것을 깨닫는 순간부터 우리는 조금 더 단단해진다. 나는 이를 딸아이와의 경험을 통해 더욱 절실하게 느꼈다.

딸이 생후 6개월이었을 때의 일이다. 아이가 우유를 먹는 족족 구토와 설사를 하기 시작했다. 당시 초보 엄마였던 나는 너무 놀라 119를 불렀다. 대학병원 응급실에서 검사를 받았지만 당장 입원할 정도의 상태는 아니라는 진단을 받았다. 그러고 나서 특별한 조치도 없이 집으로 돌아왔다. 그렇다고 안심이 되는 것도 아니었다. 작은 아기의 창백한 얼굴과 기운 없는 모습은 내 마음을 쥐어뜯었다. 집으로 돌아와 아이를 안고 노심초사하던 중, 피곤이 몰려왔는지 아이와 나는 동시에 깊은 잠에 빠져들었다.

그날은 놀랍게도 아이와 함께 15시간이라는 긴 시간 동안 한 번도 깨지 않고 통잠을 잤다. 잠에서 깼을 때의 기분을 나는 아직도 생생히 기억한다. 그토록 불안하고 무거웠던 공기가 사라지고, 아이의 얼굴에 다시 생기가 돌기 시작했다. 그래도 혹시 몰라 서둘러 동네 소아과를 찾았다. 진료를 받아보니 장염이었고, 의사는 이미 아이가 스스로 회복 단계에 접어들었다고 말했다. 나는 믿기지가 않았다. 전날까지 물 한 방울 제대로 먹지 못했던 아기가 장염을 스스로 회복했다니. 내가 아이에게 해준 것이라곤 잘 수 있도록 시간을 준 것뿐이었다. 아무런 약을 쓰지 않고, 단지 푹 자는 것만으로 아이가 아픈 몸을 이겨내고 회복되었다는 사실이 경이로웠다.

그 순간 나는 온몸으로 수면의 중요성을 체감하게 되었다. 수면은 단순한 휴식이 아니다. 그것은 스스로 치유하는 회복의 시간이고, 삶의 균형을 다시 잡는 가장 근원적인 힘이다. 그날 이후 나는 수면의 질에 대해 집착에 가까운 관심을 가지게 되었다. 방 안의 온도와 습도, 조도, 소음까지 세심하게 관리하며 가족이 좋은 잠을 잘 수 있도록 환경을 개선시켰다. 단순히 오래 자는 것이 아니라, 높은 수면의 질이야말로 그날 하루를 결정하는 일이라는 것을 믿었기 때문이다.

혹시 이런 경험을 한 적이 있는가. 밤새 뒤척이며 잠을 설친 다음 날, 누군가와 대화를 하려 하면 기운이 빠지거나 문장이 생각이 나지 않아 대화가 매끄럽게 이어지지 않는다. 사소한 말에도 짜증이 나고, 상대방의 의도와는 다르게 곡해하여 받아들이기도 한다. 이같이 피로가 쌓이면 둔감해지고 예민해졌던 경험 말이다. 피곤함과 예민함이 동시에 찾아올 때, 내 주변과의 관계는 쉽게 삐걱거린다.

이처럼 수면 부족을 경험해 본 사람이라면 누구나 알 것이다. 전날 숙면을 취하지 못했다면 몸이 무겁다. 몸이 무겁고 지치면 마음도 지친다. 마음이 지치면 결국 주변을 돌아볼 여력이 사라진다. 내가 힘드니 타인의 말에 귀 기울이지 못하고, 사소한 배려조차 내 손을 떠나간다. 결국 시야가 좁아지고, 타인과의 관계는 갈등과 오해로 얼룩진다.

이처럼 수면은 나 자신을 회복시키는 동시에 인간관계를 지켜주는 중요한 기둥이다. 충분히 쉬지 못한 상태에서의 만남은 대화조차 버겁고, 결국 불필요한 갈등을 낳는다. 잘 쉰다는 것은 단순히 내 몸을 위한 일이 아니라, 타인과의 관계를 원만하게 유지하기 위한 지혜이기도 하다.

생각해 보면 우리는 늘 타인과 연결되어 살아간다. 가족, 동료, 친구, 이웃 모두가 나의 하루 속에 스며들어 있다. 그렇기에 잘 쉰다는 것은 혼자만을 위한 일이 아니다. 내가 잘 쉬어야만 가족에게도 따뜻하게 다가갈 수 있고, 동료에게도 여유를 베풀 수 있으며, 친구와도 즐겁게 웃을 수 있다. 다시 말해 휴식은 내 주변을 따뜻함으로 채울 수 있는 힘을 만드는 것이다.

반대로 내가 쉬지 못한다면, 나의 피로와 예민함이 고스란히 관계에 묻어난다. 무뚝뚝한 표정, 날카로운 말투, 지친 기색들이 상대방에게는 상처가 된다. 그러므로 휴식은 단지 개인의 삶을 관리하는 기술이 아니라, 관계를 돌보는 능력이다. 우리는 흔히 능력이라 하면 성과와 실적을 떠올린다. 하지만 진정한 능력은 끝없이 애쓰며 자신을 소진하는 데 있지 않다. 때로는 멈추고, 나를 돌아보고, 쉼으로써 다음을 준비하는 것이야말로 진짜 능력이다.

나는 딸아이와 함께했던 그 15시간의 잠을 인생의 전환점처럼 기억하고 있다. 그날 이후 나는 확신하게 되었다. 제대로 쉬는 것은 곧 살아가는 힘을 되찾는 일이고, 사랑하는 이들을 지켜내는 일이라는 것을. 잘 쉰다는 것은 단순히 게으름을 피우는 시간이 아니다. 그것은 삶을 길게 보는 지혜이고, 관계를 건강하게 지키는 힘이며, 나 자신을 새롭게 회복하는 능력이다. 쉼은 나를 살리고, 나를 통해 타인도 살려내는 힘을 가질 수 있다.

바쁘게 살아가다 보면 몸은 멈추어도 마음은 여전히 닳게 된다. 침대에 몸을 누여도 머릿속은 온갖 걱정과 불안으로 가득하다. 이런 상태는 몸은 누워있으나 제대로 된 회복은 이루어지지 않는 상태이다. 휴식의 본질은 멈춤에 있지 않고, 멈춤 속에서 나 자신을 되돌아보고 회복하는 데 있다. 그제야 비로소 쉬었다고 말할 수 있다.

나 또한 한때는 쉼을 미뤄두고 앞만 보며 달려가던 사람이었다. 일이 많으면 많을수록, 혹은 주변의 기대가 클수록 '조금만 더, 지금 멈추면 안 돼.'라고 나 자신을 몰아붙였다. 그러나 결국 한계는 찾아왔다. 몸이 말을 듣지 않고, 작은 감정의 파도에도 쉽게 무너졌다. 쉼은 선택이 아니라, 필수라는 것을 비로소 깨달았다.

휴식의 가치는 누구나 알고 있다. 하지만 실제로 잘 쉬는 사람은 많지 않다. 쉬는 순간에도 스마트폰을 붙잡고 있거나, 머릿속으로는 내일 해야 할 일을 곱씹고 있다. 이런 상태는 겉보기에 휴식하고 있는 듯하지만, 마음은 단 한 순간도 쉬지 못하는 것이다. 잠시라도 손에서 스마트폰을 내려놓자. 그리고 당신의 호흡과 몸과 마음의 상태를 느껴보자.

잘 쉰다는 것은 단순히 나를 비우고 회복하는 것이 아니라, 온전히 자기 자신에게 돌아오는 것이다. 내 마음을 들여다보고, 지금 느끼는 감정을 인정하며, 몸이 보내는 신호를 귀 기울여 듣는 것이다. 그것이야말로 휴식의 능력이다.

내가 딸과 함께 겪었던 기적 같은 수면은 사실 몸이 보내는 가장 진실한 메시지였다. 몸은 이야기한다. '지치면 한숨 자고 일어나.'라고.

아이의 작은 몸은 그 말을 귀 기울여 들었고, 행동했다. 그 결과, 장염 완치라는 놀라운 결실을 거둔 것이다.

현대인은 정말 바쁘다. 해야 할 일은 끝없이 밀려오고, 스마트폰으로부터 울려대는 관계와 책임은 쉼 없이 우리를 소환한다. 그러나 거기서 한 발짝 물러서 지금은 쉴 때라고 선언할 수 있어야 한다. 그것이 오히려 더 강하고 단단하게 살아가는 길이다.

나는 이제 일상 사이사이에 의식적으로 작은 휴식을 만든다. 짧은 낮잠, 깊은 호흡, 산책, 조용한 독서, 명상. 그 어떤 것도 나를 소모하지 않아야 하는 것이 진정한 휴식이다. 특히 점심시간 5분 낮잠은 나에게 하루에 절반을 양질의 에너지로 살아가는 추진력이 되어준다. 이 달콤한 휴식들은 내 삶을 단단히 지탱하는 기둥이 된다. 삶은 쉴 새 없이 달리는 것만으로 완성되지 않는다. 오히려 멈추고 쉬는 순간에 우리는 가장 큰 힘을 얻는다. 잘 쉬는 것, 그것이야말로 우리가 반드시 배워야 할 지혜이며, 특별한 능력이다.

⑦

가장 중요한 일은
나를 지키는 일이다

　과거에 나는 빠르게 성장해야만 살아남을 수 있다고 믿었다. 밤낮을 가리지 않고 일했고, 성과를 향해 삶을 밀어붙였다. 왜 그렇게 무식할 정도로 스스로를 몰아세웠을까. 당시 나의 상사에게서 "여자들은 결혼하면 곧 그만두니까, 업무를 깊이 알려주지 마라."라는 말을 들었다. 나는 그 상사가 틀렸다는 것을 증명해 보이고 싶었다. 오기였다. 그 오기는 꺼지지 않는 야근의 밤을 만들어 내면서 결국 내 몸과 마음에서 행복을 앗아갔다.

　2019년 말, 코로나 팬데믹이 시작되던 때에 나는 내 아이를 품에 안았다. 신생아를 온전히 지키겠다는 본능이 집안을 격리시켜 놓았다. 뿐만 아니라 배우자와도 접촉을 피하며 1년 가까이 사람과의 대화를 끊고 살았다. 출산의 기쁨보다는 두려움이 먼저 앞섰고, 하루도 쉽게 지나가지 않는 육아에 심신은 지쳐갔다. 말을 걸어줄 사람이 없는 밤마다 내 입에서는 단어와 문장들이 점점 사라졌다. 나는 세상과의 소통에서 완전히 차단된 산모였다.

육아휴직이 끝나고 복직한 날, 나는 문장도 제대로 잇지 못하는 사람이 되어 있었다. 한 단어가 턱끝에서 맴돌다 사라졌고, 익숙했던 프로그램도 손에 잡히지 않았다. 더 두려웠던 건, 팀이 바뀌어 있다는 사실이었다. 내가 없는 사이에 회사에서는 새로운 프로젝트들이 생겨났다. 나는 그 프로젝트를 진행하기 위해 급히 꾸린 팀에 투입되었다. 일면식 없던 사람들과 호흡을 맞춰야 했다. 나는 느린 입으로 빨리 적응해야 한다는 강박에 사로잡혔다. 그럴수록 팀원들은 밑도 끝도 없이 거리를 두었다.

복직 첫 주가 끝날 무렵, 나는 스스로의 능력치를 파악했다. 그렇지만 조금만 노력한다면 금방 돌아올 것 같다는 확신이 있었기에 팀장에게 찾아가 "한 달만 시간을 주시면 이전 속도로 회복하겠다."고 정중히 알렸다. 그는 알겠다며 친절한 미소를 보였고, 모르는 게 있으면 언제든 물어보라 했다. 순진했던 나는 그런 팀장의 말을 철석같이 믿었고 참 괜찮은 분이라고 생각했다. 하지만 곧 나의 등 뒤에서 내 이야기가 조롱거리로 돌아다니기 시작했다는 걸 알게 되었다. 휴게실에서, 회의실에서, 종종 데스크톱 화면에 비치는 표정에서 나는 '쓸모없고 능력없는' 사람으로 낙인찍혀 있었다. 나중에 알게 된 사실이지만, 그 팀장은 원래 마음에 들지 않는 대상이 생기면 팀원들을 이간질과 험담 등으로 집요하게 괴롭히는 사람이었다. 타깃이 된 사람은 결국 스스로 사직서를 내고 떠나는 수순이 반복되었다고 한다.

나는 하루하루 불신과 눈치를 먹고 살았다. 육아로 지친 몸 위에 심리적 폭력이 포개지자, 스스로가 사라지는 것 같았다. 팀장은 내가 실수를 줄이려고 애쓰면 애쓸수록 더 날카로운 질문으로 압박했다.

팀원들은 고개를 돌렸고 모른 체 했다. '나는 여기에 쓸모가 없는 사람이다.' 그 가스라이팅이 머릿속에서 자라기 시작하자, 심장의 박동은 불규칙해졌다. 회의 도중 귀가 먹먹해지고 숨이 가빠졌다. 공황발작의 시작이었다. 가슴을 치며 숨을 골라야 했지만 사람들 앞에서 내색할 수 없었다. 점심시간 나는 도망치듯 건물을 나와 공원을 하염없이 돌았다. 잔숨을 토해내듯 쉬는 10분. 초조한 호흡이 바람에 섞여 나가고, 돌아오는 발걸음에서야 심장이 제자리로 돌아왔다. 공황 증세가 잠잠해지는 유일한 순간이었다.

그날부터 나는 무조건 걷기로 했다. 점심시간이든 야근 전이든, 10분이라도 몸을 움직였다.걸음과걸음사이에서 나를 다독였다. 살아 있다는 감각이 방금 숨이 넘어가던 곳에서 다시 피어났다. 사람들의 목소리가 아닌 발밑의 흙소리,책상조명 말고 나뭇잎 사이의 빛, 그것들이 나를 잡아당겨 지켜냈다. 걷는 동안 나는 처음으로 회사를 향한 두려움을 객관화했다. 한 걸음마다 "나는 괜찮다."라는 문장이 몸에 새겨졌다. 그제야 보였다. 내 가치가 타인의 평가에만 묶여 있지 않다는 것, 내 존엄성은 무너지지 않는다는 사실. 불합리한 처우와 보이지 않는 폭력은 그 사실을 가리려 드나, 진실은 걷는 몸 안에서 반복해 되새김질 되었다.

나는 조용히 행동했다. 엑셀의 숫자보다 내 심장의 리듬을 먼저 살폈다. 팀장의 눈치를 보기보다 내 눈빛을 먼저 읽었다. '나는 쓸모없다.' 는 암시가 밀려올 때마다 한 걸음 더 걸었다. 서서히 내가 달라지는 것을 느꼈다. 말이 어눌해도 침묵을 두려워하지 않았다. 업무 속도가 느려도 "잠시만 확인하고 오겠습니다."라고 차분히 알렸다. 돌이켜보면 그 작은 행동들이 나를 지키는 성벽이 되어 쌓였다. 누구도 알아채지 못했지만, 나는 매일 힘겹게 스스로를 돌보고 있었다.

그럼에도 괴롭힘은 쉽게 사라지지 않았다. 독서와 휴식으로 나를 돌보면서도 나는 결국 퇴사를 결심했다. 아이에게 그리고 나 자신에게 부끄럽지 않은 사람으로 살기 위해서였다. 사직서를 내던 날, 팀장은 그럴 줄 알았다며 고개를 끄덕였고 나는 긴 긴 숨을 뱉었다. "너는 쓸모없어."라는 목소리가 등 뒤에서 희미해졌다. 걸어온 길 끝에서 내가 붙잡은 건 오직 한 문장이었다. "가장 중요한 일은 나를 지키는 일이다." 명함도, 성과도, 타인의 인정도 언젠가는 흐릿해진다.

결국 나를 잃지 않는 사람만이 끝까지 자신의 삶을 살아낸다.

지금도 나는 걷는다. 기나긴 직장 내 괴롭힘과 따돌림 속에서 짓눌리던 심장에도 발이 달려 있음을 깨달았고, 사람들의 평가는 내 호흡을 대신할 수 없다는 걸 배웠다. 걷는 사이 나는 과거를 돌아보았다. "여자는 결혼하면 회사를 그만둔다."는 말이 틀렸음을 증명하는 데에 내 가치를 맞추려 했던 시절, 코로나와 육아에 고립되어 사라졌던 언어, 팀장의 교묘한 가스라이팅에 휘청이던 날들. 그 모든 시간을 지나 나는 이제 또렷이 깨달았다. 빠르게 성장해 존재를 증명할 필요는 없다. 성공은 나를 지워가며 얻는 트로피가 아니라, 나답게 존재하며 웃음을 지키는 과정이어야 한다. 소박함과 고요함을 잃지 않기 위해 나는 오늘도 걷고, 숨을 고르고, 나에게 다정해지는 연습을 한다. 그것이 내가 나를 지키는 방식이며, 이 삶에서 가장 중요한 일임을 더는 의심하지 않는다.

앞으로의 삶에서 내가 더욱 신경 써야 할 것은 단연 나라는 존재의 중심을 흔들림 없이 세우는 일이다. 직장에서의 평가, 타인의 시선, 성공이라는 단어에 흔들리지 않고 나의 리듬으로 살아가기 위한 노력이 필요하다.

나는 이제 더 이상 예전처럼, 누군가에게 증명해 보이기 위해 나를 내던지지 않을 것이다. 누구를 이기기 위해 살지 않을 것이다. 누구의 인정이 있어야만 내 가치를 확신하지도 않을 것이다. 나는 나대로 살아가는 법을 배우는 중이다. 이를 위해 내가 앞으로 더 집중해야 할 몇 가지 삶의 태도가 있다.

첫째, 내 감정을 존중하는 일이다. 감정은 결코 사소하지 않다. 억지로 미소 짓고, 억지로 침묵하며, 억지로 괜찮은 척하는 삶은 내면을 병들게 한다. 나는 이제 불편한 감정이 들면 그것을 들여다보고, 가능한 한 솔직하게 표현하려 한다. 단지 표현의 방법을 존중과 배려의 방식으로 다듬는 연습이 필요할 뿐이다. 나의 감정을 무시하거나 억압하면서 다른 사람과 건강한 관계를 맺을 수는 없다.

둘째, 나의 리듬을 지키는 삶이다. 아침에 눈을 떴을 때 '오늘도 살아볼 만하다.'는 감정이 드는 것, 그것이 진짜 삶의 기준이다. 아침은 내가 나를 보듬는 시간이다. 눈을 감기 전, 고요히 하루를 정리하며 나에게 고생했다고 말하는 시간도 중요하다. 그런 리듬을 만들기 위해서는 무리하지 않아야 한다. 더 적절한 때에 '아니요.'라고 말할 수 있어야 하고, 쉬어야 할 때는 용기 있게 멈출 줄 알아야 한다.

셋째, 관계의 거리두기를 잘할 줄 아는 것이다. 모든 사람과 깊은 관계를 유지할 수는 없다. 때로는 거리를 두는 것이 사랑이고, 배려다. 나에게 상처만 주는 사람에게는 아무리 오래 알고 지냈다고 해도, 그 관계를 유지하는 것보다 정리하는 것이 나를 지키는 일이다. 불편한 사람과의 억지스러운 만남은 내 일상을 파괴한다. 좋은 사람과 따뜻하게 관계를 맺는 것이 오래도록 내 안에 남는다.

넷째, 작은 루틴을 소중히 여기는 삶이다. 걷는 시간, 글을 쓰는 시간, 좋아하는 책을 펼치는 시간, 이런 것들이 내 삶을 잡아주는 기둥이다. 거창한 목표보다 하루하루 내가 나를 잃지 않게 잡는 작은 습관들이 중요하다. 나는 여전히 일정한 시간에 산책을 가고, 내면소통을 이어간다. 그것이 나를 가장 나답게 만드는 시간이다. 나는 그 시간을 꼭 지킨다.

다섯째, 나의 목소리를 내는 연습이다. 너무 오랫동안 나는 참는 것을 미덕으로 여겼다. 특히 여성이 감정을 드러내면 "예민하다."는 말을 들었던 경험이 많았기에, 더더욱 침묵해야 한다고 생각했다. 하지만 이제는 안다. 억눌린 감정은 예상치 못한 순간 폭발하거나, 나를 갉아먹는다는 것을. 그래서 지금은 작게라도 내 입장을 표현하려 한다. 타인에게 설명하는 것이 아니라, 나 스스로에게 납득시키는 방식으로 말이다. 그것은 자기 존중이다.

여섯째, 성공에 대한 정의를 바꾸는 것이다. 이전의 나는 '성과'를 성공이라 믿었다. 숫자, 평가, 타인의 인정이 성공의 전부라고 여겼다. 하지만 지금은 안다. 내가 건강하고, 나다움을 잃지 않으며, 사랑하는 이들과 마음을 나누고, 하루를 잘 살아내는 것이 진짜 성공이다. 내가 나를 지켜내는 것, 그것이 가장 고귀한 성취다.

마지막으로, 이해의 눈으로 나를 바라보는 일이다. 나는 힘들었다. 때로는 주저앉았고, 어쩔 때는 부서지기도 했다. 하지만 그런 나를 부끄러워하지 않는다. 오히려 그런 시간들이 있었기에 지금의 내가 있다. 내 상처는 내가 여기까지 살아온 증거이고, 그 흔적조차도 아름답다. 나는 내 안의 상처를 덮는 대신, 그 위에 따뜻한 불을 지피기로 했다. 그것이 나를 지키는 방식이다.

4장

사람의 마음을 얻는
인간관계 노하우
7가지

진심으로
경청하라

진심으로 경청한다는 것은 상대방의 말을 단순히 듣는 것과는 다르다. 그것은 그 안에 담긴 감정과 사정을 이해하고, 상대방의 입장에서 생각하려는 노력이다. 경청을 통해 우리는 단순한 정보 전달을 넘어, 상대방과의 신뢰를 쌓고 그들의 마음을 얻을 수 있다. 경청은 상대방에게 존중과 관심을 전달하며, 그들이 자신의 생각과 감정을 솔직하게 표현할 수 있는 환경을 만들어 준다. 상대방이 말을 할 때 끊지 않고 끝까지 듣고 받아들이며, 그 속에 담긴 의미를 함께 이해하려 애쓰는 태도가 진정한 경청이다.

프랭크 카프리오 판사는 1936년 미국 로드아일랜드주 프로비던스에서 태어났다. 그는 1985년부터 2023년까지 프로비던스 시립법원의 수

석 판사로 재직하며 교통 위반 등 비교적 경미한 사건들을 다루었다. 그러나 그를 특별하게 만든 것은 법정에서 보여준 인간미와 공감능력이었다. 카프리오 판사는 단순히 법을 집행하는 데 그치지 않았다. 그는 피고인들의 사정을 듣고, 그들의 처지를 이해하려 애썼다. 경제적 어려움에 처한 사람들에게 벌금을 면제하거나 감면해 주는 등, 법의 형식보다는 사람의 사정을 우선시했다. 그의 이러한 접근은 단순한 자비를 넘어, 인간에 대한 깊은 이해와 존중에서 비롯된 것이었다. 그는 "자유와 정의는 모두에게 접근 가능해야 한다."는 신념을 가지고 법정에서 이를 실천했다.

경청은 관계를 변화시키는 힘을 가진다. 사람은 자신을 이해하고 존중해주는 상대에게 마음을 연다. 카프리오 판사는 법정에서 이러한 경청의 힘을 보여주었다. 그는 법의 규정만을 따르는 것이 아니라, 사람의 상황과 마음을 먼저 생각했다. 그러한 태도는 피고인들에게 위로가 되었고, 법정을 단순히 집행하는 공간이 아니라 공감과 이해로 사람의 마음을 얻는 공간으로 바꾸어 놓았다.

경청은 일상에서도 중요한 역할을 한다. 직장, 가정, 친구 관계 속에서 진심으로 경청하는 사람은 신뢰를 쌓고 갈등을 해결하며, 관계를 깊게 만든다. 경청은 대화의 기술이 아니라, 사람과 사람 사이를 이어주는 다리다. 경청을 통해 우리는 상대방의 입장을 이해하고, 그들의 감정을 공감할 수 있다. 이러한 공감은 관계를 단단하게 하고, 서로에게 힘이 된다.

경청을 실천하려면 몇 가지 습관이 도움이 된다. 첫째, 상대의 말을 끊지 않고 끝까지 듣는다. 둘째, 눈을 맞추고 고개를 끄덕이는 등 몸짓으로 반응한다. 셋째, 이해되지 않는 부분은 질문을 통해 명확히 한다. 넷째, 상대방의 감정을 인정하고 공감한다. 다섯째, 자신의 생각은 상대의 말을 다 들은 뒤에 나눈다. 이러한 습관들은 진심으로 경청하는 태도를 키우는 데 큰 도움이 된다.

나는 한때 팀장과의 잦은 마찰로 인해 퇴사를 고민한 적이 있다. 책임감 없는 태도, 자신의 실수를 다른 팀원에게 전가하는 말투, 갈등을 외면하는 태도를 참고 견뎠다. 그러나 시간이 지날수록 감정의 골은 깊어졌고, 어느 날 더는 견디지 못하겠다는 생각이 들었다. 의견이 제대로 수렴되지 않는다면 퇴사를 할 각오까지 되어있었다. 그리고 부서장님께 면담을 요청했다.

면담 날, 나는 팀장과의 갈등 그리고 현 시스템의 문제점과 내가 생각한 해결책들을 솔직하게 말씀드렸다. 그런데 부서장님은 단 한마디 말씀도 하지 않으시고, 처음부터 끝까지 조용히 내 이야기를 들어주셨다. 고개를 끄덕이고, 내 눈을 맞추셨으며, 숨소리조차 내지 않으시는 것 같았다. 그리고 말을 마쳤을 때, 부서장님은 이렇게 말씀하셨다.

"네가 그동안 얼마나 힘들었는지 느껴진다. 정말 미안하다. 내가 너무 늦게 알아차렸다."

그 순간 나는 놀랐다. 고위 임원이 이렇게까지 사과하는 일이 있을까. 게다가 그분은 사건에 직접 관여한 당사자가 아니었다. 그런데도 그는 내 감정을 먼저 헤아렸고, 그 후 팀장과의 갈등을 해결하기 위해 다른 직원들과도 조율하며 실질적인 대처 방안을 함께 찾아 나갔다. 이후 나는 부서장님을 진심으로 존경하게 되었고, 부서에 대한 신뢰도 회복되었다. 나의 의견을 가볍게 여기지 않았던 부분이 큰 감동으로 돌아왔다.

그 경험을 통해 깨달았다. 듣는다는 것은 단지 정보 수집이 아니다. 상대의 존재를 인정하는 행위다. 마음을 이해하려는 태도다. 때로는 침묵 속에서 가장 큰 위로가 흐른다. 상대방이 하는 말의 내용보다, 그 말을 듣고 있는 나의 태도와 표정이 더 많은 것을 말해준다. 아무 말 없이 고개를 끄덕이고, 상대의 감정을 고스란히 담아내려는 진중한 태도 안에, 수많은 말보다 더 큰 메시지가 담긴다. 그것이 마음의 언어다.

사람은 때때로 조언보다 공감을 원한다. 그리고 해결책보다 이해받기를 원한다. 그 흐름을 잘 판단하여 문제를 풀기에 앞서 마음을 연결하는 다리가 필요할 때도 있다. 이후 문제를 풀어나간다면 좀처럼 풀리지 않고 엉켜있던 인간관계에 대한 문제도 술술 풀릴 때가 있다. 누군가가 내 앞에서 어렵게 이야기를 꺼낼 때, 그 안에는 반드시 '내 마음을 알아줘.'라는 뜻이 숨어 있다. 우리는 그 신호를 어떻게, 그리고 얼마나 섬세하게 읽어내고 있는가. 진심 어린 경청은 단순한 기술이 아니다. 그것은 태도이고, 삶의 방식이며, 결국은 사랑이다. 듣는 사람이 따뜻하면, 말하는 사람의 마음도 따뜻해진다. 경청은 상대방을 존중한다는 마음이기 때문이다.

지금 당신 곁에 말 많은 사람이 있는가? 말이 너무 많아 피곤하게 느껴지는 그 사람이 사실은 오랫동안 외로웠던 사람일지도 모른다. 지금 당신의 상사가 날을 세우는 이유는 사실 누구에게도 이해받지 못한 채 오랜 시간 쌓인 피로일 수도 있다. 말투가 거칠거나, 반복적으로 푸념하는 사람은 표현이 서툰 사람일 가능성이 크다. 그럴 때일수록, 듣는 쪽의 가슴이 넓어야 한다.

진심으로 들어준다는 것은 그 사람의 마음을 따뜻한 온기로 안아주는 일이다. 때로는 무거운 짐을 함께 짊어지는 것이며, 함께 울고 웃는 동행자가 되어줄 수도 있다. 문제를 해결하기에 앞서 상대방의 말끝을 끊거나, 정색하지 않고, 판단하지 말고, 조용히 고개를 끄덕여 주는 것. 그렇게만 해도 우리는 수많은 관계의 문제를 풀 수 있다. 그리고 그렇게 경청해 준 사람은 절대로 잊히지 않는다. 말 잘하는 사람보다, 들어주는 사람이 오래 기억된다. 아무리 시간이 흘러도, 누군가 자신의 말을 끝까지 들어준 경험은 깊은 감정 사이에 신뢰로 남는다. 우리는 그런 사람을 존경하며, 다시 찾게 된다.

듣는 것은 마음을 얻는 첫걸음이다. 그리고 그것은 연습을 통해 길러질 수 있다. 하루에 한 번, 누군가의 말을 끊지 않고 끝까지 들어보자. 다 말하고 나면 조언보다 감정으로 먼저 반응해 보자. "그랬구나.", "마음이 많이 힘들었겠다." 그 짧은 문장 안에 있는 깊은 공감이, 그 어떤 긴 설명보다 큰 위로가 된다.

진심 어린 경청은 사람의 마음을 얻는 단순하지만 가장 어려운 기술이다. 하지만 그 어려움을 감수하고 끝까지 들어주는 사람 곁에는 언제나 누군가가 머문다. 그 자리에 머무는 사람은 결국 또 다른 누군가의 마음을 얻을 수 있는 사람이다. 그러니 오늘, 우리는 말하기보다 듣기를 연습하자. 그 사람이 누구든, 어떤 이야기를 하든, 말하는 방식이 서툴든, 우리가 해야 할 일은 단 하나. 마음으로 들어주는 것이다. 그 하나의 선택이, 관계의 흐름을 바꿔놓는다. 그리고 그것이 언젠가 또 다른 누군가에게 이어지고, 작은 공감의 씨앗은 따뜻한 관계의 숲을 이룬다. 경청은 상대방에게는 큰 선물이다. 내 이야기를 들어주었다는 마음은 상대방에게 내가 여전히 중요한 사람이라는 신호가 된다. 그 신호는 다시 우리 삶을 고요하게 감싸며, 지치고 바쁜 세상 속에서 서로를 기억하게 만든다.

②
바라지 말고
먼저 다가가라

육아휴직을 끝내고 다시 직장에 복귀했을 때, 나는 나 자신에 대해 많은 것을 깨달았다. 복귀 직후 맞닥뜨린 현실은 결코 쉽지 않았다. 오랜 시간 가슴속에 품어왔던 불안과 긴장, 그동안 잊고 지냈던 외로움이 한꺼번에 몰려왔다. 이전에는 느끼지 못했던, 주변의 시선과 말 한 마디가 미묘하게 내 마음을 흔드는 순간들이 지속되었다. 직장 내 괴롭힘이라는 무형의 장벽 앞에서 나는 자신도 모르게 움츠러들고 있었다. 2년이라는 긴 시간 동안 말 못 할 환경 속에서 하루하루를 버텨냈고, 그 과정에서 나는 무엇보다 중요한 사실을 배웠다. 소외되길 원하는 인간은 결코 존재하지 않는다는 것이다. 누구나 인정받고 이해받고 싶어 하며, 누군가로부터 관심의 손길을 기대하고 있다는 것을 온 마음으로 알게 되었다. 그렇게 사람들을 소외시키면 안 된다는 또 하나의 신념이 마음 깊이 자리 잡았다.

그 깨달음은 나에게 새로운 눈을 뜨게 해주었다. 나 자신을 지키는 일, 나의 마음을 회복하고 회복력을 갖추는 일은 곧 타인과 관계를 맺는 방식에도 깊은 영향을 미쳤다. 사람을 바라보는 시선이 바뀌자, 주변 사람들의 존재와 그들의 감정이 훨씬 선명하게 느껴졌다. 그러던 중 나는 이직한 새 직장에서 S 씨라는 사람을 알게 되었다. S 씨는 부서 내에서 모두가 외면하는 존재였다. 동료들은 그를 대놓고 무시했고, 투명인간 취급을 했다. 업무에서도 늘 배제되었고, 그를 평가하는 사람들의 입에서는 그와 함께 일하려고 해도 제대로 협력하지 않거나, 업무가 주어지면 거부한다는 식으로 반 험담을 늘어놓는 일이 잦았다. 처음 동료들의 말을 들었을 때, 나는 충격과 혼란을 느꼈다. 아무리 개인적인 문제나 오해가 있을지라도, 사람이 사람을 대놓고 무시하는 것은 받아들일 수 없는 일이었다. 내가 살아온 삶과 내가 중요하게 여기는 가치가 바로 이 순간 내 앞에 놓인 현실과 정면으로 부딪쳤다.

그래서 나는 결심했다. 내가 먼저 S 씨에게 다가가야겠다고. 상대가 나에게 마음을 열지 않아도, 바라지 않고 먼저 다가가는 것이 필요하다고 느꼈다. 상사로서의 위치와 책임이 나를 움직이게 했다기보다는, 그저 인간으로서 당연히 해야 하는 일이라는 단순한 이유에서였다. 나는 S 씨에게 조금씩 손을 내밀기 시작했다. 처음에는 가벼운 관심사부터 알아가고, 작은 말 한마디로도 그와 소통할 수 있는 방법을 찾았다.

당연히 처음 시도는 쉽지 않았다. 그는 나의 접근에 대해 눈치 보듯 경계했고, 불편함이 고스란히 얼굴에 드러났다. 그 순간에는 누구라도 주춤할 법했다. 하지만 나는 멈추지 않았다. 꾸준함만이 진심을 증명할 수 있다는 것을 이미 알고 있었기 때문이다.

작은 일부터 시작했다. 서류 정리나 오탈자 수정처럼 간단한 업무를 부탁하면서 S 씨의 자존감을 조금씩 북돋아 주었다. 그가 잘 해낼 수 있는 작은 성취를 통해, '나도 충분히 중요한 존재다.'라는 감정을 되찾도록 도왔다. 업무 중간에는 그의 개그 코드를 파악하고, 간단한 농담 한마디로 얼어붙은 분위기를 조금씩 풀어냈다. 눈에 보이는 큰 변화는 아니었지만, 매일 반복되는 작은 행동이 쌓이면서 S 씨는 서서히 마음을 열기 시작했다. 나의 꾸준한 관심과 배려가 진심임을 이해한 것 같았다.

시간이 지나면서 놀라운 변화가 일어났다. 예전에는 모두가 피하던 S 씨가 점차 활력을 되찾고, 동료들과의 관계에서도 조금씩 자신감을 보여주었다. 그는 더 이상 투명인간이 아니었고, 나와 함께 일하는 순간에는 누구보다 성실하고 유능한 파트너가 되어 있었다. 나는 그 변화를 지켜보면서 깨달았다. 관계는 우리가 무엇을 바라느냐보다, 우리가 먼저 무엇을 주느냐에 달려 있다는 사실을. 바라기만 하는 마음은 상대방에게 부담과 압박으로 다가갈 수 있지만, 먼저 손을 내밀고 관심과 배려를 보일 때, 진심은 전달되고 마음은 열리며 관계는 바뀌게 된다.

이 일로 인해 나는 더 깊이 깨달았다. 인간관계에서 중요한 것은 성과나 조건, 또는 외형적인 요소가 아니라, 상대를 향한 작은 배려와 관심이라는 점이다. 존재를 인정하고, 작은 성취를 함께 나누며, 마음의 문을 두드리는 것이 진심을 전하는 가장 강력한 방법임을 경험으로 알게 된 것이다. 처음에는 불편함과 경계심으로 꽉 닫혀 있던 문이, 꾸준한 관심과 배려로 조금씩 열리고, 결국에는 완전히 개방되어 새로운 관계와 협력으로 이어지는 것을 경험하며, 인간은 본래 관계 속에서 서로를 필요로 하고 있다는 것을 실감했다.

또한 이 과정에서 나는 나 자신에게 중요한 교훈을 남겼다. 먼저 다가가고 작은 배려를 실천하는 행동은 단순히 상대를 위한 것이 아니라, 나 자신에게도 의미 있는 경험이 된다는 점이다. 내가 먼저 손을 내밀 때, 타인과의 거리에서 오는 불편함을 이겨내며, 마음속 두려움과 불안으로부터 자유로워질 수 있었다. 동시에 내가 가진 신념과 가치, 즉 인간을 존중하고 공감하는 태도를 실제 행동으로 구현하는 순간이기도 했다. 작은 행동이 누군가의 삶에 큰 변화를 만들 수 있다는 사실을 직접 경험함으로써, 인간관계에서의 주도권은 내가 무엇을 바라느냐가 아니라, 내가 무엇을 행동으로 옮기느냐에 달려 있음을 다시금 확인했다.

사람은 누구나 외로움을 피하고 인정받기를 원한다. 그러나 그 감정을 누군가가 적극적으로 인식하고, 작은 관심과 배려를 통해 그 존재를 지지할 때, 사람은 마음을 열고 신뢰를 회복하며 협력할 준비를 한다. 바라기보다 먼저 손을 내밀고, 작은 배려를 꾸준히 실천하는 것이야말로 관계의 문을 여는 열쇠임을, 나는 S 씨와의 만남을 통해 생생히 경험했다. 우리는 주변 사람들에게 먼저 다가가고 있는가, 작은 배려와 관심을 꾸준히 실천하고 있는가, 그리고 그 과정에서 진정한 마음의 소통과 변화를 경험하고 있는가.

사람과 사람 사이의 관계는 오프라인뿐만 아니라 온라인에서도 똑같이 작용한다. 아니, 어쩌면 온라인이라는 비대면 공간에서는 더더욱 먼저 다가가는 태도가 중요할지 모른다. 우리는 종종 눈에 보이지 않는 거리와 익명성에 기대어, 상대의 관심과 반응을 기다리기만 한다. 하지만 아무리 간절히 바라더라도, 먼저 손을 내밀지 않으면 아무 일도 일어나지 않는다.

내가 처음 블로그를 시작했을 때가 그랬다. 나는 그저 진심을 담아 글을 쓰면, 누군가가 자연스레 다가와 주고, 공감해 주고, 말을 걸어줄 것이라 기대했다. 말하자면 좋은 글이라는 이유만으로 세상이 내게 다가와 주기를 기다린 것이다. 매일 글을 쓰고 방문자 수를 확인하는 일이 일상이 되었고, 공감, 댓글이나 조회수에 온종일 기분이 좌우되곤 했다. 하지만 현실은 기대와 달랐다. 아무도 다가오지 않았다. 좋은 정보들을 작성해도 반응은 뜸했고, 블로그는 그저 나만의 일기 같은 공간일 뿐이었다. 그러던 어느 날, 나는 문득 이런 생각을 했다.

'나는 왜 이렇게 애가 타게 기다리고만 있지?'

대면 관계라면 누구에게든 먼저 말을 걸 수 있는 나였는데, 온라인 공간에서는 왜 그저 다가와 주기만을 바랐을까. 그리고 마음을 고쳤다. 기다리지 말고 내가 먼저 다가가야겠다고.

그날부터 나는 매일 이웃 블로거들의 글을 찾아 읽었다. 그들이 얼마나 정성껏 자신의 삶을 기록하고 있는지를 들여다보았다. 그리고 그 정성에 응답하듯, 진심을 담아 댓글을 남기기 시작했다. "잘 읽었습니다." 같은 형식적인 인사가 아니라, 글 속에 담긴 감정과 고민, 경험에 마음으로 반응했다. 어떤 글에는 조용히 공감을 표현했고, 또 다른 글에는 궁금했던 부분에 질문을 던지기도 했다. 그렇게 한 명, 두 명과 조금씩 소통을 이어갔다.

단순히 내 블로그를 홍보하기 위해 방문하는 것이 아니라, 그들의 이야기 안에서 나를 돌아보고, 내 마음을 내어주는 일이 즐거워지기 시작했다. 놀랍게도 그런 진심이 조금씩 돌아오는 듯했다. 내가 남긴 댓글에 답글이 달리고, 그들이 나의 블로그를 방문해 글을 읽고 또 댓글을 남겼다. 어느새 하루 방문자 수가 눈에 띄게 늘었고, 블로그는 더 이상 혼잣말을 남기는 일기장이 아니게 되었다.

가장 크게 달라진 것은 숫자가 아니라 온기였다. 누군가와의 대화가 오가는 공간, 함께 살아가고 있는 느낌. 블로그 안에서, 글을 통해 타인과 연결된다는 감각은 내 일상을 풍성하게 만들었다. 그렇게 글쓰기는 더 이상 외로운 여정이 아니게 되었다. 어느 날은 블로그 이웃 중 한 명이 내 글을 읽고 자신도 오랜만에 펜을 들게 되었다며 고마움을 전했다. 그 댓글을 읽으며 가슴이 찌르르하게 떨렸다. 내가 먼저 다가간 그 순간부터, 우리는 서로에게 작은 변화의 계기가 되어주고 있었던 것이다. 이 경험을 통해 나는 더욱 깊이 깨달았다. 바라기만 하면 언제나 혼자 남겨진다. 관계라는 것은 늘 한 쪽이 먼저 손을 내밀어야 가능하다. 그 손길의 체온이 따뜻할수록, 타인의 마음도 서서히 열리게 되어있다. 손을 내미는 사람이 내가 되어보자.

사람들은 흔히 "진심은 통한다."고 말하지만, 그 진심조차 먼저 건네지 않으면 닿을 수 없다. 기다림은 편안하지만, 그 속에는 아무런 변화도 일어나지 않는다. 우리가 진심으로 누군가와 연결되길 바란다면, 기다리지 말고 다가가야 한다. 아주 조심스럽게, 따뜻하게, 그리고 진실하게. 말하지 않으면 모른다. 표현하지 않으면 모른다.

오프라인에서든, 온라인에서든 인간관계의 원리는 다르지 않았다. 상대방에게 관심을 가지고 먼저 인사를 건네는 것. 그 한마디 "안녕하세요."가 닫혀 있던 세계를 열어주는 문이 되기도 한다. 그 조용한 시작이, 때로는 사람의 인생을 바꾸기도 한다.

③
지적은 줄이고
공감을 늘려라

앞서 언급한 프랭크 카프리오 판사의 이야기를 기억하는가. 그는 법과 규정에 따라 판결을 내리는 판사였지만, 단순한 규정의 집행만으로는 사람의 마음을 얻을 수 없다는 사실을 일찍 깨달았다. 그가 맞닥뜨린 첫 재판은 주차 위반으로 300달러의 과태료를 내야 하는 한 여성의 사건이었다. 그녀는 세 아이를 데리고 있었고, 경제적으로 매우 어려운 상황에 처해 있었다. 당시 카프리오 판사는 법대로 과태료를 부과했고, 돈을 내지 않으면 바퀴를 묶겠다는 판결을 내렸다. 하지만 그날이후, 아버지와 나눈 대화가 그의 삶과 판사로서의 태도를 근본적으로 바꾸는 계기가 되었다.

아버지는 단호하게 말했다. "그녀는 겁에 질려 있었어. 그녀와 대화를 했어야지. 사정을 알아주었어야지. 사람을 그렇게 대해서는 안 돼."
이 한마디는 단순한 훈계가 아니었다. 그 속에는 상대를 이해하고 공감해야 한다는 삶의 지침이 담겨 있었다. 카프리오 판사는 아버지의 말에 깊이 공감하며 마음속으로 새겼고, 이후 법정에서 사람을 대하는 방식이 달라지기 시작했다. 그는 판사로서의 권위보다, 사람을 진심으로 이해하려는 마음을 우선시했다. 이 경험은 그의 판결과 행동에서 공감이 어떻게 힘을 발휘하는지 보여주는 결정적인 계기가 되었다.

공감은 상대방의 처지와 감정을 이해하려는 마음이다. 우리는 종종 상대방의 잘못이나 실수를 지적하는 데 익숙하다. 잘못을 바로잡고 규정을 지키게 하는 것이 옳다고 생각하기 때문이다. 하지만 지나친 지적은 상대방에게 부담과 두려움을 안겨주고, 오히려 마음을 닫게 만든다. 카프리오 판사는 이를 첫 재판 때 깨달았다. 그는 규정만을 따르는 것이 아니라, 상대방의 상황과 어려움을 이해하고, 그들의 이야기에 귀 기울이는 법을 배웠다. 이러한 태도는 단순히 친절하거나 자비로운 마음에 그치는 것이 아니라, 진정한 공감에서 비롯된 행동이었다.

그날 이후 법정에서 그는 피고인의 이야기를 듣고, 그들의 상황을 충분히 이해한 뒤 결정을 내렸다. 공감과 이해를 바탕으로 한 그의 행동은 단순한 법 집행을 넘어, 사람의 마음을 움직이는 힘이 되었다. 한 여성은 카프리오 판사의 판결에서 자신이 존중받고 있다는 느낌을 받았고, 이는 그날 사건을 단순한 처벌 이상의 경험으로 바꾸었다. 경청과 공감이 결합할 때, 지적이 아닌 이해가 상대방의 마음을 여는 열쇠가 된다는 사실을 보여주는 사례다.

공감은 말로만 표현되는 것이 아니다. 행동으로 보여주는 것이 더욱 강력하다. 카프리오 판사는 경제적 어려움 속에서도 성실히 살아가려는 피고인들의 노력을 눈여겨보았다. 그는 법과 규정을 일률적으로 적용하기보다는, 그들의 사정을 고려하여 결정을 내렸다. 이러한 판단은 규정 준수라는 표면적 목표와 공감이라는 인간적 목표 사이의 균형을 보여준다. 법정은 단순한 규율과 명령의 공간이 아니라, 공감과 이해로 관계를 형성할 수 있는 공간이 될 수 있음을 그는 몸소 증명했다.

공감은 우리가 관계 속에서 후회를 줄이는 방법이기도 하다. 누군가를 지적할 때, 그 사람의 상황과 감정을 고려하지 않으면 상처를 주고 관계를 악화시킬 수 있다. 우리가 지적을 줄이고 공감을 늘릴 때, 상대방은 마음을 열고 관계는 더 깊어진다. 상대의 이야기를 듣고, 감정을 이해하며, 공감하는 행동은 상대방에게 존중과 신뢰를 전달한다. 공감은 사람의 마음을 움직이는 힘이며, 관계를 유지하고 발전시키는 가장 확실한 방법이다.

공감으로 인해 인생의 여정을 바꾸게 된 친구가 있다. 내 친구 R은 오랫동안 비혼주의자로 살아왔다. 결혼이라는 굴레를 스스로에게 강요하지 않았고, 자유로운 삶을 선택했다. 결혼에 대해 확고한 거부감을 가지고 있었다. 그 이유는 여러 번의 연애에서 겪었던 상처 때문이다. 전 남자친구들은 그녀의 말과 행동에 대해 끊임없이 현실적이고 냉철한 지적을 하였다. "다 너를 위해서야.", "나 아니면 너한테 이런 이야기 해주는 사람 없다."라며 R에게 자신이 상처주는 말들을 합리화시켰다. 물론 처음에는 R도 그 지적들이 성장과 변화를 위한 조언이라고 생각했다. 하지만 시간이 지나면서 그 조언들은 점점 그녀의 자존감을 갉아먹는 잔소리로 변해만 갔다. 그녀가 느끼는 부담감과 상처는 점점 커져만 갔고, 그 결과 비혼을 선택하게 되었다. 결혼으로 인해 자신의 자존감을 갉아먹는 남자와 한평생을 맞출 필요가 없다고 믿게 된 것이다.

그런데 어느 날, R은 뜻밖에도 청첩장을 내밀었다. 영원할 것만 같았던 R의 생각과 확고한 태도가 변화한 순간이었다. 이 변화의 중심에는 새로운 사람이 있었다. 그는 R이 만난 과거의 어떤 남자들과도 달랐다고 한다. 그는 R의 말과 행동을 무턱대고 지적하거나 고치려 들지 않았다. 대신, 그녀가 느끼는 감정을 진심으로 이해하고 경청하며 공감하는 태도를 보였다. R이 어려움을 겪을 때마다 먼저 다가와 진심 어린 위로를 건넸다고 한다. 그의 말에는 오직 R의 마음을 헤아리려는 따뜻한 배려만이 담겨 있었다.

R은 그 태도에 조금씩 마음의 빗장을 풀기 시작했다고 한다. 오랫동안 쌓여 있던 상처와 긴장이 녹아내리는 듯했을 것이다. 지적과 평가가 아닌, 이해와 공감이 마음을 움직였던 것이다. 그 덕분에 R은 그에게 진심으로 사랑받고 있음을 느꼈고, 자신이 가진 부족함이나 불완전함마저도 받아들일 용기를 얻었다. 그와 함께라면 어떤 어려움도 혼자 감당하지 않고 서로 의지하며 헤쳐 나갈 수 있을 것이라는 믿음이 생겼다고 한다. 그녀는 결혼에 대한 두려움을 내려놓았고, 새로운 인연과

삶을 함께할 준비가 되었다.

사람의 마음을 움직이고 긍정적인 변화를 이끌어내는 데는 공감의 힘이 얼마나 강력한지 알 수 있다. 끊임없는 지적은 아무리 그 사람을 위한다고 해도 상대방을 방어하도록 만들고, 관계를 멀어지게 한다. 하지만 공감은 상대의 내면을 이해하고, 마음을 여는 열쇠가 된다. 공감은 상대방이 자신을 인정받고 있다고 느끼게 하며, 자기 변화에 대한 동기부여가 된다. 그래서 공감은 단순한 대화 기법을 넘어, 사람의 인생을 바꾸는 힘을 가진 태도임을 이 이야기가 생생하게 뒷받침해 준다.

사람은 누구나 자신의 이야기를 들어주고, 이해받고 싶어 한다. 특히 마음의 상처가 깊을수록, 공감하는 상대방의 존재는 더욱 절실해진다. 친구 R이 겪었던 과거의 상처와 지적은 그녀의 마음에 균열을 냈지만, 새로운 남자친구의 공감은 그 균열을 메우고 치유했다. 이것이야말로 진정한 관계의 힘이며, 공감이 가진 치유와 성장의 에너지다. 공감은 상대방의 고통과 감정을 진심으로 인정하고 함께 나누는 과정이다. 그렇게 쌓인 신뢰와 이해는 사람의 마음을 움직여, 새로운 가능성과 변화를 이끌어낸다.

나는 이 이야기를 통해 인간관계에서 무엇이 중요한지 다시금 깨닫는다. 사람의 마음을 얻고 좋은 관계를 이어가기 위해선 지적을 줄이고 공감을 늘려야 한다. 지적은 문제점을 부각시키지만, 공감은 문제를 함께 해결하고자 하는 마음에서 시작한다. 공감은 상대가 방어하지 않고 마음을 열도록 만들며, 진심 어린 태도는 결국 상대에게 신뢰와 안정감을 준다. 신뢰가 쌓이면 관계는 단단해지고, 서로의 성장과 행복에 힘이 되어주기도 한다.

결국 지적은 줄이고 공감을 늘리는 것이 인간관계의 중요한 역할을 한다는 것을 잊지 말아야 한다. 그 태도는 단순한 기술이나 전략이 아니라 진심 어린 마음에서 나오는 행동이며, 그로 인해 관계는 더 깊고 건강하게 성장한다. 우리가 만나고 살아가는 모든 사람에게 공감하는 마음을 갖는다면, 그 속에서 긍정적인 변화와 진정한 인연이 싹트게 될 것이다. 그러니 우리는 오늘도 누군가의 이야기에 귀 기울이고, 판단보다는 공감을 먼저 건네야 한다. 그것이야말로 인간관계를 아름답고 단단하게 만드는 길이다.

④
타인의 선을
넘지 마라

우리는 저마다 지키고 싶은 선을 가지고 살아간다. 누군가에게는 가족에 대한 비난이, 또 다른 누군가에게는 외모를 지적하는 말이, 혹은 자신이 아끼는 가치를 조롱하는 말이 심장의 경계를 흔드는 금기 선일 수 있다. 그 선은 타인의 시선에는 미약하거나 보이지 않을 수 있지만, 당사자에게는 과거의 기억과 상처, 신념과 정체성이 뿌리 깊게 얽힌 절대불가침의 영역이다.

내게도 그런 선이 있다. 그것은 바로 '남녀 차별을 하는 태도'다. 사회에서의 능력은 남녀가 동등하게 평가받아야 한다. 내겐 어릴 적부터 자라오던 남녀 차별이 주는 위화감이 축적되어 있었다. 공부를 열심히 하거나, 남동생과 똑같은 일을 해도 "여자애치고는 수학을 잘하네."라든가, "여자가 그 정도면 잘한 거지.", "여자애면 좀 더 여자애답게 조신하게 굴어야지."라는 말을 들으며 자라왔다. 말끝마다 '여자'라는 단어로 한계를 만들고, 그 테두리 안에서 규정하고 평가하는 사람들의 말이 싫었다. 그래서 내 위치와 능력에 더 민감하게 반응하게 되었는지도 모르겠다.

회사의 회식 자리에서 있었던 일이다. 테이블에 둘러앉아 저마다 하루의 피로를 풀며 대화를 나누고 있었다. 나 역시 평소보다 마음이 들떠 있었고, 농담도 건네며 분위기를 즐기고 있었다. 그런데 그 자리에 있던 남자 신입사원 H 씨의 태도가 묘하게 거슬렸다. 내가 말을 꺼낼 때마다 그는 정중한 척하면서도 대화를 끊거나 다른 화제로 급히 전환했다. 처음엔 '내가 예민한 건가?'라고 생각했다. 그러나 대화가 몇 번 반복되자, 그의 행동은 단순한 우연이 아님을 직감했다. 심지어 다른 남성 직원의 말엔 끄덕이며 격렬하게 반응하던 그가 유독 나의 말에는 반응을 피하거나, 시선을 회피하며 건성으로 넘겼다.

업무 중에도 마찬가지였다. 중요한 안건을 논의하던 회의 자리에서 그가 나의 아이디어를 일부러 무시하는 듯한 태도를 취했고, 그가 작성한 회의록에는 내가 발언한 내용이 흔적도 없이 누락되어 있었다. 단순히 소외감을 느꼈다면 지나칠 수도 있었을 테지만, 나의 감정은 분명한 불쾌함이었다.

그날 이후 나는 H 씨를 관찰했다. 여성 선임들에게는 무례한 농담을 쉽게 던지고, 여직원이 제안한 내용은 들은 체도 하지 않으면서, 남성 직원의 말에는 적극적으로 호응했다. 그건 단순한 의견차이나 성향의 문제가 아니었다. 뿌리 깊은 성별의 고정관념과, 남성 우월주의적 사회 관념이 뒤엉킨 태도였다. H 씨는 그걸 인식하지 못한 채 누군가의 존엄성을 짓밟고 있었고, 상대방이 그걸 모를 거라 착각했던 것이다. 나는 불편한 기색을 감출 수가 없었다.

"예쁜 여자가 일도 잘하는 것 같아요!"

다음 회식 자리에서도 역시 H 씨가 던진 무례한 농담에 내가 정색을 하며 말했다.

"H 씨, 그 말 상당히 불편하네요. 듣는 상대방이 불쾌할 수도 있다는 생각은 안 해보셨죠?"

그 순간 테이블에 정적이 흘렀다. H 씨는 당황한 얼굴을 감추지 못했다. 누군가는 농담이라 넘기길 바랐겠지만, 나는 웃지 않았다. 눈을 피하지도 않았다. 다른 여직원들도 침묵을 깼다.

"맞아요. 저도 그 말은 좀 심하다는 생각이 들어요."

조용히 목소리를 보탠 직원들의 반응은 내게 힘이 되었고, 우리는 그날 작게나마 하나의 선을 설정할 수 있었다. 우리는 인간관계 속에서 때때로 타인의 선을 무시하거나, 무시당해도 큰 저항을 하지 못한 채 살아간다. 선을 넘는다는 것은 단순히 말을 거칠게 하는 것이 아니라, 상대의 민감한 부분을 배려 없이 밟고 지나가는 일이다. 때론 농담으로, 때론 무심코 던진 말 한마디로 타인의 존엄성을 허물고 있다는 사실조차 모른 채 말이다. 이 사례를 통해 말하고 싶다. "타인의 선을 넘지 마라." 그것은 관계를 유지하는 가장 기본적인 예의이자 배려다. 상대가 어떤 부분에 상처를 받아왔는지, 무엇을 민감하게 느끼는지를 알아가고자 노력하는 태도. 그것이 '사람을 존중하는 마음'이 깃들어 있다.

당신에게도 분명 넘지 말아야 할 선이 있을 것이다. 가족에 대한 언급, 나이, 연봉, 외모, 학력, 직업 등 그 어떤 것이든, '이것만은 건드리지 말아줘.'라고 속으로 외치는 당신만의 영역. 그것들은 틀림없이 사람들에게 존재하는 기준이다. 우리가 그 선을 함부로 넘지 않기 위해 필요한 건 상대에 대한 배려와 존중이다.

나는 H 씨와의 일화를 계기로 더 신중하게 사람을 바라보게 되었다. 그리고 무엇보다, 내 안의 선을 지킬 줄 아는 내가 되기 위해 애쓰게 되었다. 그것은 방어기제가 아니라 자아존중감이라고 생각한다. 당신도 당신만의 경계를 지켜야 한다. 때론 그 경계를 지켜주는 사람이 없더라도, 스스로 세우고 선을 그을 줄 알아야 한다. 그래야 비로소 진짜 관계가 시작된다.

그렇다면, 우리는 어떻게 타인의 선을 지킬 수 있을까? 누군가와 대화를 나눌 때, 가장 우선시되어야 할 것은 타인에 대한 '존중'이다. 존중하는 말하기는 상대의 감정을 염두에 두고 말을 하는 것이다. 가끔은 그 무엇보다 침묵이 나을 때도 있다. 말을 너무 많이 하다 보면, 나도 모르게 실수를 하게 되는 경우가 많다. 그래서 말을 하는 것보다 들어주는 것에 더 신경을 쓴다면 좋겠다. 감정이 고조된 순간에는 잠시 말을 멈추는 습관을 들였으면 한다. 말은 마음을 다치게 하는 가장 빠른 도구이자, 가장 날카로운 칼이 될 수도 있다. 그 칼날이 누군가의 자존심을 베지 않도록 해야 한다.

사람과 사람 사이의 관계는 늘 복잡하고 미묘하다. 우리는 서로 다른 감정선을 가지고 살아간다. 누군가에게는 우스운 일이, 또 다른 누군가에게는 인생을 뒤흔드는 일이 될 수 있다. 그 간극을 메우는 건 이해보다 섬세한 배려이고, 배려의 출발점은 선을 넘지 않으려는 마음이다. 말은 쉽게 사람을 다치게 할 수도 있고 따뜻하게 회복시켜 줄 수도 있다. 우리는 서로 가까워지고 싶어 하면서도, 동시에 그 거리를 지켜야만 관계가 오래간다. 선을 지키는 태도는 단절이 아니라 지속을 위한 배경이다. 그러니 나와 너 사이, 그 경계 위에서 우리는 서로를 향해 질문하고 기다리고 배려해야 한다. 그것이 상대방의 선을 지켜주는 일이다.

그리고 무엇보다도, 타인의 선을 지키기 위해서는 내 감정 또한 돌볼 줄 알아야 한다. 자신의 아픔이 가득 찼을 때, 타인의 아픔을 담을 수 없듯이, 우리 역시 스스로를 돌보지 않으면 타인으로부터 쉽게 상처받게 된다. 그러니 타인의 선을 지키기 위해 먼저 나를 살피고, 감정을 조율하는 일이 필요하다.

⑤
일관성 있는
태도를 유지하라

사람의 마음을 얻는 데 있어 가장 강력한 힘은 화려한 언변도, 뛰어난 능력도 아니다. 그것은 바로 일관성 있는 태도다. 꾸준히 같은 원칙을 유지하는 사람 앞에서는 누구나 마음을 열게 된다. 반대로 기분과 상황에 따라 말과 행동이 달라지는 사람은 시간이 갈수록 신뢰를 잃는다. 사람들은 순간의 감정보다, 오랜 시간 쌓이는 꾸준함을 더 믿는다. 이 진리를 이해한다면 우리는 인간관계에서 불필요한 후회와 갈등을 줄일 수 있다.

부모와 자녀의 관계를 보자. 아이는 부모의 일관성을 먹고 자란다 해도 과언이 아니다. 그러나 현실에서 부모는 종종 자신의 감정에 따라 아이를 다르게 대한다. 기분이 좋을 때는 아이가 몇 시간을 유튜브를

봐도 허용하면서, 기분이 나쁠 때는 잠깐만 태블릿을 봐도 호통을 치는 엄마가 있다. 아이의 입장에서는 이해할 수 없는 상황일 것이다. 어제는 동일한 상황에서도 괜찮다고 했는데, 오늘은 도대체 왜 화를 내는 것일까. 명확한 기준 없이 부모의 기분에 따라 상황이 달려 있으니, 아이는 혼란을 느낀다. 옳고 그름이 아니라 부모의 눈치를 기준으로 삼게 되고, 그 결과 정서적으로 불안정한 아이로 자랄 가능성이 커진다. 결국 부모의 일관되지 못한 태도는 아이의 마음을 불안하게 만들고, 자존감을 흔들어 놓게 된다. 반대로 부모가 언제나 같은 기준을 유지한다면 아이는 예측 가능한 세계 속에서 자라며 안정감을 얻는다. 교육학이 강조하는 것도 바로 이 점이다. 기분에 따라 훈육하는 것보다 언제나 같은 원칙을 지키는 것이 훨씬 건강한 성장을 이끈다. 부모의 일관성은 단순한 훈육법이 아니라, 아이의 삶 전체를 지탱하는 기초가 된다.

이 원리는 직장에서도 똑같이 적용된다. 나는 지금의 직장에서 그 사실을 뼈저리게 체험하고 있다. 우리 부서장님은 매사에 중립을 지키신다. 누구 한 사람의 의견만 무조건 받아들이지 않고, 자신의 감정이나 취향에 따라 직원들을 차별하지도 않는다. 어떤 문제가 생겼을 때는 '누구 편을 들어야 할까.'가 아니라, '문제 자체를 어떻게 객관적으로 해결할까.'를 먼저 고민하신다. 부서 내 갈등이 일어나면 반드시 양쪽의 이야기를 다 들어본다. 목소리가 큰 사람에게 끌려가지 않고, 자신의 측근이라고 해서 감싸지도 않는다. 이런 태도는 단기간에 드러나지 않는다. 하지만 시간이 흐르자, 직원들 모두가 부서장님의 일관된 중립성과 공정함을 인정하게 되었다. 존경은 그렇게 쌓였다. 과도하게 멀리하려 하지 않았고, 또 누구도 필요 이상으로 가까워지려 들지 않았다. 마치 부서장님은 부서 내 관계의 중심을 잡아주는 추와 같았다. 그분이 쉽게 흔들리지 않으니, 우리 부서도 흔들리지 않게 된 것이다.

나는 이 모습이 왜 그토록 강력한 힘을 발휘하는지를 알고 있다. 그건 바로, 현재와는 상반되는 과거의 경험 때문이다. 이전 직장에서의 내가 소속해 있던 부서장은 지금의 부서장님과 정반대였다. 겉으로는 직원들을 아끼고 챙긴다고 했지만, 실제로는 사내에서 일어나는 대부분의 판단 기준이 '학연, 지연, 혈연'이었다. 자신의 대학 출신이나 지연들끼리 따로 뭉쳐 식사를 했고, 늘 그들과 어울렸다. 나는 그런 부서장과의 연결고리가 전혀 없었다. 심지어 전공자도 아니었기에, 배제 대상이 되었다. 내가 할 수 있는 일은 맡은 일을 남들보다 더 열심히 해내는 것이 전부였다. 야근도 마다하지 않았고, 실적도 좋았다. 나는 생각했다. '그래도 실력으로는 인정받겠지.' 그러나 그것은 허상에 불과했다.

회식 자리에서는 실적이 낮은 부서장의 학연 동료가 인정을 받았고 학연, 지연으로 연결되지 않은 직원들은 늘 뒷전이었다. 중요한 프로젝트도 그들끼리 나눠 가졌고, 당시 나를 포함해 그 어느 고리로도 연결되어 있지 않은 직원들은 연차가 제법 쌓여도 늘 허드렛일이나 사무보조, 잡무에 머물렀다. 더 참담했던 건 부서 내 갈등이 생겼을 때였다. 한 동료와 업무적인 갈등이 있었지만, 그 동료는 부서장과 지연으로 맺어진 관계였다. 결과는 뻔했다. 부서장은 당시 상황은 정확히 인지하려 하지 않았고, 회의에서는 나만 도마 위에 올랐다. 그 어떤 해명이나 설명도 통하지 않았다. 말 그대로 사내 정치와 편 가르기, 그리고 꼬리 자르기가 노골적으로 벌어졌다.

당시 나는 큰 좌절을 맛보았다. '이런 것이 사회생활인가, 나 혼자 공정함이라는 환상의 세계에 갇혀 있던 것인가.' 하는 마음에 몇십 번, 아니 몇만 번이고 회의감이 느껴졌다. 하지만 나는 그런 감정을 곱씹으며 깨달았다. 문제는 능력의 많고 적음이 아니라, 윗사람의 일관성 없는 태도였다는 것을. 누구에게나 똑같은 기준을 적용하지 않는 사람, 감정이나 관계에 따라 판단하는 사람 밑에서는 열심히 해도 공평하게 보상받지 못한다.

그런 곳에서는 겉보기에는 아무런 문제가 없어 보인다. 하지만 언젠가는 조직이 뿌리가 썩고 그렇게 썩은 뿌리는 흙 위로 쉽게 뽑혀 나와 무너질 수도 있다. 아무리 진심을 다해 일을 한다고 해도, 돌아오는 것은 일관성 없는 평가이기 때문이다. 그래서 나는 현재 재직 중인 회사의 부서장님처럼 일관성 있게, 중립적으로, 그리고 공정하게 행동하는 사람이 얼마나 귀한지를 누구보다 잘 알고 있다. 그리고 사람의 마음은 능력보다는 그 일관성에 먼저 반응한다. 일관성은 말처럼 쉽지 않다. 특히 인간관계에서 감정이 섞일수록 더욱 힘들다. 하지만 그 어렵고 복잡한 감정의 결을 넘어 꾸준히 같은 원칙과 태도를 유지할 수 있는 사람만이, 신뢰를 얻는다. 신뢰는 존경으로 이어지고, 존경은 결국 그 사람의 영향력이 된다.

　사람들이 신뢰를 보내는 이유는 단순하다. 누구를 대하든 같은 태도를 보이기 때문이다. 감정이나 관계에 흔들리지 않고 공정한 기준을 유지하는 사람은 시간이 지날수록 존경을 받는다. 반대로 자신의 기분이나 인맥에 따라 태도를 바꾸는 사람은 신뢰를 잃기 마련이다. 직장은 결국 협력의 공간이다. 신뢰 없는 협력은 오래가지 못한다. 따라서 직장 내에서 진정한 리더십의 핵심은 일관성이라고 생각한다. 그 일관성이 구성원들에게 안정감을 주고, 그 안정감이 조직을 단단히 묶는 역할을 하기 때문이다.

　친구 관계에서도 마찬가지다. 기분이 좋을 때는 다정하지만 기분이 나쁘면 사소한 말에도 날을 세우는 친구는 곁에 오래 두기 어렵다. 그런 친구와 함께 있으면 즐거움보다 피로가 더 크다. 반대로 늘 같은 태도로 대해 주는 친구는 신뢰를 준다. 웃을 때 웃고 화낼 때 화내는 건 누구나 할 수 있다. 하지만 화가 나도 존중을 잃지 않는 태도, 기분이 좋아도 선을 지키는 태도를 유지하는 것은 결코 쉬운 일이 아니다. 그래서 더욱 가치 있다. 시간이 흐르면 우리는 결국 안정감을 주는 친구 곁에 머물고 싶어 한다. 꾸준함은 단조로움이 아닌, 신뢰의 또 다른 이름이다.

　연인 관계에서도 일관성은 사랑의 뿌리가 될 수 있다. 사랑한다는 말은 누구나 할 수 있다. 그러나 기분이 나쁘면 연락을 끊고, 화가 나면 상처 주는 말을 쏟아내는 사람은 상대를 불안하게 한다. 사랑은 단순한 감정이 아니다. 태도의 일관성이 있어야 한다. 오늘의 말과 내일의 행동이 다르지 않을 때, 비로소 신뢰가 생긴다. 사랑의 깊이는 달콤한 언어가 아니라, 일관된 태도에서 확인할 수 있다. 순간의 열정보다 일관성 있는 태도가 관계를 지탱한다. 그래서 연애에서도 마음을 얻는 길은 기분이 아니라 꾸준함에 있다.

일관성이란 자기 자신과의 약속이다. 감정과 상황이 바뀌어도 지켜내는 태도는 자기 원칙을 세우는 일이다. 일관성을 잃는다는 것은 결국 자기 자신을 배신하는 것이다. 반대로 일관성을 지킨다는 것은 자기 자신을 존중하는 것이다. 자기 마음이 요동쳐도 지켜야 할 기준을 지키는 힘, 그것이 곧 자기 존중이고, 타인에게 신뢰를 주는 밑바탕이 된다.

물론 우리는 완벽하지 않다. 때로는 기분에 따라 말과 행동이 달라질 수 있다. 그러나 중요한 것은 작은 일관성을 지키려는 마음가짐이다. 약속을 어기지 않는 것, 감정에 휘둘리지 않는 것, 작은 일에도 공정함을 유지하는 것. 이런 작은 꾸준함이 모여 큰 신뢰를 만든다. 일관성은 하루아침에 만들어지지 않는다. 하지만 노력으로 충분히 가능하다. 자신의 감정을 관리하고, 타인을 향한 말투와 태도를 점검하고, 불편한 상황에서도 품격을 지키는 연습을 반복해야 한다. 그렇게 습관이 되고, 습관은 곧 성격이 된다. 성격은 나의 운명을 만든다.

결국 사람의 마음을 얻는 길은 단순하다. 오늘과 내일이 다르지 않도록, 감정과 상황에 흔들리지 않도록, 일관성 있는 태도를 유지하는 것이다. 그것이 상대에게 안정감을 주고, 나 자신을 지켜준다. 일관성은 단순한 습관이 아니라, 관계를 지탱하는 근본적인 원리다. 그러니 오늘부터라도 다짐하자. 기분이 어떻든 같은 기준을 유지하겠다고. 그 꾸준함 속에서 신뢰가 자라고, 신뢰 속에서 마음이 이어질 것이다.

⑥
당신의 빈자리가
느껴지게 하라

"든 자리는 몰라도 난 자리는 안다."라는 옛 속담이 있다. 이 속담은 누군가의 자리가 비었을 때, 그 빈자리가 느껴진다는 것은 단순한 공간의 여백 이상을 의미한다. 그것은 관계가 쌓아온 시간과 진심이 만들어낸 눈에 보이지 않는 영향력의 증거다. 사람들은 종종 주변에 늘 존재하는 이들을 당연하게 여기지만, 그들이 떠난 순간 그 부재가 얼마나 큰 울림을 주는지 비로소 알게 된다. 이러한 빈자리는 '존재감'과 깊은 연관이 있다. 존재감은 스스로 내세우는 것이 아니라, 타인의 마음속에 자연스럽게 자리 잡아야만 진정한 의미를 가진다. 그리고 그 존재감은 눈에 띄는 화려함보다 꾸준한 관심과 배려에서 생겨난다.

그 누구보다 30분 일찍 출근하는 직원이 있었다. 그는 누가 시키지 않아도 매일 아침 일찍 출근하여 회의 테이블을 정리하고, 공용 공간을 깔끔하게 유지하는 일을 늘 잊지 않았다. 정수기 옆에 쌓여 있는 종이컵을 비우는 것도 그의 일과 중 하나였다. 눈에 띄지 않는 작은 행동이었지만, 그로 인해 공간은 늘 쾌적했고 동료들은 불편함 없이 업무에 집중할 수 있었다. 어느 날 그 직장 동료가 결혼과 신혼여행을 이유로 장기 휴가를 떠났다. 처음 며칠간은 아무 문제가 없었으나 시간이 지나면서 회의실이 어지러워지고 커피 머신은 더러워졌으며, 정수기 주변은 엉망이 되었다. 모두가 그 동료의 빈자리를 실감했다. 평소에는 미처 눈에 띄지 않던 그의 손길과 세심함이 얼마나 소중했는지 그제야 깨달았다. 이는 진정한 존재감이란 주목받기 위한 과시가 아니라, 묵묵히 자신의 역할을 다하는 꾸준함에서 나온다는 사실을 명확히 보여준다. 보이지 않는 손길이 실은 가장 견고한 관계의 기초라는 것을 일깨워 준다.

　인터넷 세상에서도 비슷한 일이 일어난다. 블로그를 통해 한 이웃과 진심으로 소통했다. 그분은 내 글을 매번 진심으로 읽고 형식적인 댓글이 아닌, 마음을 담은 진솔한 글을 남겼다. 그 댓글을 읽을 때마다 나는 내가 훨씬 소중한 존재가 된 듯한 느낌을 받았다. 또한 그분과의 진심 어린 소통이 내 생활에 활력을 불어넣기도 했다. 그러던 어느 날, 그분의 글이 며칠째 올라오지 않자, 걱정이 밀려왔다. '혹시 몸이 편찮으신 건 아닐까? 무슨 일이 생긴 건 아닐까?' 평소에 소통하며 쌓아온 진심이 있었기에 그분의 부재는 더욱 크게 다가왔다. 진심으로 쌓인 관계일

수록 그 빈자리는 더욱 컸으며, 그 자리가 허전하게 느껴진다.

수개월 후 그분과 다시 연락이 닿았다. 그동안 여러 가지 상황으로 인해 잠시 블로그를 떠났었고, 블로그 글로 다시 복귀한 후 현재도 활발히 소통하며 지낸다. 지금은 이전보다 더욱 끈끈하게 교류하고 있다. 얼굴을 한 번도 본 적이 없지만 서로가 진심으로 소통했기에 그 존재의 빈자리가 이토록 크게 느껴졌다. 이처럼 진심은 진심으로 전이된다.

사람과의 관계에서 진정한 영향력은 때로 부재 속에서 드러난다. 늘 함께 있어 주는 것만이 좋은 관계를 만든다고 우리는 쉽게 착각한다. 그러나 역설적으로, 언제나 곁에 있어 주는 존재는 그 소중함이 무뎌지고 만다. 공기와 같은 존재가 된다는 말은 때로는 아름답게 들릴지 몰라도, 실은 잊히는 것과도 같다. 공기가 없어지면 우리는 비로소 그 존재의 소중함을 절실히 깨닫게 된다. 인간관계 역시 마찬가지다. 당신의 빈자리가 느껴질 때, 비로소 상대는 당신의 존재를 깊이 자각하게 된다

때문에 '당신의 빈자리가 느껴지게 하라.'는 인간관계에 있어서 현실적이고도 근본적인 이야기이다. 그 이야기는 진심과 꾸준함이라는 두 축 위에 세워진다. 존재감은 눈에 띄기 위한 과시가 아닌, 진심 어린 관심과 배려가 꾸준히 쌓여야만 형성된다. 그렇기에 하루 이틀의 노력으로는 부족하다. 긴 시간을 통해 신뢰와 애정을 만들어가야 한다. 그런 과정을 통해 비로소 누군가가 자리를 비웠을 때 주변이 어딘가 허전해지고, 그 부재를 그리워하게 된다.

빈자리가 느껴지는 사람은 특별한 능력을 가진 사람이 아니라, 일상

의 사소한 부분에서 배려와 관심을 놓치지 않는 사람이다. 테이블과 의자를 정리하는 일, 동료의 힘든 일을 먼저 돕는 일, 누군가의 말을 들어주는 일 등 사소한 행동들이 모여 큰 존재감을 만든다. 우리가 간과하는 이 일상적 행동들이야말로 관계의 씨앗이 될 수 있다.

그렇기에 우리는 자신의 자리를 돌아보아야 한다. 나는 주변에 어떤 영향을 주고 있는가, 내가 하는 작은 행동 하나하나가 관계를 단단히 만들고 있는가를 점검해야 한다. 진심을 다해 꾸준히 행동하는 사람이 결국 누군가의 마음속에 깊은 자리를 차지한다. 그 빈자리가 커질수록 그 사람의 존재감도 커진다. 또한 빈자리가 느껴지는 사람은 자신의 감정을 솔직하게 표현할 줄 아는 사람이다. 감정을 억누르거나 회피하는 대신, 타인과 진술하게 소통하며 신뢰를 쌓는다. 소통은 단순히 말하는 행위가 아니라, 서로를 이해하고 공감하는 과정이다. 꾸준한 소통이 쌓이면 서로의 마음은 가까워진다.

더불어 꾸준한 자기 관리도 필요하다. 몸과 마음이 건강해야 꾸준한 관계 유지가 가능하기 때문이다. 피곤하거나 지치면 사람에게 마음을 나누기 어려워지고, 그 영향은 관계에 곧바로 드러난다. 따라서 자신의 정신적·신체적 상태를 돌보고 관리하는 것도 빈자리가 느껴지는 존재가 되는 중요한 요소다.

인간관계의 본질은 상호성에 있다. 빈자리가 느껴진다는 것은 나만의 노력이 아니라, 상대방도 관계에 진심으로 임했기에 가능한 일이다. 그러므로 상대방의 감정과 상황도 이해하려 노력해야 한다. 상대가 힘들 때 지지하고, 기쁠 때 함께 기뻐하며 진심을 나누는 과정은 지속적인 노력이 필요하다.

또한 좋은 관계를 유지하려면 기억에 남는 행동을 해야 한다. 흔히 떠오르는 작은 선물이나 깜짝 이벤트만을 의미하는 것이 아니다. 상대방이 힘들 때 조심스레 표현한 진심 어린 말 한마디, 곁에서 들어주는 태도, 도움의 손길 등 일상 속에서 기억에 남는 행동을 꾸준히 해야 한다. 그런 기억들은 시간이 지나도 마음속에 남아 큰 존재감으로 다가온다.

우리 삶은 관계의 연속이다. 그 속에서 어떤 사람은 떠나고 또 다른 사람이 온다. 하지만 진심과 꾸준함으로 쌓인 관계는 시간이 흘러도 쉽게 흔들리지 않는다. 빈자리가 느껴지는 사람은 스쳐 지나가는 존재가 아니라, 삶 속에서 오래도록 기억되는 사람이다.

마지막으로, '당신의 빈자리가 느껴지게 하라.'는 말은 인간관계에서 가장 실질적이고 단단한 원칙임을 기억하자. 그것은 관계에서 어떤 화려한 기술이나 과시가 아니라, 매일의 작은 행동과 꾸준한 진심, 그리고 진실된 소통으로 이뤄진다. 오늘부터라도 주변 사람들을 살피고, 작은 손길 하나부터 꾸준히 다가가는 노력을 시작하자. 그것이 사람의 마음을 얻는 가장 확실한 길이다.

⑦
타인의 장점을
볼 줄 아는 눈을 가져라

우리는 종종 상대방의 단점이 먼저 눈에 들어올 때가 있다. 말이 많다, 말수가 없다, 잘 웃는다, 무표정하다, 고집이 세다, 우유부단하다, 낙천적이다, 비관적이다 등 그 모든 것들은 사실 그 사람의 '특징'일 뿐이다. 문제는, 그 특징을 단점으로 보느냐 장점으로 보느냐는 전적으로 우리의 마음에게 달려 있다는 점이다. 특징에 의미를 붙이는 것은 해석자의 몫이다. 그리고 바로 그 해석이 관계의 향방을 결정짓는다.

회사에서 새로운 프로젝트를 맡게 되었을 때의 일이다. 나는 전반적인 기획과 외부 업무를 주도하는 역할을 맡았고, 함께 일하게 된 동료는 C라는 사원이었다. 그 동료를 처음 만난 날, 솔직히 큰 기대는 하지 않았다. 그는 굉장히 과묵했고, 내가 질문을 하면 "네.", "아니오."처럼 단답으로만 답변했다. 어떤 아이디어에 대해서도 이렇다 할 반응을 보이지 않았고, 회의 중에도 거의 의견을 제시하지 않았다. 나는 내심 '조금 더 적극적으로 의견을 주고받을 수 있다면 좋을 텐데.'라고 생각했다. 그와 손발을 맞춰야 한다는 것이 처음엔 부담스러웠다.

하지만 그 부담은 단 일주일 만에 완전히 긍정적인 감정으로 바뀌었다. 이유는 그의 '꼼꼼함'이었다. C 씨가 프로젝트에서 맡은 업무는 서류 작성, 공문 확인, 엑셀 데이터 정리가 주된 업무였다. 나는 큰 흐름을 그리는 데는 자신 있었지만, 세부적인 데이터나 표기, 오타, 형식 등의 정확도에서는 자주 실수를 했다. 그런데 C 씨는 놀랄 만큼 세심하게 모든 문서를 검토했고, 내가 놓친 오타, 단어의 통일성, 숫자의 오류까지 귀신같이 잡아냈다. 나는 어느 날, 진심으로 그에게 이렇게 말했다.

"C 씨, 정말 꼼꼼하신 분 같아요. 제가 이런 세세한 부분은 자주 놓치거든요. 그런데 C 씨의 꼼꼼함과 제가 큰 흐름을 보는 시야를 합치면 정말 좋은 팀이 될 수 있을 것 같아요."

그 말을 듣고 C 씨는 처음으로 환하게 웃었다. 그리고 그날 이후, 그는 서류 정리 작업의 검토 역할을 맡아주었고, 나는 외부 협의 일정과 보고서 작성에 더욱 집중할 수 있었다. 결국 우리는 그 프로젝트를 마감 기한보다 일주일 앞서 끝낼 수 있었고, 상부의 칭찬까지 받게 되었다. 그리고 지금까지도 나는 그와 좋은 관계를 유지하고 있다. 그의 과묵함은 이제 내겐 신중함과 침착한 관찰력으로 보여진다.

또 다른 동료가 있다. 그 사람은 회의 때마다 동료가 의견을 제시하면 그 의견에 반대 견해를 내는 인물이었다. 어떤 안건이 나오든, 그는 제일 먼저 "그거 안 될 것 같은데요.", "그렇게 하면 성공하기 어렵습니다."라고 말했다. 회의의 흐름을 끊고, 분위기를 무겁게 만드는 그 말투에 부서원들은 불편함을 느꼈다. 누구도 그의 말에 귀를 기울이지 않았다. 회의가 끝난 후에도 종종 "저분은 꼭 말 한마디를 그렇게 해야 속이 시원할까?"라는 말이 나오곤 했다.

그러던 어느 날, 우리가 추진하던 프로젝트가 예상치 못한 난관에 부딪혔다. 프로젝트의 진행 방향이 예기치 못한 방향으로 흘러갔고, 기획안에도 치명적인 오류가 발견되었다. 모두가 당황하고 있을 때, 그 동료는 조용히 말하였다. "이 상황, 지난 회의에서 제가 언급한 리스크가 현실화된 것 같아요. 그때 말씀드린 대안을 정리해 둔 자료가 있습니다." 그러고는 사전에 준비한 프린트를 나누어 주며, 리스크 시나리오와 대응 전략을 설명했다.

그제야 우리는 알게 되었다. 그의 반대는 단순한 트집이 아니었고, 사전에 깊이 고민한 결과였다는 사실을. 그는 회의에서 늘 비판적 시각으로 문제의 가능성을 짚어냈고, 쉽게 판단하지 않고 냉정하게 상황을 분석하던 사람이었다. 우리는 그를 다시 보게 되었고, 그의 객관적인 분석이 프로젝트의 든든한 안전장치였음을 비로소 인식했다. 그 이후 회의 분위기는 바뀌었다. 그는 여전히 반대 의견을 냈지만, 그 의견은 이제 귀 기울여야 할 조언으로 자리 잡았다. 사람은 바뀌지 않았다. 다만 우리가 바라보는 시선이 바뀌었을 뿐이다.

결국 모든 것은 우리가 보는 시선에 달려 있다. 사람의 특징을 단점으로 볼 수도 있고, 장점으로 볼 수도 있다. 꼼꼼한 사람을 "답답하다."고 말할 수도 있고, "정확하다."고 말할 수도 있다. 말수가 적은 사람을 '소극적'이라 판단할 수도 있고, '신중하다.'고 볼 수도 있다. 이왕이면 사람들의 특징을 장점으로 바라보는 것은 어떨까.

또 하나의 사례가 있다. 사무실 내에 지나치게 깔끔한 동료가 있었다. 그는 자리에 먼지 하나, 종이 하나 흐트러져 있는 것을 못 참았다. 동료들이 탕비실을 깨끗하게 사용하지 않거나, 사무용품을 제자리에 두지 않으면 조용히 정리하면서도 미묘한 표정으로 불편함을 표시했다. 처음엔 '왜 저렇게 예민할까?' 싶은 마음이 들었지만, 어느 날 나는 그의 자리에 우연히 앉았던 적이 있었다. 문득 느껴졌다. 정돈이 잘 된 그 공간 안에서 이상하리만큼 집중이 잘될 것 같다는 것을.

그제야 나는 그의 예민함이 단지 성격이 아니라, 업무 효율성과 집중력을 위한 태도였음을 깨달았다. 그는 철저한 정리와 질서를 통해 자기 리듬을 유지하고 있었고, 그것은 그에게 있어 자신을 지키는 방식이었던 것이다. 그를 이해한 뒤부터 나는 그의 깔끔함이 달리 보였다. 오히려 내 자리도 더 깨끗이 유지하려 애쓰게 되었다. 이처럼 타인의 특징을 있는 그대로 받아들이고, 장점으로 해석하려는 시도는 상대의 마음을 여는 열쇠가 되었다.

인간관계의 기술은 멀리 있지 않다. 결국 사람을 바꾸려 하지 말고, 내 시야를 다르게 가져보는 것이다. 상대방을 바꾸려 들면 관계는 틀어질 수 있다. 그러나 내가 다르게 보기 시작하면, 관계는 저절로 좋아진다. 누군가가 마음에 들지 않을 때, 그 마음이 왜 생겼는지 자신에게 물어보자. 그리고 그 사람의 '단점'이라고 여겼던 부분을 천천히 다시 들여다보자. 어쩌면 상대가 가지고 있는 특징은 당신에게 없는 강점일 수도 있다. 또한 당신이 미처 보지 못한 장점일 수도 있다. 당신이 먼저 장점을 보려는 눈을 가질 때, 상대는 당신을 신뢰하게 된다. 그 마음의 교류가 진정한 사람의 마음을 얻는 시작점이 될 수 있다.

우리는 누구나 완벽하지 않다. 각자의 특징은 서로의 빈틈을 채우기 위해 존재하기도 한다. 과묵함은 누군가의 소란스러움을 잠재우고, 경쾌한 말이나 비지 않는 오디오는 가라앉아있던 공기를 신선하게 바꾸어주기도 한다. 또한 느리지만 신중한 태도는 상대방의 조급함을 진정시킬 수도 있다. 그렇게 우리는 서로의 부족한 점을 채우며 살아간다. 그러니 다음 누군가를 만났을 때, 그 사람의 단점이 보인다면 이렇게 스스로에게 말해보자.

'이것은 이 사람이 가진 고유한 장점일 수도 있어.'

그리고 특징을 다시 바라보자. 그 사람은 당신이 처음 생각했던 모습과 전혀 다른 얼굴을 하고 있을지도 모른다. 그게 사람의 마음을 얻을 수 있는 관계의 시작이 되어줄 수 있다. 사람을 바꾸려 하기보다 나의 시야를 전환시켜 보아라. 그러면 관계는 새롭게 열릴 것이다. 그 순간, 당신은 그 사람의 마음을 얻게 될 것이다.

사람의 특징은 그저 특징일 뿐이다. 그것에 어떤 의미를 부여한다는 것은 오롯이 나의 몫이다. 특정 상대방이 있다. 어떤 사람은 침착하다고 하고, 어떤 사람은 느리다고 말한다. 어떤 사람은 자유롭다고 하고, 또 다른 사람은 산만하다고 말한다. 하지만 모두 같은 행동이다. 다른 건 그 사람을 바라보는 각자의 눈과 해석일 뿐이다.

이왕이면 상대의 특징을 장점으로 보는 눈을 가져라. 그 눈은 당신을 더 넓고 깊은 사람으로 만들어 준다. 그리고 사람은 자신을 있는 그대로 존중해주는 사람에게 마음을 연다. 당신이 먼저 그들의 강점을 발견하려 한다면, 언젠가 그들도 당신의 장점을 먼저 알아봐 줄 것이다.

이 모든 변화는 아주 단순한 선택에서 시작된다. 단점을 찾기보다, 장점을 찾는 눈. 관계를 깎아내리는 말보다, 관계를 살리는 말. 상대를 바꾸려는 태도보다, 나부터 바꾸려는 태도다. 사람을 바꾸려 하지 말고, 먼저 다르게 보는 시야를 가져보자. 그러면 모든 게 이전과 달라질 것이다. 그 변화에 어쩌면 죽어가던 인간관계까지 살아날 수도 있을 것이다.

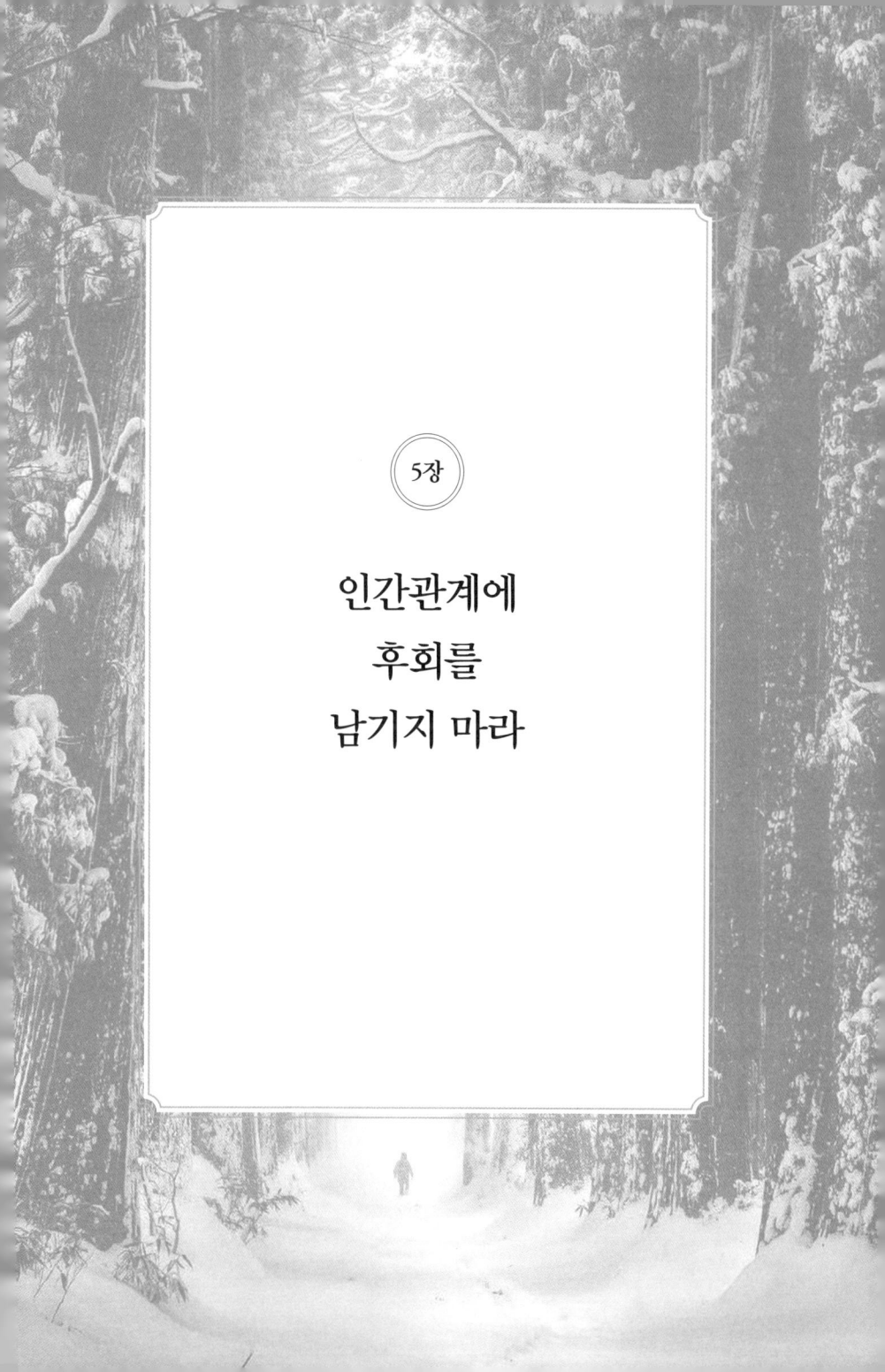

5장

인간관계에
후회를
남기지 마라

①
감사는 우리를
더 강하게 만든다

　직장에서 우리는 하루에도 수많은 도움을 주고받는다. 누군가의 작은 친절이나 도움으로 업무가 수월해지기도 하고, 때로는 큰 프로젝트를 성공으로 이끌어 나가기도 한다. 그런데 도움을 주고받는 순간, 행위 자체보다 표현되는 말과 태도가 관계와 마음에 훨씬 큰 영향을 미친다는 것을 깨닫게 될 때가 있다.

　나에게는 한 후배가 있었다. 업무 중에 나는 그 후배를 돕곤 했다. 새로운 업무나 익숙하지 않은 업무를 처리할 때, 그 후배에게 어떻게 해야 하는지 차근차근 설명하고 직접 모니터링 해줄 때도 있었다. 도와주는 내 입장에서는 크게 부담스러운 일은 아니었다. 물론 짧은 시간에 작은 도움을 주는 일이었지만, 누군가를 돕는다는 것은 나의 존재감도 확인할 수도 있는 소소하지만 행복한 시간이었다.

그런데 매번 도움을 받은 후배는 꼭 이렇게 말했다. "시간 빼앗아 죄송합니다." 처음에는 대수롭지 않게 넘겼다. 하지만 그 말이 반복되자 묘한 기분이 들었다. 그의 말처럼 도움을 준 시간만큼 내 업무가 늦어지거나 소모된 느낌이 들었다. 사소한 감정이었지만, 마음속 깊은 곳에서 정말로 '내 시간을 빼앗긴 것 같다.'는 생각이 서서히 쌓여갔다. 처음에는 왜 이런 감정이 드는지 알아채지 못했다. 왜 기분이 좋지 않은지 생각해 보니, 바로 후배가 도움을 받았음에도 불구하고 감사보다는 사과의 표현을 반복했기 때문이라는 것을 깨달았다.

사람들은 누구에게나 도움이 되길 원한다. 타인을 돕는 순간, 우리는 자신이 쓸모 있고 가치 있는 존재라고 느낀다. 나 또한 그렇다. 누군가의 어려움을 해결해 주고, 문제가 풀리는 것을 보는 순간 마음 한편이 따뜻해지고 자신감이 생긴다. 그런데 후배의 반복된 사과는, 그 따뜻한 감정을 빼앗고, 마치 내가 시간을 소모당한 것처럼 느끼게 만들었다. 도와주는 행위 자체가 기쁨이 되어야 하는데, 사과라는 말은 그 기쁨을 반대로 뒤집어 버리는 힘이 있었다.

그 후, 나는 후배에게 조심스럽게 말을 꺼내 보았다. "도움을 받았으면 '감사하다.'라고 말해보는 건 어떨까?" 처음에 후배는 의아해했다. '왜 미안하다고 해야 하는데, 감사라고 해야 하죠?'라는 표정이었다. 그래서 설명을 덧붙였다. "누군가에게 도움을 받았을 때, 감사하다고 표현하면 도움을 준 사람도 뿌듯해하지 않을까?" 후배는 잠시 생각하더니, 긍정의 대답과 함께 고개를 끄덕였다. 그리고 다음 날도 여느 때와 다름없이 후배가 어려워하는 업무를 알려주었다. 내게 도움을 받은 그 후배는 처음으로 "감사합니다."라고 말했다.

그 순간, 작은 변화가 일어났다. 내가 같은 상황에서 느꼈던 감정의 결이 달라졌다. 도움을 주는 동안에도 마음이 가벼웠고, 내가 시간을 뺏긴 느낌보다는 누군가를 돕는다는 즐거움이 나의 하루를 행복하게 했다. 단순한 한마디지만, 인간관계에서 얼마나 큰 힘을 가지는지 직접 체감할 수 있었다. 늘 주눅 들어 있던 후배에게도 많은 변화가 생겼다. 스스로도 도움을 받았다는 사실을 인정하고, 동시에 감사할 줄 아는 사람이 되자, 이전보다 적극적이고 밝은 태도를 보이기 시작한 것이다. 그 한마디가, 단순한 예의가 아닌 서로를 강하게 연결하는 힘이 되어주었다.

우리는 종종 누군가에게 도움을 받으면 부담이나 죄책감을 느끼기 쉽다. "미안합니다."라는 말은 어느 순간에는 예의를 지키는 것처럼 보이지만, 계속 반복되면 상대방에게 자신의 행위를 부정적으로 느끼게 하고, 관계를 긴장시키거나 피로가 쌓이게 만들 수 있다. 반면 "감사합니다."는 상대에게서 받은 도움을 인정하고, 동시에 자신이 도움을 받을 자격이 있음을 드러낸다. 이는 단순한 표현 이상의 의미를 갖는다. 인간관계에서 감사의 표현은 서로를 지지하고 연결하며, 관계 속에서 자신감을 심어주는 강력한 장치가 된다.

또한 감사의 힘은 도움을 주는 사람뿐 아니라, 도움을 받는 사람에게도 돌아온다. 후배는 사소한 변화만으로도 자신의 존재가 존중받고 있음을 느꼈다. 도움을 받았다고 미안해하기보다, 도움을 받았음을 인정하고 감사하는 순간, 자신이 다른 사람과의 관계에서 의미 있는 역할을 하고 있다는 느낌을 받을 수 있다. 이는 자아 존중감을 키우는 중요한 요소다. 타인에게 감사할 줄 아는 사람은 자신이 다른 사람과 연결되어 있으며, 관계 속에서 성장하고 있다는 신호를 스스로에게 보낸다.

감사의 힘은 또한 조직 전체에도 영향을 미친다. 팀 내부에서나 회사에서도, 서로의 노고에 감사를 표현하는 문화는 업무 효율과 심리적 안정감을 높인다. 단순히 예의를 지키는 차원을 넘어, 동료 간 신뢰감을 쌓고, 도움을 주고받는 과정을 즐거운 경험으로 만든다. 도움을 주고받는 순간마다, '나는 이 팀에서 중요한 역할을 하고 있다.'라는 느낌이 형성될 수도 있다. 이는 개인의 자존감을 높이고, 더 나아가 조직의 건강과 성과에도 긍정적인 영향을 준다.

여기서 한 걸음 더 나아가, 감사는 직장뿐 아니라 친구 관계, 가족 관계, 심지어 낯선 사람과의 관계에서도 작용한다. 누군가에게 도움을 받았을 때, 감사의 마음을 진심으로 표현하면 단순히 예의가 아니라 관계의 질을 한 단계 끌어올리는 계기가 되어준다. 예를 들어, 친구가 힘든 과제에 도움을 주었을 때, "시간 뺏어서 미안해."라고 말하면, 친구는 부담을 느낄 수 있다. 하지만 "정말 고마워, 네 덕분에 많이 배웠어."라고 하면, 친구는 자신의 행동이 의미 있었음을 느끼고, 서로에 대한 신뢰가 깊어질 수 있다. 이런 사소한 습관이 반복되면 관계의 내구력은 눈에 띄게 강화된다.

이렇듯 감사는 단순한 말이 아니라 관계를 강화하는 도구다. 인간관계에서 가장 강력한 힘은 물리적인 시간이나 노력에서 오는 것이 아니라, 서로를 존중하고 인정하는 마음에서 나온다. 감사는 그 마음을 언어로 표현하는 방법이며, 그 한마디가 서로를 더 단단하게 만들고, 나아가 스스로의 가치를 확인하게 만든다.

간혹 감사의 말을 바로 입으로 표현하는 것이 쉽지 않은 사람들도 있다. 말로 감사를 표현하는 것이 쑥스러운 사람이나, 순간순간의 감사함을 잊어버리는 사람도 많다. 그럴 때 가장 좋은 방법 중 하나가 감사일기를 쓰는 것이다. 하루를 돌아보며, 그날 받은 도움이나 사소한 배려를 글로 적는 것이다. 처음에는 별거 아닌 것처럼 느껴지는 행동들이, 감사일기 속에서는 특별하게 보인다. 예를 들어, 낯선 사람이 출입문을 잡아준다거나, 복잡한 업무 중 내가 던진 질문에 친절히 답해준 동료, 또는 친구가 내가 듣고 싶었던 말을 해준 순간 같은 것들을 적어 보는 것이다.

감사일기를 쓰면 이전에는 지나쳤던 사소한 순간들이 눈에 들어오고, 그때마다 마음속에서 감사라는 감정을 자연스럽게 느끼게 된다. 이러한 습관은 단순한 기록에 그치지 않고, 점점 말로 표현하는 힘으로 연결된다. 글로 먼저 감사의 마음을 적으면, 실제 상황에서도 자연스럽게 감사의 말을 꺼낼 수 있다. 또한 하루를 돌아보며 감사한 순간을 떠올리는 과정 자체가, 인간관계에서 자신이 받은 도움과 주변 사람들의 배려를 인정하는 훈련이 되기도 한다.

나는 감사일기를 쓰면서, 직장과 친구 관계 모두에서 눈에 띄는 변화를 경험했다. 작은 기록이지만, 마음속 감사가 누적되면서 사람들과의 관계가 훨씬 부드러워졌고, 모든 것에 감사함을 알게 되었다. 심지어 기분도 밝아지고, 하루하루의 살아가는 만족감이 커졌다. 감사는 주고받는 행위일 뿐 아니라, 스스로를 강하게 만드는 힘임을 체감하게 된 순간이었다.

감사일기는 단순한 습관이지만, 인간관계의 질을 높이는 강력한 도구다. 도움을 받았을 때, 그 순간 바로 감사의 말을 표현할 수 없다면, 글로 적어보자. 오늘 하루, 주변 사람들의 작은 배려와 도움을 기록하면서 감사의 마음을 확인해 보자. 이렇게 쌓인 감사는 다시 말과 행동으로 이어지고, 사람들과의 관계를 건강하게 만들며, 스스로의 마음까지 단단하게 만든다.

말로 표현하든, 글로 적든 중요한 것은 감사를 느끼고 인식하는 습관이다. 오늘부터 작은 감사라도 표현해 보자. 누군가에게 건네는 한 마디, 혹은 글로 적는 작은 기록이, 인간관계를 강화하고 우리를 더 단단하게 만든다.

②
저울질하지 말고
마음을 열 것

사람들은 종종 관계를 저울에 올려놓고 재어본다. 누가 나에게 무엇을 해주었는지, 나는 그 사람에게 얼마나 베풀었는지, 이익이 되는 관계인지 아닌지를 마음속에서 은근한 저울질을 한다. 하지만 진실된 관계는 저울 위에서 피어나지 않는다. 손과 마음이 먼저 움직여질 때, 그리고 대가를 바라지 않을 때, 비로소 따뜻한 온기가 생겨난다.

육아휴직을 마치고 복직 후의 일이다. 당시 나는 부서 내에서 안 팀장의 주도로 따돌림을 당하고 있었다. 복직 후 새로 배정된 팀의 리더인 안 팀장은 나와 함께 일할 수 없다며 업무에서 배제시키는 걸로 모자랐던지 급기야 부서 내에서 내 책상을 빼놓기까지 했다. 그렇게 나는 존재하지만 아무에게도 보이지 않는 것 같은 투명인간이 되어 있었다. 한술 더 떠 컴퓨터는 자주 고장이 났다. 부서 내에는 전산 담당자가 있었음에도 증상을 이야기하면 이런저런 이유로 즉시 대응해 주지 않았다. 다른 분들께 도움을 구했지만, 다들 바쁘다는 이유로 슬쩍 거리를 두었다. 세상에 홀로 남겨진 기분이 들었다.

그러던 어느 날이었다. 대표님이 검토된 도면을 급히 출력해서 가져오라는 지시가 있었다. 나는 식은땀이 흘렀다. 당시 내 컴퓨터와 플로터가 연결되어 있지 않아 도면 출력이 되지 않았기 때문이다. 도면은 A1 크기였고, 일반 프린터로는 출력이 불가능했다. 급히 여기저기 도면 출력을 부탁했지만 다들 나 몰라라 했다. "지금 바빠서요." "그건 본인 컴퓨터에서 해결하셔야죠." 부서 복도에서 발을 동동 구르고 있었다. 도면은 출력하지 못했고 시간은 흘러만 갔다.

그때였다. 타 부서의 김 부장님이 내 모습을 보고 다가오셨다. 평소에도 인맥이 넓고, 사람들에게 인기가 많은 분이었다. 특별히 친분이 있던 것은 아니었지만, 지나가던 발걸음을 멈추고 내 옆에 섰다. "왜 그래? 무슨 일 있어?" 그 한마디가 유독 따뜻하게 들렸다. 나는 자초지종을 설명했다. 김 부장님은 말없이 고개를 끄덕였다. 그리고 도면 파일을 받아 직접 출력을 해주었다. 그리고 내 컴퓨터와 플로터의 네트워크를 점검하더니 연결이 잘못되어 있는 부분을 바로잡았다. 작업이 끝나자 그는 "이제 될 거야. 출력해 봐."라고 짧게 이야기했다. 그리고 우리 부서에서 볼일을 본 후 자신의 부서로 돌아갔다. 그 일은 10분도 채 걸리지 않았다.

하지만 내게 그 10분은 오래 기억에 남았다. 모두 나를 외면했던 시간 속에서, 김 부장님의 행동은 말보다 큰 울림이 되었다. 누군가의 진심은 큰 일에서 드러나는 것이 아니라, 작은 배려에 숨어 있다는 걸 그때 알았다. 김 부장님에게는 사소한 일이었겠지만, 내겐 오랫동안 마음속에 남아있다.

그날 이후 나는 종종 그날의 상황을 떠올리곤 한다. 부서 사람들이 외면하고 무시할 때, 김 부장님은 나에게 '마음의 저울을 내려놓는 법'을 가르쳐준 사람이다. 계산하지 않고 도울 수 있을 때 그냥 돕는 사람. 그런 사람의 곁에는 언제나 사람이 모인다. 그저 필요할 때 내 손을 내밀고, 상대가 곤란할 때 외면하지 않는 행동으로 소중한 인연이 이어질 수 있다. 그런데 그런 행동이 얼마나 큰 신뢰와 좋은 평판을 만드는지 직접 눈으로 확인했다.

시간이 지나 회사 생활에 다시 익숙해질 즈음, 나는 문득 나 자신을 돌아보았다. 나는 얼마나 마음을 재며 살고 있었을까. 누가 나를 도와줬는지, 누가 내 말을 들어줬는지, 그걸 셈하며 관계를 이어가려 했던 건 아닌가. 그때부터 조금씩 달라졌다. 누가 내게 무엇을 해주었는가보다, 내가 누군가에게 무엇을 해줄 수 있는가를 먼저 생각하게 되었다.

이후로 예전의 나처럼 당황해하는 사람을 보면 그냥 지나치지 않았다. 급히 출력을 해야 하는 상황이 왔을 때, 프로그램 처리능력이 익숙지 않아 애를 먹는 동료를 볼 때, 작은 도움을 건넸다. 김 부장님이 그랬듯, "이제 될 거예요."라는 한마디를 남기며 자연스럽게 자리로 돌아갔다. 어려운 일도 아니었다. 하지만 그런 순간들이 쌓이자, 사람들과의 관계가 달라졌다.

돌이켜보면, 김 부장님의 행동은 정의로운 영웅의 모습과는 거리가 멀었다. 오히려 섬세하며 조용했다. 그러나 그런 사소함이 누군가에게는 하루를 견디게 하는 힘이 된다. 말 한마디, 손길이 사람과의 관계를 살린다. 나도 그런 사람이 되고 싶다. 내가 먼저 손을 내밀고, 내 손을 잡아주는 누군가가 있다는 것. 그건 타인에게 가장 큰 위로가 되기 때문이다.

오늘도 누군가의 곁을 스칠 때 관찰한다. 혹시 저 사람은 플로터가 끊긴 마음으로 서 있는 것은 아닐까. 그런 순간, 나는 잠시 멈춰 묻는다. "무슨 일 있어요?" 그리고 손을 내민다. 관계란, 어쩌면 그 한 번의 멈춤에서 시작되는 것 아닐까.

사람들은 말한다. 세상은 각자도생의 시대라고. 하지만 나는 여전히 믿는다. 마음을 열고 저울을 내려놓고 먼저 다가서는 사람에게 세상은 조금 더 따뜻하게 문을 연다고. 김 부장님이 내게 그랬듯, 이제는 나도 누군가에게 그렇게 하고 싶다. 관계는 셈으로 이루어지는 것이 아닌, 진심으로 이어진다. 그리고 그 진심은 언제나 사소하지만 다정한 배려의 얼굴을 하고 있다.

사람과 사람 사이에 마음이 아닌 무게추가 오르내리기 시작하면, 관계는 이미 기울어진다. 부모와 자식 사이, 부부 사이, 친구 사이, 직장 동료 사이, 심지어는 연인 사이에서도 이러한 저울질은 자주 일어난다.

그중에서도 가장 뿌리 깊고 오래 지속되는 관계는 부모와 자식 관계일 것이다. 특히 부모와 자식의 관계에서 사용되는 '자식 농사'라는 표현에 대해 이야기하고 싶다.

자식 농사라는 단어는 얼핏 들으면 정겹게 들린다. 농사를 짓듯 정성을 다해 키운다는 의미로 받아들일 수도 있기 때문이다. 그러나 조금 더 깊이 들어가면 그 안에는 부모의 희생을 투자로, 자식의 성취를 수확으로 보는 관점이 숨어 있다. 농부가 뿌린 씨앗에서 풍성한 결실을 거두기를 바라듯, 부모는 자신이 흘린 땀과 눈물의 대가로 자식이 훌륭하게 성장하기를 기대한다. 물론 이러한 기대 자체를 문제 삼을 수는 없다. 그러나 그것이 지나쳐서 '내가 이렇게 희생했으니, 너는 반드시 성공해서 내게 큰 기쁨을 주어야 한다.'라는 보상 심리로 변질될 때, 관계는 무거워지고 비틀어진다. 사랑이 거래로 바뀌는 순간, 그 사랑은 더 이상 사랑이 아니게 된다.

자식은 부모의 소유물이 아니다. 그럼에도 많은 부모들은 자식에 대한 자신의 희생을 보상받아야 한다고 믿는다. 그러한 믿음은 때로 자식의 삶을 망치는 족쇄가 되기도 한다. 부모의 기대를 충족시키기 위해 자식은 스스로의 욕망을 억누르고, 자신의 선택을 미뤄둔다. 그리고 결국 그 삶은 자식에게도 불행을, 부모에게도 실망을 안겨준다. 자식이 부모가 원하는 대로 살지 않으면 부모는 섭섭해하고, 자식은 죄책감을 느낀다. 여기서 생기는 갈등은 단순히 세대 간의 갈등을 넘어 관계의 뿌리를 흔든다.

사람과의 관계에서 계산을 앞세우는 순간, 함께하고자 하는 마음은 뒷전으로 밀려나기도 한다. '내가 이만큼 했으니, 투자한 만큼 받아야겠어.'라는 생각은 순수했던 사랑이 빚으로 되돌아온다. 빚은 언젠가 갚아야 하는 부담을 남긴다. 부모가 자식에게, 배우자가 상대방에게, 친구가 친구에게 빚을 지우기 시작하면 그 관계는 자유로울 수 없다. 자유롭지 않은 관계는 오래할 수 없다. 표면적으로 이어지는 듯 보일지 몰라도, 속으로는 이미 균열이 깊게 자리 잡는다. 결국엔 그 균열이 갈라져 후회로 돌아온다.

우리는 일상에서 수없이 계산한다. 회사에서 동료가 내 몫을 덜어주었을 때는 고마움을 느끼면서도, 내가 대신 일을 떠맡았을 때는 억울함이 먼저 느껴진다. 친구 사이에서도 마찬가지다. 내가 친구의 생일을 챙겨주었는데, 상대가 내 생일을 잊어버리거나 생일을 챙겨주지 않을때 서운함을 느낄 수 있다. 연인 사이에서는 더 예민하게 다가온다. 내가 연락을 상대적으로 많이 하는 것 같고, 훨씬 더 사랑하는 것 같이 느껴지면 불만이 쌓인다. 이렇게 우리는 자신도 모르게 마음을 꺼내 보이는 대신 계산기를 꺼내 든다. 그리고 그렇게 두드린 계산은 언제나 서로를 더 불행하게 만든다. 그러므로 인간관계에서 가장 중요한 태도는 계산하지 않는 것이다. 주려면 받지 않겠다는 생각으로 줘야 한다. 진심 어린 관계는 저울질을 뛰어넘는 곳에서 자라난다. 계산기를 꺼내는 순간 관계는 차갑게 식기 마련이다.

부모가 자식의 마음을 여는 가장 큰 방법은 자식을 자기 삶의 연장

선으로 여기지 않는 것이다. '내가 못 이룬 꿈을 너는 반드시 이뤄야 한다. 그리고 나의 희생에 보답해야 한다.'는 기대는 부모 자신의 결핍을 자식에게 전가하는 행위다. 반대로 자식의 길을 있는 그대로 존중하고, 그 선택이 어떻든 사랑하겠다는 마음을 보여주는 것이 진정한 열린 마음이다. 그러한 사랑은 자식을 존중하는 태도를 보여준다. 가정에서 존중받고 자란 자식은 부모에게 마음에서 우러나온 진정한 감사와 존경을 돌려준다. 그것이야말로 부모가 바라는 최고의 '수확'이 아니겠는가.

우리는 인간관계에서 후회를 남기지 않기를 바란다. 후회라는 근원에는 언제나 '내가 더 줬다'라는 생각이 자리한다. 이런 생각이 쌓이면 섭섭함으로, 섭섭함이 쌓이면 원망으로, 원망이 쌓이면 후회로 이어진다. 하지만 애초에 계산하지 않았다면 그런 후회는 생기지 않을 것이다. 관계에서 중요한 것은 상대가 나에게 무엇을 해주었느냐가 아니라, 내가 그 관계 안에서 어떤 마음으로 있었느냐다. 사랑하고 싶었기에 사랑했고, 주고 싶었기에 주었다면, 설령 돌아오는 것이 없어도 후회는 남지 않는다. 오히려 마음은 더 깊어지고, 관계는 더 단단해진다.

사람은 누구나 사랑받고 존중받기를 원한다. 그러나 저울질하는 사랑은 존중이 아니라 구속이 된다. '내가 이만큼 했으니 너도 해야 한다.'는 말 뒤에는 사실상 '나는 너를 믿지 못한다.'는 불신이 숨어 있다. 믿음 없는 관계는 오래갈 수 없다. 마음을 열고 계산기를 내려놓을 때, 비로소 믿음이 자라난다. 그리고 그 믿음은 인간관계에서 건강한 뿌리가 되어준다.

　나는 감히 말하고 싶다. 인간관계에서 후회를 남기지 않는 길은 단순하다. 계산을 하기 전에 마음을 먼저 여는 것, 그것이 전부다. 계산을 내려놓는 순간 관계는 자유로워지고, 마음을 여는 순간 관계는 살아난다. 그리고 그렇게 살아난 관계야말로 우리가 인생 끝자락에서 돌아봤을 때, 가장 따뜻한 기억으로 남게 된다. 그것이야말로 후회 없는 삶, 후회 없는 인간관계로 나아가게 될 것이다.

③
사소한 자존심이
관계를 망친다

우리는 흔히 '자존심'이라는 말을 긍정적인 의미로 받아들이곤 한다. 자신을 지탱하는 자존감과 혼동되기도 하고, 체면을 지키는 일이 곧 인간다운 품격을 유지하는 길이라고 여기는 경우도 많다. 하지만 들여다보면 자존심은 양날의 검이다. 자신의 자존감을 지켜주는 버팀목이 될 수 있는가 하면, 사소한 고집과 체면이 집요하게 뒤엉켜 관계를 파괴하는 도화선이 되기도 한다. 특히 가까운 관계일수록 이 작은 불씨는 더 큰 화마로 번져간다.

그 대표적인 사례가 바로 러시아의 대문호 톨스토이의 삶 속에 고스란히 드러난다. 그는 인류 역사에 길이 남을 위대한 문학을 남긴 인물이었지만, 가정 안에서는 사소한 자존심 다툼 하나로 인해 사랑했던 아내와의 관계가 파국으로 치달았고, 결국 비참한 최후를 맞이하게 되었다. 인간사에서 사소한 감정과 자존심이 얼마나 큰 비극으로 이어질 수 있는지 여실히 보여주는 이야기다.

톨스토이는 세계 문학사에 빛나는 불멸의 작품들 《전쟁과 평화》, 《안나 카레리나》 등을 집필한 대문호였다. 그의 이름은 이미 생전에 대영백과사전에 실릴 정도로 높이 평가받았고, 러시아 국민뿐 아니라 전 세계가 존경하는 지성인이었다. 하지만 정작 그의 삶의 무대였던 가정 안에서는 전혀 다른 풍경이 펼쳐지고 있었다.

그의 아내 소피아는 남편을 진심으로 사랑했지만, 그 사랑은 곧 지나친 집착과 질투로 변질되었다. 처음에는 단순히 다른 여인과의 관계를 의심하는 정도였으나, 시간이 갈수록 그 질투심은 통제할 수 없는 수준으로 커져만 갔다. 소피아는 심지어 자신이 낳은 친딸에게조차 질투했다. 모성의 본능조차 넘어서는 광적인 질투였다.

소피아는 이러한 감정을 견디지 못해 극단적인 행동을 하기도 했다. 아편을 입에 물고 자살을 시도하는가 하면, 남편을 향한 원망과 불안을 집요하게 드러내며 가정을 끊임없이 흔들어 놓았다. 톨스토이는 그런 아내의 고통을 있는 그대로 받아들이기보다는, 그렇게 된 원인과 책임을 아내에게 일방적으로 떠넘겼다. 그는 일기 속에 아내의 질투와 광기를 기록하며 자녀들조차 어머니를 원망하도록 부추겼다.

이 지점에서 중요한 것은, 갈등의 본질이 단순히 '질투'라는 감정에 있지 않았다는 사실이다. 부부 사이의 갈등은 어느 관계에서나 발생

할 수 있다. 문제는 그것을 어떻게 풀어내느냐에 달려 있다. 하지만 톨스토이와 소피아는 서로를 이해하기보다, 끝내 자존심의 굴레에 갇혀 버렸다.

소피아는 남편의 일기를 발견하고 충격을 받았다. 남편이 자신을 어떻게 기록했는지를 알게 된 순간, 그녀는 분노와 배신감에 휩싸였다. 그녀는 그 일기들을 불태워 버렸고, 동시에 자신을 열녀로 묘사하는 소설을 쓰며 남편을 향한 반격을 이어갔다. 남편이 자신을 질투에 사로잡힌 광인으로 기록했다면, 그녀는 스스로를 고귀하고 희생적인 여인으로 그려낸 것이다.

결국 부부 사이의 관계는 회복 불가능한 지경에 이르렀다. 톨스토이는 집을 '정신병원'이라 표현하며 아내를 헐뜯었고, 소피아 역시 남편을 비난하는 글들을 남겼다. 서로의 자존심을 지키고 상대방의 체면을 무너뜨리기 위해, 그들은 매일 같이 대립했다. 한때 서로에게 가장 소중했던 존재가, 결국에는 서로를 가장 깊이 상처 입히는 적으로 변해 버린 것이다.

그리고 이 끝없는 소모전은 톨스토이의 비극적인 죽음으로 이어졌다. 그는 평생을 문학으로 인간의 존엄과 사랑을 노래했지만, 정작 자신의 삶에서는 사소한 자존심 싸움을 넘어서지 못했다.

이 일화는 우리에게 많은 것을 시사한다. 사소한 자존심은 생각보다 훨씬 파괴적이다. 작은 가시가 살 속 깊숙이 파고들 듯, 내가 꼭 지켜야겠다는 작은 체면들이 관계 속에서 깊은 균열을 남긴다. 말하지 못한 감정, 표현하지 못한 불만, 그렇게 억눌린 자존심은 쌓이고 쌓여 폭발한다. 그리고 그 폭발은 대개 가장 가까운 관계부터 무너뜨린다. 타인과의 관계라면 끊어내고 잊을 수도 있겠지만, 가족이나 배우자처럼 쉽게 끊어낼 수 없는 관계에서는 더욱 치명적이다. 결국 톨스토이 부부처럼 서로를 깊이 사랑했던 두 사람이, 가장 아픈 상처를 주고받는 아이러니한 상황에 이르게 되는 것이다.

멀리 갈 것도 없이 대한민국의 상황을 살펴보자. 대한민국의 60년대생 이전의 아버지 세대들은 유난히 자기 감정을 드러내는 데 서툴다. 그들의 청년 시절은 경제적으로도, 사회적으로도 억압되었다. 국가의 급격한 산업화와 억압된 문화, 강한 위계의 조직 사회 속에서 자라난 그들은 '감정은 드러내는 것이 아니라 절제해야 하는 것'이라고 학습되었다. 감정을 표현하는 것은 약자의 몫이고, 남자는 묵묵히 참고 견디는 것이 미덕이라는 사회적 분위기 속에서 성숙해 왔다. 그러니 아버지라는 이름을 가진 세대가 퇴직을 하고 집에 머무르게 되었을 때, 그동안 억눌러왔던 감정의 언어 빈곤이 고스란히 드러나는 것은 어쩌면 당연한 일일지도 모른다.

문제는 그 표현의 방식이다. 대다수의 60년대 사람들은 자신의 불편한 감정을 직접적으로 드러내지 못한다. "속상하다."라든지 "서운하다."라고 차분히 이야기하는 대신, 무시하는 태도로 대응하거나 대화를 회피해 버린다. 그리고 자신만의 동굴로 들어가 버린다. 대화 단절은 곧 관계 단절의 씨앗이 되기도 한다. 자존심이 상한 자리에서 제때 표현되지 못한 감정은 점점 굳어지고, 결국엔 가족 간에도 높은 벽이 쌓여버린다. 처음에는 단순히 며칠 동안 말이 오가지 않는 수준일 수 있다. 그러나 그러한 시간이 길어진다면 오해가 쌓이고, 서로에 대한 감정의 골은 깊어진다. 결국 가족임에도 불구하고 타인처럼 살아가는 상황까지 이를 수 있다.

이러한 모습은 특히 퇴직 이후 두드러진다. 직장에서의 지위와 권위가 사라진 자리에 남는 것은 오직 '가장'이라는 이름뿐이다. 그러나 가장의 권위조차도 예전과는 달라져 있다. 자녀들은 이미 성인이 되었고, 아내 또한 독립적인 생활 방식을 갖추게 되었다. 이때 아버지들은 자신이 무력해졌다는 감정을 더욱 강하게 느끼고, 이를 드러내는 대신 가족에게 말을 꺼내지 않는 방식으로 자존심을 지키려 한다. 하지만 이 사소한 자존심이 오히려 관계를 더 멀어지게 만든다. 상대방은 그 의도를 제대로 이해하지 못하고, 결국에는 불필요한 갈등이 증폭되기 마련이다.

가볍게 흘려보낼 수 있는 수준이라면 괜찮다. 그러나 사소한 오해와 자존심의 충돌이 반복되면 이야기는 달라진다. 갈등이 누적되면 감정은 곪아버린다. 겉으로는 아무 일 없는 듯 지내더라도 마음으로는 내 마음을 몰라주는 가족에 대한 서운함과 분노가 차곡차곡 쌓여버린다. 그리고 어느 날 그것이 한꺼번에 폭발하면, 더 이상 관계를 회복하기 어려운 상태가 되어버린다. 가족 간의 대화 단절은 곧 정서적 고립을 의미한다. 정서적 고립은 우울증으로 이어지기 쉽다. 퇴직 후 우울증에 시달리는 중장년층의 상당수가 바로 이러한 감정 표현의 어려움, 그리고 사소한 자존심 때문에 관계에서 멀어지는 경험을 반복하면서 고립을 자초하는 일이 적지 않다.

더 큰 문제는 이런 행동이 습관화된다는 데 있다. 한 번 감정을 숨기고 대화를 피하는 방식으로 자존심을 지켜낸 경험은 이후에도 반복된다. 시간이 흐를수록 그 습관은 뿌리내리고, 결국에는 의사소통 자체가 거의 불가능한 상태에 도달한다. 가족들이 먼저 다가오기를 기다리지만, 상대방 또한 서운함을 느끼고 있으니 다가올 리 없다. 고립의 악순환이다. 이 과정에서 아버지들은 스스로를 더욱 외롭게 만들고, 때로는 깊은 우울감의 늪에 빠져든다.

관계는 언제나 양방향이다. 누군가의 자존심이 작동하면, 상대방 역시 그에 반응한다. 그렇기에 사소한 자존심은 단순히 개인의 문제에 머무르지 않는다. 그것은 곧 관계 전체를 흔드는 파장이 된다. 특히 가족 관계는 가장 가까운 관계이기에, 작은 파장도 쉽게 큰 파도로 번진다. 자존심 때문에 표현하지 못한 감정은 결국 상대방에게 '소통하지 않겠다.'는 메시지로 전해지고, 그 결과는 단절로 이어진다.

여기서 우리는 중요한 교훈을 얻어야 한다. 사소한 자존심은 결코 지켜야 할 가치가 아니다. 오히려 그것을 내려놓는 순간, 관계는 더욱 단단해질 수 있다. "나는 이런 점이 서운했어."라고 솔직하게 말하는 것이 때로는 부끄럽게 느껴질 수 있다. 그러나 부끄러운 그 솔직함이야 말로 관계를 지키는 용기있는 힘이다. 표현하지 않고 삐치며 회피하는 태도는 자존심을 지켜낸 듯 보이지만, 실상은 관계를 무너뜨리고 자신을 더 외롭게 만드는 길일 뿐이다. 따라서 우리는 자신에게 질문해야 한다. 내가 지금 지키고 있는 이 자존심은 정말 가치 있는 것인가. 그것이 과연 나의 소중한 사람과 멀어질 만큼 중요한 가치가 있는 것인가. 대부분의 경우 답은 "NO."일 것이다.

그렇다면 우리는 어떤 태도를 가져야 할까. 중요한 것은 자존심을 무조건 버리라는 것이 아니다. 인간에게 자존심은 존엄을 지탱하는 뼈대와도 같다. 하지만 그것이 소중한 인간관계를 갉아먹는 독으로 작용할 때는 과감히 버려야 한다. 사랑하는 관계 속에서 군이 이기려고 애쓸 필요는 없다. 상대를 깎아내림으로써 나의 자존심을 지킬 수 있다고 착각하는 순간, 이미 관계는 병들기 시작한다. 오히려 상대의 자존심을 인정해 주는 것, 그리고 내가 군이 지키려는 체면이 정말 지켜야 할 것인지 스스로 묻는 것이 더 큰 지혜로 다가온다. 때로는 관계를 위해 내가 한발 물러서는 것이 패배가 아니라는 사실을 기억해야 한다. 자존심을 꺾는 순간 오히려 관계는 더 단단해진다. 그리고 무엇보다, 상대의 자존심도 나의 자존심만큼이나 소중하게 여겨야 한다. 그것이 사람에 대한 존중이고, 곧 관계를 지켜내는 힘이다.

관계에 있어서 나의 사소한 자존심이 서로를 해롭게 한다면 버릴 줄도 아는 현명함을 가지자. 그리고 상대방의 자존심도 내 자존심만큼 중요하다는 것을 인정하고 받아들이자. 그것이 인간관계에서 후회를 남기지 않는 길 중 하나다.

④
해야 할 말을
내일로 미루지 마라

　인간의 삶에서 가장 깊은 후회는 하지 않은 일보다도 하지 못한 말에서 비롯되기도 한다. 우리는 살아가며 수많은 순간을 "내일도 있으니까."라는 말로 흘려보낸다. 누군가에게 고맙다고 말해야 할 때, 미안하다고 말해야 할 때, 사랑한다고 말해야 할 때, 우리는 자주 망설인다. 지금 말하지 않아도 내일 기회가 있을 것이라고 생각하기 때문이다. 그러나 운명은 언제나 우리의 계산을 비웃기라도 하듯, 예고 없는 결말을 데리고 온다. 내일은 누구에게나 약속되지 않을 시간이다. 그렇기에 '해야 할 말'을 내일로 미루는 순간, 우리는 후회의 씨앗을 뿌리고 있는 것이다.

　사람이 떠나고 난 후에야 우리는 비로소 깨닫는다. 그토록 쉽게 할 수 있었던 말이 얼마나 큰 힘을 가지고 있었는지, 그리고 그 말을 이제는 결코 전할 수 없다는 사실을. 사랑하는 사람의 이름을 부르고, 대답 없는 무덤 앞에서 오열하는 자식의 모습은 세상에서 가장 비극적인 장면 중 하나일 것이다. 생전 부모에게는 투정과 원망만 퍼부으며 속을 썩이다가, 부모가 세상을 떠난 뒤에야 사랑한다는 말, 고맙다는 말을 눈물로 토해내는 자식들. 그 마음과 말들은 결코 부모에게 닿지 않는다. 오직 자기 가슴을 후벼 파는 메아리로만 돌아올 뿐이다.

여기서 중요한 사실은, 부모와 자식 사이의 일뿐 아니라 모든 인간관계가 그러하다는 점이다. 우리는 친구에게, 배우자에게, 동료에게, 혹은 자식에게조차 진심을 전하기를 미루며 살아간다. 늘 바쁘다는 이유로, 혹은 쑥스럽다는 이유로, 때로는 상대가 당연히 알 거라고 믿는 이유로 우리는 침묵을 선택한다. 그러나 세상에 당연한 것은 존재하지 않는다. 내가 전하지 않는 마음은 상대에게 닿지 않는다. 마음속에만 간직한 사랑은 결국 무용지물이 되어버리며, 표현되지 않은 감사는 빛을 발하지 못한 채 사라진다.

역사 속에서도 이런 교훈은 수없이 반복되어 왔다. 전쟁터로 떠나는 병사가 마지막 순간에야 가족에게 사랑한다는 말을 남기거나, 떠나보낸 이의 편지 속에서 뒤늦게 진심을 확인하는 일은 결코 드문 일이 아니다. 살아있을 때 전하지 못한 말이 얼마나 무겁게 남는지를 우리는 너무 잘 알고 있다. 그럼에도 불구하고 여전히 우리는 내일이라는 허상을 붙잡으며 오늘 해야 할 말을 내일로 미루어 둔다.

삶은 예상할 수 없다. 부모님이, 형제가, 친구가, 혹은 사랑하는 사람이 우리 곁에 항상 있을 것이라 기대하는 순간에도, 시간은 흐르고 관계는 변한다. 부모에게 표현하지 못한 사랑과 감사, 고마움이 뒤늦게 찾아온 후회의 무게를 담는다. "왜 그때 사랑한다고, 고맙다고 말하지 않았을까." 이 한마디가 얼마나 무겁게 가슴을 짓누르는지 경험해 본 사람은 안다.

사랑과 감사를 미루는 태도는 단순히 마음속 후회로 끝나지 않는다. 관계를 소원하게 만들고, 결국 마음의 틈을 만들어 버린다. 평소에는 아무렇지 않게 느껴지던 사소한 감정들이, 시간이 흐르면서 관계에 금이 가게 만든다. 우리가 오늘 표현하지 못한 사랑과 관심은 내일 다시 돌아오지 않는다. 그것이 바로 "오늘 사랑하라."는 말의 진짜 의미가 아닐까.

더 나아가, 사랑을 표현하는 것은 단순히 말 한마디를 넘어서 행동으로 이어져야 한다. "고맙다, 사랑한다."라는 말뿐 아니라, 상대의 마음을 살피고, 필요한 순간 손을 잡아주거나, 작은 배려를 실천하는 것까지 포함된다. 예를 들어, 평소 무심코 지나쳤던 부모님의 손을 잡거나, 힘들어하는 친구의 이야기를 끝까지 들어주는 순간. 그 사소한 행동이 쌓이고, 마음을 담은 말과 함께 전달될 때, 사랑은 단순한 감정이 아니라 관계를 굳건히 지탱하는 힘이 되어준다.

또한 사랑을 미루는 태도는 단순히 말과 행동에 그치지 않는다. 우리의 마음가짐, 상대를 대하는 태도, 그리고 스스로를 바라보는 시선까지 영향을 준다. 부모님이 돌아가신 후의 후회, 친구와의 갈등, 혹은 연인 사이의 오해는 결국 미루어진 사랑의 결과다. 우리는 그저 '지금은 좀 바빠서요.', '시간이 된다면~'이라는 이유로 사랑을 보류한다. 그러나 사랑을 미루어 두는 순간, 관계는 조금씩 무관심함에 잠식된다. 사람 사이의 신뢰와 친밀감은 한 번 무너진 뒤 쉽게 회복되지 않는다.

내게는 B라는 친구가 있었다. 중학교 때부터 우리는 거의 붙어 다니는 단짝이었다. 함께 등교를 했고, 쉬는 시간마다 수다를 떨었으며, 서로의 집에도 자주 방문하며 지냈다. 같은 고등학교에 진학했을 때, 정말 기뻤다. 비록 반은 달랐지만, 같은 학교라는 사실만으로도 좋았다. B는 성격이 밝고 씩씩해서 늘 주변 사람들에게 둘러싸여 지내는 친구였다. 게다가 집안도 부유했다. 대대로 교육 사업을 하는 집안이었으며, 집에는 가사도우미가 두 분이나 있었고, 누구나 부러워할 만한 유복한 환경에서 자랐다. 10대 시절의 나는 B에 대해 이런 생각을 종종 하곤 했다. B는 가진 게 참 많은 사람이어서 항상 행복할 것이라고.

하지만 나의 생각이 짧았음을 알게 되었다. 그렇게 친하게 지내던 나조차도 몇 년이 지나서야 알게 된 사실이 있다. B는 집에서 힘겨운 시간을 보내고 있었다. 화려한 겉모습 뒤에는 누구에게도 말하기 힘든 아픔이 숨어 있었다. 바로 엄마의 학대였다. 남들이 보기에는 완벽한 가정처럼 보였지만, 그 안에서 B는 늘 상처받고 있었다. 강하고 씩씩해 보이는 그녀의 모습은 사실 일종의 가면이었던 셈이다. 나도 우연한 계기로 이 사실을 알게 되었고, 큰 충격을 받았다. 고등학교 1학년 2학기 기말고사가 끝난 어느 날이었다. 이틀 밤을 새어가며 벼락치기로 공부하느라 그날따라 유독 심신이 지쳐 있었다. 시험이 끝나자마자 집에 가서 푹 자고 싶다는 생각이 머릿속을 지배할 뿐이었다. 그런데 교실을 나서려던 순간, B가 우리 반 교실로 찾아왔다. 평소와는 다른, 어딘가 심각하고 무거운 얼굴이었다. 그녀는 내 앞에 서서 조심스럽게 말을 꺼냈다.

"저기.. 혹시 잠깐 이야기할 수 있을까?"

B의 눈빛에는 무언가 간절한 호소가 담겨 있었다. 표정이 심각해 보였으며, 조금만 건드려도 울 것 같았다. 하지만 나는 이미 극심한 피로에 물들어 있었고, 빨리 집에 가고 싶은 마음이 앞섰다. 그래서 B의 그런 심각한 표정과 말을 애써 못 본 척했다. 그리고 대답했다.

"오늘은 좀 피곤해서 그런데… 내일 이야기하면 안 될까?"

B는 잠시 망설이는 듯하더니 조용히 고개를 끄덕였다.

"알겠어."

그것이 우리가 나눈 마지막 대화였다. 다음 날 아침, 믿을 수 없는 소식이 전해졌다. 그날 저녁 B가 집 베란다에서 몸을 던져 하늘의 별이 되었다는 것이었다. 나는 그때 이야기를 들어주지 못했다는 것에 후회와 죄책감이 밀려왔다. 그날 이후 나는 수없이 그 장면을 떠올렸다. 그리고 B가 나오는 꿈을 지금도 꾼다. B의 마지막 표정, 마지막 말, 마지막 부탁. "잠깐 이야기할 수 있을까." 그때 나는 왜 B의 말을 들어주지 않았을까. 나의 휴식이 친구의 목숨보다 귀하단 말인가. 다시 그때로 되돌아갈 수만 있다면.. 한동안 생활을 하기 힘들 정도로 마음 깊은 후회가 밀려왔다. 내일로 미룬 내 선택은 영원히 오지 않는 내일이 되어버렸다. B가 큰마음 먹고 내 교실로 찾아와 하려던 이야기는 영원히 들을 수 없게 되었다. B는 내 곁에 더 이상 존재하지 않는다. 이 사건은 내 인생에 지울 수 없는 상처를 남겼다. 동시에 아주 중요한 깨달음을 주었다. 해야 할 말을 내일로 미루지 말아야 한다는 것. 나아가 지금 들어줄 수 있는 이야기는 지금 들어주어야 한다는 것. 우리가 미루어 두는 그 짧은 시간이 누군가에게는 마지막 기회일 수도 있다.

사람은 누군가에게 말하고 싶은 순간이 있다. 마음이 무너질 듯 힘들 때, 혼자 감당하기 어려울 때, 단 몇 마디라도 내 이야기를 들어주는 사람이 필요하다. 그 순간에 건네는 "그래, 말해줘."라는 한마디는 거대한 댐이 무너지는 걸 막는 보처럼 큰 힘이 된다. 그런데 우리는 너무 쉽게 그 순간을 놓쳐버린다. "나중에 이야기하자.", "조금 있다가 말해줄게." 그렇게 미루는 행동들 속에 중요한 신호는 사라져 버리고, 때로는 돌이킬 수 없는 결과만을 남긴다.

B의 사건 이후, 나는 다른 사람이 건네는 말을 가볍게 넘기지 않으려 애쓴다. 누군가 심각한 얼굴로 "잠깐 이야기할 수 있을까."라고 묻는다면, 아무리 바빠도 그의 말에 귀 기울이려고 노력한다. 단 몇 분의 대화가 누군가를 살릴 수도 있다는 걸 알기 때문이다. 그렇다고 해서 모든 이야기를 들어주라는 것이 아니다. 중요한 건 신호를 알아차리는 것이다. 평소와는 다른 표정, 무거운 기색, 간절한 말투. 그런 순간에는 귀를 기울이는 것이 필요하다. 지금 해야 할 말이 있다면 내일로 미루지 말자. 지금 들어주어야 할 이야기가 있다면 지금 바로 듣도록 하자. 우리가 주고받는 말과 시간은 생각보다 훨씬 큰 힘을 가지고 있다. 작은 선택들이 한 사람의 삶을 붙잡는 끈이 될 수도 있다.

⑤
애써 웃는 사람의
속마음을 놓치지 말 것

"식사는 하셨는지요?"

누군가 이렇게 말을 건네면, 우리는 흔히 그저 형식적인 인사로 받아들인다. 정중하지만 간단한 인사, 더 깊은 대화를 열기 전의 가벼운 다리 같은 역할 말이다. 하지만 이 말 뒤에 숨은 맥락을 읽지 못하면, 사람은 뜻밖의 실수를 저지른다. 인사에 응답하지 않고 엉뚱한 방향으로 길게 늘어놓는 경우가 그렇다.

"식사요? 아직 안 했어요. 그렇지 않아도 뭘 먹을까 고민이었는데 어제는 국밥을 먹고, 그 전날은 돈가스를 먹었어요. 오늘은 어제보다 날

씨가 너무 더워서 그런지 뜨거운 것보다는 차가운 걸 먹고 싶네요. 그래서 이 근처 냉면집을 찾고 있었거든요. 그런데 이 근처에는 냉면집이 없지 뭐예요. 정말 난감하네요, 하하."

이런 사람은 분위기를 풀고자 장황하게 말을 늘어놓았을 것이다. 하지만 듣는 이는 점점 기운이 빠진다. 그저 형식적이었던 질문이 돌연 장황한 독백으로 바뀌어 버린 것이다. 이처럼 눈치 없는 사람들은 눈치를 잃은 대신 수다를 얻게 된다. 그리고 수다스러움을 통해 상대방의 시간을 빼앗을 뿐 아니라, 에너지마저 소진시켜 버린다.

눈치 없는 대화는 대개 자기중심적으로 비추어진다. 상대가 어떤 상태에 있는지, 시간이 허락되는지, 마음이 어떤지 헤아리려 하지 않고, 오직 자신이 하고 싶은 말만 쏟아낸다. 그래서 듣는 사람의 입장에서는 대화라기보다는 듣고 싶지 않은 독백을 억지로 청취하는 듯한 피로감을 느낀다. 더 큰 문제는 이런 대화가 반복되면 관계가 금세 멀어진다는 점이다. 사람들은 피곤한 대화를 피하려고 한다. 대화할 때마다 기운이 빠지는 사람과 굳이 시간을 보내려 하지 않는다. 결국 처음에는 호의적으로 시작했던 관계가, 눈치 없는 행동 때문에 조금씩 금이 가고, 나중에는 만나기를 꺼리게 된다. 작은 배려의 부재가 큰 거리감을 만드는 것이다.

눈치 없는 수다쟁이가 있는가 하면, 또 다른 피곤한 유형은 자기 고집만 앞세우는 사람이다. 자고로 대화란 서로가 말을 주고받는 것이다.

하지만 이들은 공을 받는 순간, 상대가 아닌 전혀 엉뚱한 방향으로 세게 튕겨내 버린다. 마치 예측할 수 없는 럭비공처럼 말이다. 그렇게 상대의 말은 조금도 받아들이지 않는다. 그들의 대화법은 단순하다. 자신의 생각과 가치관만을 밀어붙이고, 그것이 절대적인 진리라는 듯이 강요한다. 상대방이 다른 견해를 내놓으면 "아니, 그건 틀렸어."라고 직설적으로 잘라낸다. 듣는 이는 순간 움찔한다. 그리고 대화는 한 순간에 벽에 부딪힌다.

이런 대화는 폭력적이다. 육체적 폭력만이 폭력은 아니다. 언어로도 폭력을 가할 수 있다. 이들의 특징은 상대의 생각과 감정을 존중하지 않고, 오직 자기 입장만을 강요한다. 인간관계는 상호 간의 존중과 배려 위에 세워져야 하는데, 자기 고집만 앞세우는 사람은 그런 대화의 기본 틀을 무너뜨린다. 그 결과 대화는 언제나 갈등과 불편함으로 끝나게 된다.

"저 사람은 원래 이래."
"말해봤자 통하지 않아."

이런 생각이 들면, 관계는 깊어지지 못한다. 오히려 점점 더 피로해지고 형식적으로 변한다. 그럴 때 상대방의 표정은 웃고 있지만, 속마음은 점점 멀어진다. 억지웃음은 관계의 균열을 은폐하는 얇은 커튼일 뿐이다. 커튼을 열어보면, 이미 안쪽은 텅 비어 있다.

혹시 나는 이런 이유로 상대방에게 실수한 적은 없는지 돌아보자. 인간관계에서 가장 큰 오류는 내 의도와는 다르게 상대가 상처를 받거나 피곤해지는 경우다. 대부분의 사람은 자신이 상대방에게 나쁜 의도를 가지고 있다고 생각하지 않는다. 오히려 선의와 친근함으로 다가간다고 믿는다. 하지만 진심이 그대로 전달된다는 보장은 어디에도 없다. 내가 무심코 던진 말 한마디, 나만 신이 난 일방적인 대화, 그리고 상대의 시간을 고려하지 않은 이야기들이 상대방의 마음을 지치게 만든다. 그 결과 상대방은 애써 미소를 짓고 있지만, 속으로는 '이 대화는 도대체 언제 끝나나.' 하는 생각을 품게 만든다. 이런 상황이 반복되면 결국 관계는 금이 가기 시작한다.

　그렇기에 중요한 건 스스로 돌아보는 습관이다. 나는 대화 중에 혹시나 상대방의 신호를 놓치고 있지는 않은지, 나만 몰입한 채로 상대의 피로를 외면하고 있지는 않은지를 살펴야 한다. 만약 확신이 없다면 확인해 볼 수 있는 방법은 의외로 간단하다. 상대방의 표정과 몸짓을 조금만 더 주의 깊게 관찰하면 된다. 사람의 마음은 생각보다 얼굴에 잘 드러난다. 억지 미소, 굳어진 표정, 시선을 피하려는 행동, 자주 시계를 확인하는 모습. 이런 단서들은 상대가 이미 한계에 다다랐음을 알려주는 신호다. 문제는 내가 그것을 얼마나 빨리 알아채느냐에 달려 있다.

　예를 들어, 내가 한참 열을 올려 이야기하고 있는데 상대의 입꼬리가 어색하게 올라가 있다면, 그건 즐겁다는 신호가 아니라 그저 나에 대한 예의를 지키고 있다는 뜻일 가능성이 크다. 상대방은 아마도 나의 기세에 눌려 "그만 좀 했으면 좋겠다."는 말을 차마 꺼내지 못하고 억지로 미소를 짓고 있을 것이다. 그 순간을 놓친다면 나는 상대를 무시한 셈이 되고 만다. 결국 상대방은 그 순간은 피로를 감내하지만 결국 나를 멀리하게 될 것이다. 나는 이유도 모른 채 관계가 틀어졌다고 느끼게 된다.

또 다른 중요한 신호는 시계를 보는 태도다. 상대가 자꾸 시계를 본다면 그것은 99.9%의 확률로 확실하다. 더 이상 대화가 길어지면 안 된다는 뜻이다. 그런데도 내가 내 이야기를 계속 이어간다면 그것은 배려 없는 태도로 비칠 수밖에 없다. 나의 재미있는 이야기가 상대에게는 잡음이 되고, 나의 열정적인 설명이 상대의 시간과 에너지를 빼앗는 행위로 전락한다. 그럴 땐 미련을 두지 말고 담백하게 대화를 마무리해야 한다.

여기서 중요한 건 말을 아낄 수 있는 용기다. 많은 사람들은 말을 멈추는 것을 두려워한다. 침묵이 어색게 느껴지고, 대화가 끊기면 상대와의 관계가 소원해질까 봐 걱정한다. 하지만 사실은 그 반대다. 때때로 멈추어야만 관계는 숨을 쉬고, 상대는 나를 그래도 눈치 정도는 있는 사람으로 기억한다. 말을 줄이게 되면 내 존재는 더 진중하고 신뢰할 만한 무게감을 가진 때가 많다. 결국 대화의 질은 얼마나 말을 많이 했느냐가 아니라, 상대의 마음을 얼마나 헤아렸느냐로 결정된다. 나 또한 종종 상대방과 대화 도중 이런 질문을 스스로에게 던져본다.

'지금 이 대화는 나만 즐겁지는 않은가?'

'상대방이 진심으로 웃고 있는 게 맞을까?'

'혹시 내 말이 상대의 귀한 시간을 갉아먹고 있는 건 아닐까?'

이 질문에 솔직히 긍정적인 대답을 할 수 있다면, 인간관계에서의 실수를 줄일 수 있다. 반대로 이런 질문조차 하지 않는다면, 나는 알게 모르게 누군가를 지치게 만드는 사람일지도 모른다.

인간관계에서 말을 잘하는 것도 중요하지만, 그보다 더 중요한 것이 있다. 상대의 마음을 헤아려주는 사람이 되는 것이다. 말이 많아도 괜찮다. 하지만 그 말이 상대방의 에너지를 소모하게 하지 말아야 한다. 침묵이 길어도 괜찮다. 그 침묵이 배려와 존중의 표현이라면 오히려 대화는 더 깊어질 것이다. 결국 우리가 기억해야 할 것은 상대의 미소 뒤에 감춰진 속마음을 놓치지 말아야 한다.

그래서 인간관계에 있어 주의해야 할 것은, 상대의 억지웃음을 '좋아서 웃는 웃음'으로 착각하지 말아야 하는 것이다. 사람은 겉으로 웃으면서도 마음은 그렇지 않을 수 있다. 상대가 웃고 있다고 해서 기뻐하는 것이 아니라, 그 웃음이 혹시 불편함을 숨기는 것은 아닌지 살필 수 있어야 한다. 억지웃음을 강요하는 사람이 되지 말자. 그리고 억지웃음을 짓는 사람의 속마음을 외면하지 말자. 억지웃음을 잘 알아차리자.

우리가 인간관계에서 후회를 남기지 않으려면, 상대의 속마음을 놓치지 말아야 한다. 겉으로 웃고 있다고 해서 안심하지 말고, 그 웃음 뒤에 숨겨진 진짜 감정을 읽으려는 노력이 필요하다. 배려 없는 대화는 억지웃음을 낳고, 억지웃음은 결국 관계마저 멀어지게 만든다. 하지만 작은 배려와 상대의 표정을 알아차리는 관심만 있다면, 그 웃음은 진심으로 바뀌고, 관계는 깊어질 수 있다.

⑥
타인에게 관대하고
자신에게 엄격할 것

그날도 평소처럼 오전 회의를 마치고 자리로 돌아왔을 무렵, 부서장님이 다가오셨다. 간단한 행정 문서를 작성해 달라는 부탁이었다. 늘 하던 종류의 문서였기에 나는 별다른 의심 없이 요청대로 내용을 받아 적어 정리해 제출했다. 그런데 제출한 지 얼마 지나지 않아, 예상치 못한 연락이 왔다. 문서의 주요 항목이 잘못 기재되었다며 수정을 요청해 온 것이다. 그때만 해도 나는 내가 뭔가를 착각했거나, 혹은 실수를 한 줄 알고 마음이 조급해졌다. 부서장님께 다시 문서를 들고 가 상황을 보고드리자, 의외의 반응이 돌아왔다.

"아, 이건 내가 설명을 제대로 못 한 부분이네. 고생했는데 미안하다.

다시 작성해 줘야 할 것 같다."

    말씀을 들으며 잠시 멍해 왔다. 내가 실수한 것이 아니라, 상사인 본인의 착오를 명확하게 인정하고, 그것도 직원 앞에서 직접 사과까지 했다는 것은 너무 낯선 모습이었기 때문이다. 직장생활을 하다 보면 선임들은 늘 '부하 직원들에게 책임을 미루는 사람'이라는 인식이 은연중에 생긴다. 직장인이라면 공감할 것이다. 업무 중 실수가 발생하면 순간적으로 실수를 인정하고 싶지 않아 하거나, 책임을 전가하려는 유혹이 들 때가 있다. 그런데 내게 업무를 지시한 부서장님은 정반대의 입장을 보였다.

    그분은 항상 본인의 실수에는 단호할 정도로 엄격하면서도, 타인의 실수나 오해에는 유연하고 관대했다. 한번은 다른 동료가 프로젝트 진행 중 보고 일정을 착각해 하루 늦게 보고한 뒤 사과드렸던 적이 있다. 부서장님은 "그럴 수 있지. 크게 문제 될 부분 없는 것 같으니 일정대로 진행하도록 하자."라고만 하셨다. 실수를 해명하라고 요구하거나 화내는 법이 없었다. 오히려 일이 원활하게 돌아가게 하기 위한 해법을 먼저 고민하셨고, 그렇게 넘어간 뒤 다시는 그 실수를 언급하지 않으셨다.

    하지만 본인의 실수에는 달랐다. 업무적으로 손실이 생긴 적이 한 번 있었는데, 그때도 회의 자리에서 "이 부분은 내 판단이 잘못된 것 같아요. 미안합니다."라고 또렷하게 말씀하셨다. 직급도 높고, 경력도 오래

되신 분이었지만, 늘 자신의 체면보다는 진실과 책임이 먼저였다. 그런 태도는 부서 전체 분위기를 조금 더 성숙한 사내 분위기로 바꾸어 놓았다. 자신에게 느슨하지 않으면서도, 누군가를 수렁으로 몰아가지 않는 분위기. 그것은 단순한 '리더십'이 아닌, '사람됨'이었다.

성품이 훌륭한 분들을 보고 있자면 자연스레 생각이 많아진다. 나도 누군가에게 그런 선배가 될 수 있을까? 실수했을 때는 즉시 인정하고, 누군가의 잘못에는 너그러이 손을 내밀 수 있을까? 쉽지 않은 일이다. 우리는 늘 타인에게는 엄격하고, 자신에게는 관대한 방향으로 생각이 흘러간다. 내가 실수하면 '한 번쯤은 그럴 수도 있지.'라고 합리화하면서, 남이 실수하면 "왜 그런 말도 안 되는 실수를 하지?"라는 판단을 쉽게 내리기 때문이다. 하지만 진짜 성숙한 사람은 이 반대로 타인에게는 관대하고, 자신에게는 엄격한 사람이다. 이런 사람은 인간관계에서 신뢰를 쌓고, 후회를 남기지 않는다.

돌이켜보면, 부서장님의 그 한마디가 내게 준 울림은 꽤 컸다. "내가 잘못 설명했구나. 미안하다." 이 간단한 문장이 어쩌면 조직의 분위기를 건강하게 만드는 모습일지도 모른다. 사람들은 종종 사소한 말 한마디에서 진심을 느끼고, 그 진심으로 누군가와의 신뢰를 단단히 맺게 된다. 반면 말 한마디를 피하거나 책임을 돌리는 순간, 아무리 오래 쌓은 관계라도 금이 간다. 진정한 리더십은 말의 권위나 지시가 아니라, 말의 진정성과 책임에서 비롯된다.

상사의 행동을 지켜보며 나 또한 조금씩 달라지고 있다. 후배가 실수했을 때, 예전처럼 먼저 따지기보다는 "무슨 일이 있었나요?"라고 말할 수 있게 되었고, 내 잘못을 깨달았을 때는 뒤로 숨지 않고 "내가 잘못했어. 미안해."라고 말하는 연습을 하고 있다. 처음엔 그게 부끄럽기도 하고, 왠지 내게 불리한 선택처럼 느껴지기도 했지만, 점차 깨달아 가고 있다. 사람과의 관계에서 진심은 결국 통하게 되어 있다는 것을.

우리는 매일 같이 실수하고 오해하고, 때로는 상처를 주고받으며 살아간다. 그런 일상에서 중요한 것은, 그 상황을 어떻게 받아들이고, 풀어내느냐이다. 타인에게 관대하고, 자신에게 엄격한 태도는 누군가를 위해서가 아니라, 결국 나 자신을 더 단단하게 만드는 길이다. 내가 나를 다스릴 수 있을 때, 타인을 있는 그대로 받아들일 여유도 생긴다. 그렇게 관계는 더 깊어지고, 신뢰는 단단해지며, 후회는 줄어든다.

때때로 우리는 관계 속에서 누군가를 쉽게 판단한다. 상대의 행동이 마음에 들지 않으면 불평하고, 기대에 미치지 못하면 실망한다. 그러나 한발 물러서서 바라보면, 문제의 근원은 상대가 아닌 나 자신에게 있었음을 발견하게 된다. 나는 그저 상대에게 기대를 하고, 나의 기준에 맞추어 가려 했던 것은 아닐까. 그리고 그 기준에 맞추기 위해, 스스로를 지나치게 채찍질하며 소모한 것은 아닐까.

이 점을 가장 잘 보여주는 사례가 있다. 바로 2006년 개봉한 영화〈론 클라크 스토리〉속 주인공 론 클라크다. 그는 평온한 교직 생활을 버리고, 뉴욕 할렘가에 위치한 학교로 들어간다. 이곳은 사회적 편견과 환경적 어려움으로 인해 학생들을 이해하지 못한 교사들이 떠나버린 학교였다.

　그는 첫날부터 다른 교사들이 겁내던 반을 맡았다. 아이들은 반항적이었고, 무례했다. 낯선 선생을 시험하듯 도발하기도 했다. 그러나 클라크는 흔들리지 않았다. 학생들을 이해하려는 태도와 자신에게 엄격한 모습을 동시에 유지했다. 그는 단순히 학습 내용을 전달하는 교사가 아니었다. 학생 개개인의 상황과 성향을 관찰하고, 이해하려 애썼다. 때로는 학생들의 집을 직접 찾아가 부모와 이야기를 나누고, 아이들의 세계를 직접 마주했다.

　이 과정에서 그는 타인에게 관대했다. 아이들이 낯선 규칙에 따라 움직이지 않아도, 실수를 반복해도, 그들을 탓하지 않았다. 대신 끊임없이 방법을 모색하며 자신을 더 엄격하게 만들었다. 아이들이 훌륭하게 성장할 수 있는 최적의 환경을 만들기 위해, 그는 자신의 편안함과 시간을 기꺼이 희생했다. 이 모습은 마치 고요하지만 단단한 물길과도 같았다. 겉으로는 조용했지만, 그 깊이와 힘이 결국 모든 것을 바꾸어 놓았다.

　가장 인상적인 장면 중 하나는, 그가 학생들에게 역사 내용을 랩으로 가르친 순간이다. 단순한 암기 수업이 아닌, 학생들이 참여하고 즐길 수 있는 방식으로 접근했다. 이 창의적인 시도는 아이들의 마음을 열었고, 학습에 대한 태도와 관계의 변화를 동시에 이끌어냈다. 클라크는 자신의 방법이 즉시 결과를 내지 않더라도, 아이들을 믿고 꾸준히 시도했다. 그의 진심이 학생들에게 전달되었다.

이 이야기는 우리가 관계 속에서 어떻게 행동해야 하는지, 어떤 태도를 가져야 하는지를 조용히 보여준다. 타인에게 관대하게 대하는 것은 단순히 이해하고 용서하는 것이 아니다. 그 안에는 스스로에게 엄격한 기준을 세우고, 책임을 다하며 끊임없이 방법을 찾는 노력이 숨어 있다. 클라크의 교실은 그 자체로 하나의 실험장이었다. 인간관계의 진정한 힘은 타인을 통제하는 것이 아니라, 자신을 엄격하게 다스리면서 외부에는 관대함을 유지하는 데서 나온다는 사실을 입증했다.

우리는 흔히 관계에서 겪는 갈등과 실망을 상대 탓으로 돌린다. 그러나 론 클라크는 말해준다. 관계의 진정한 힘은 내가 선택한 태도에 달려 있으며, 타인을 향한 관대함과 자신을 향한 엄격함이 동시에 존재할 때, 비로소 내가 원하는 관계에서 깊이와 남다른 의미를 얻을 수 있다고. 그의 교실에서 학생들이 배운 것은 단순한 학습 내용이 아닐 것이다. 스스로를 믿고, 타인의 가능성을 믿으며, 서로를 존중하는 법이었다.

관계 속 후회를 줄이려면, 우리는 먼저 자기 자신에게 엄격해야 한다. 자신의 방식과 태도를 점검하고, 책임감 있는 행동을 선택하며, 끊임없이 성장하려는 노력을 멈추지 않아야 한다. 동시에 타인에게는 관대해야 한다. 그들의 실수와 결핍을 있는 그대로 받아들이고, 이해하려 노력해야 한다. 바로 이러한 균형이 잘 이루어진다면 인간관계에 후회를 남기지 않을 수 있는 길이 펼쳐질 것이다.

⑦
인생은 결국
사람으로 완성된다

인생을 살아가다 보면 수많은 사람들이 지나간다. 그중 어떤 사람은 이름조차 기억나지 않을 때가 있다. 반면 누군가는 옷깃만 스친 듯 짧은 만남이었지만 마음 깊은 곳에서 떠오를 때도 있다. 단순히 스치기만 한 것이 아닌, 어쩌면 처음부터 무언가에 이끌리듯 서로를 알아보게 되는 관계. 우리는 그런 만남을 '인연'이라고 부른다. 인연은 단순히 사람과 사람의 만남을 넘어, 그 만남이 이루어진 이유와 타이밍, 감정의 깊이를 모두 품고 있는 단어다.

불교에서 유래한 '인연(因緣)'은 더없이 특별한 개념이다. 어떤 일이 발생하려면 '원인(因)'과 '조건(緣)'이 갖추어져야 한다. 즉, 사람과의 만남도 그냥 이뤄지는 것이 아니다. 어떤 삶의 흐름, 그 사람의 생각과 나의 생각이 교차하는 시점, 시간과 공간의 조건이 맞아떨어질 때 비로소 '인연'이 맺어진다. 그렇기에 단 한 사람의 존재조차도 결코 우연이라 할 수 없다. 그것은 나의 과거가 불러낸 결과이자, 미래를 함께 열어갈 가능성이다.

지나온 시간을 돌이켜 보면, 예상치 못한 만남들이 삶의 방향을 바꾼 경우가 많다. 대학교 시절, 수업이 끝나고 우연히 앉은 도서관 옆자리에서 친구가 되어준 누군가, 직장에서 팀 이동으로 처음 만난 동료가 인생의 조언자가 된 경우, 혹은 길을 걷다 마주친 인연이 훗날 삶의 동반자가 되기도 한다. 우리는 그렇게 크고 작은 인연 속에서 살아간다. 누군가는 그저 스쳐 지나가기도 하고, 어떤 인연은 깊은 뿌리를 내리고 나를 지탱해 주는 힘이 되어준다.

이처럼 관계는 운명처럼 다가오지만, 동시에 우리의 선택과 태도에 따라 깊어지고 변화한다. 처음 맺어진 인연이 항상 좋은 관계로 유지되는 것은 아니다. 오해나 갈등, 혹은 상황의 변화로 인해 멀어질 수도 있다. 하지만 중요한 건, 그 인연이 맺어졌다는 사실 자체가 나의 삶에 흔적을 남긴다는 점이다. 심지어 단절된 관계조차 나를 돌아보게 만들고, 더 나은 사람이 되게끔 이끌어 주기도 한다.

사람과 사람 사이에 생긴 인연은 대체로 눈에 보이지 않는 실로 이어져 있다. 그 실은 매우 가늘고 섬세해서, 조심히 다뤄야 한다. 아무리 끈끈했던 인연도 방심하고 거칠게 다루면 금세 끊어진다. 그래서 우리는 인간관계에서 가장 기본적이지만 잊기 쉬운 덕목, 즉 '존중'과 '진심'을 잊지 말아야 한다. 상대의 마음을 소중히 여기고, 관계 속에서 나 또한 진실하게 존재할 때, 인연은 오래도록 살아 숨 쉰다.

인연이란, 결국 누군가의 생각에 문득 떠오르는 이름이고, 말없이 곁에 있어 주는 존재이며, 고요한 시간 속에서도 따뜻하게 느껴지는 온기다. 우리는 그 온기에 안도하고, 삶의 버거움 속에서도 버틸 수 있는 이유를 찾는다. 그리고 때로는 아주 오랜 시간이 흐른 뒤에야 그 인연의 진가를 깨닫게 되기도 한다. 오래도록 소식이 끊겼던 친구에게서 연락이 왔을 때, 다시 만난 그 순간만으로도 마음이 편안해진다면, 그건 단순한 연락이 아닌, 인연이 끊어지지 않았다는 증거이기도 하다.

인연은 맺어지기도 하고, 끊어지기도 하며, 다시 이어지기도 한다. 그래서 우리는 그만큼 더 조심히 사람을 대해야 한다. 무심코 던진 말 한마디가 인연을 끊기도 하고, 진심 어린 미소 가 그 사람을 오랫동안 기억하게도 만든다. 지금 내 곁에 있는 사람은 어쩌다 보니 우연히 함께 있는 것이 아니다. 우리가 어떤 마음으로 관계를 유지하고, 어떤 태도로 그를 대했느냐에 따라 맺어진 인연의 결과다.

그러니 인생의 마지막 페이지를 떠올려 보자. 성공과 실패, 돈과 지위는 어느새 흐릿해지고, 결국 내 곁에 남아있는 사람들, 그들과의 관계만이 가장 선명하게 남는다. 내 인생에 참된 의미를 부여해 주는 건 결국 사람이다. 인생의 가장 아름다운 완성은 수많은 인연 속에서 내가 얼마나 진심으로 사람을 대했느냐에 달려 있다.

문형배 전 헌법재판관은 고등학교 2학년이 되던 해, 진주에서 만난

한 인물로 인해 인생의 방향이 송두리째 바뀌게 된다. 그 인물은 바로 '진주의 노벨상 수상자'라 불리던 김장하 선생이었다. 장학재단도 없던 시절, 김 선생은 본인이 운영하는 약방 수입을 통해 경제적으로 어렵지만 학업에 의지가 있는 학생들에게 장학금을 지원했다. 고등학생 문형배는 그런 김 선생의 눈에 띄었고, 대학을 졸업하기까지 학업을 이어가는 데에 필요한 모든 장학금을 지원받게 된다. 이 만남은 단순한 경제적 도움을 넘어, 인생의 궤도를 바꾸는 결정적인 인연이었다. 법을 공부하고자 했던 소년은 김 선생의 도움을 받으며 사법시험에 합격했고, 헌법재판관이라는 자리까지 올라 법과 정의를 다루는 공인의 자리에 서게 되었다.

문형배는 김장하 선생을 '내 인생을 바꾼 사람'이라 표현했다. 단순히 장학금을 준 후원자가 아니라, 자신이 어떻게 살아야 할지를 보여준 이정표 같은 사람이라고 고백했다. 그에게 김 선생은 단순히 물질을 베푼 인물이 아니었다. 그의 장학금은 삶 속에 존재한, 잊히지 않는 온기였고, 인생의 철학을 묻는 질문이었으며, 사람으로서의 무게를 배우게 해준 가르침이었다. 수십 년 뒤 문형배는 청문회 자리에서조차 "김 선생님이 계시지 않았다면 저는 오늘 이 자리에 없었을 것"이라고 말하며 눈시울을 붉혔다. 그는 선생님을 찾아가 "감사하다."고 전했을 때, 오히려 김장하 선생이 "나에게 고마워하지 말고 사회에 갚으라."고 한 말을 평생 가슴에 새기고 살아왔다고 한다.

이 이야기는 결국 '인생은 사람으로 완성된다.'는 말의 살아있는 증거다. 단 한 사람과의 인연이, 누군가의 미래를 바꾸고, 그 미래가 다시 또 다른 사람들을 위한 인생의 자양분이 된다. 김장하 선생이 한 사람의 삶에 건넨 관심과 신뢰, 그리고 사랑은 결국 국가의 정의를 다루는 법관을 만들었다. 사람은 사람으로 인해 완성된다. 누군가의 손길, 눈빛, 말 한마디가 평생을 지탱해 주는 뿌리가 되기도 한다. 어떤 인연은 그렇게 한 사람의 삶을 통째로 지켜내는 울타리가 되어준다.

살다 보면 누구나 인간관계에 지치고, 인연의 무게가 버거울 때가 있다. 하지만 정작 인생의 중요한 순간을 돌아보면, 그 중심엔 늘 '사람'이 있다. 내 곁을 지켜준 사람, 나를 일으켜 세워준 사람, 그리고 내가 마음을 다해 함께했던 사람. 우리는 혼자 살아가는 존재가 아니다. 때로는 누군가의 시선, 말 한마디, 아주 작고 단순한 행동 하나들이 모여 사람의 삶의 궤적을 바꾸는 기적을 만들기도 한다. 그것이 바로 인연의 힘이다.

문형배와 김장하, 이 두 사람의 인연은 우리에게 관계의 본질을 되묻게 만든다. 돈이 없다고, 여건이 안 된다고, 그것이 인연을 막지 않는다. 오히려 진심이 닿았기에 가능한 관계였다. 문형배는 그 마음을 이어받아 재판관으로서 공정함을 지키려 노력했고, 김 선생의 말처럼 사회를 위한 책임을 실천해 왔다. 그는 한 사람에게 받은 마음을 통해 수많은 사람에게 나눔과 정의의 의미를 실천해 낸 것이다.

오늘 내가 만나는 사람도 언젠가 그런 인연이 될 수 있다. 스쳐 지나가는 이웃이든, 함께 일하는 동료든, 말없이 곁을 지켜주는 가족이든.

내 삶에 들어온 사람들을 어떻게 대하느냐에 따라 내 인생이 달라질 수 있다. 지금의 인연을 소중하게 받아들일수록, 삶은 단단해진다. 인생은 사람으로 완성된다는 이 문장을 마음에 새기며, 지금 곁에 있는 사람을 더 소중히 여겨야 한다. 관계는 결국 나를 만들어내는 그릇이다. 그 그릇을 정성스럽게 다듬고, 아끼고, 채워나가야 진짜 사람다운 삶에 도달할 수 있다.

인연은 물 흐르듯 순환한다. 내가 받은 것을 다시 누군가에게 건네줄 수 있을 때, 인연은 더 깊어지고, 사람은 비로소 완성된다. 문형배 전 재판관처럼. 누군가의 인생을 바꾸는 사람으로, 누군가의 미래를 지켜주는 사람으로, 그렇게 사람의 온기로 인생의 궤적이 새롭게 쓰여진다. 그리고 마침내 깨닫게 된다. 인생이란 결국 사람으로 완성된다는 것을.

감사의 마음을 담아..
이 자리를 빌어 지금의 나를 만든 많은 분들게
감사의 말을 전한다.

   근검절약의 정신을 보여주고 나를 그 누구보다 열렬히 뜨겁게 사랑한 엄마, 나의 유년 시절 가족의 버팀목이 되어준 아빠, 정 많고 의리 넘치는 동생, 나의 우주 주안, 사랑이 뭔지 알게 해준 수원, 당신보다 덩치가 훌쩍 커버린 손주들을 여덟이나 키워내신 외할머니, 손주들의 든든한 울타리가 되어주신 외할아버지, 고운 결을 물려주신 친할머니, 매사에 자신감 넘치시는 기세로 살아가셨던 친할아버지, 유년 시절을 함께 한 원준, 원홍, 로라, 브라함, 창민, 승민, 이성을 잃지 않고 객관적인 조언을 아끼지 않는 은진, 맑은 영혼으로 주변을 환하게 비추어 주는 효지, 풋풋한 그 시절 그리운 민철, 학점 낙오되지 않도록 열심히 도와준 형준, 누구보다 순수했던 영준, 솔직했던 용환, 함께하면 즐거웠던 재구, 많은 추억을 선물 해준 선진, 배려심 많고 다정했던 혁진, 김

천 사투리가 정겨웠던 정은, 관심사가 비슷해서 잘 통했던 현정, 원리원칙주의자였던 지영, 후배들을 잘 챙겼던 지연, 차분하고 지적이었던 형옥, 우정이 뭔지 보여주었던, 이제는 볼 수 없는 소중했던 혜은, 그 누구보다 개그 코드가 잘 맞았던 경민, 새침했지만 귀여웠던 규진, 황떡 메이트였던 혜라, 투덜거렸지만 챙겨줄 거 다 챙겨주었던 유정, 배려심 많고 사려 깊은 수현, 붙임성 좋은 귀염둥이 민재, 그 귀여움 영원히 간직했으면 하는 민준, 끝까지 나를 믿어주고 자식같이 보듬어 준 정석준 대표님, 카리스마 넘치지만 그 이면에 누구보다 따스함을 숨겼던 정원화 전무님, 남모르는 카리스마가 있던 이승용 상무님, 다정다감하고 세심함을 놓치지 않는 임춘광 이사님, 웃음이 매력적인 박재훈 본부장님, 의리 빼면 시체 김영호 이사님, 관계에 대해 재해석하게 해준 한수철 이사님, 특유의 매력이 있는 가인섭 부장, 정이 많은 장선경 부장, 우직한 지성을 가진 수정, 의리 있고 끝까지 나를 믿어준 대훈, 온화한 성품을 가진 대성, 내게 많은 힘이 되어준 영주, 감정에 솔직한 유현, 맑은 에너지 공유했던 승리, 보이지 않는 곳에서 많이 챙겨준 희정, 긍정적인 소영, 내가 힘들 때 가장 먼저 달려오는 김용석 이사님, 무뚝뚝한 듯 다정한 김준현 이사님, 맑은 웃음이 인상적인 박경수 이사님, 가장 힘든 시기 큰 힘이 되어 주었던 김현민 대표, 많이 챙겨주고 많은 도움 주었던 김민환 부장, 자애로운 웃음이 트레이드 마크인 박재완 전무님, 누구에게나 친근감 있게 다가왔던 강해신 전무님, 늘 따스하게 맞아준 서도식 부장, 미소가 인상적인 박근태 부장, 무뚝뚝했지만 세심하게 챙겨준 윤기, 차갑고 도도했지만 허당끼 넘치는 재현, 친오빠같이 살뜰하게 챙겨준 진욱, 바르게 바라볼 줄 아는 눈을 가진 동욱, 주변을 두루 살피는 재연, 효정, 주경, 나를 믿어준 정일수 회장님. 진정한 리더십을 보여준 김창규 대표님, 사람들을 믿고 모두를 아우르는 조용래 전무님, 밝은 태대중 부장, 공통 관심사가 많아 대화가 잘 통하는 허세화 부장, 맑은 성품의 혜림, 매사에 우직하고 믿음직한 소율, 나를 믿고 따라와 준 세연. 위트있는 형재. 웃는 모습이 매력적인 민석, 알면 알수록 매력 넘치는 성욱. 열정적인 에너지를 아낌없이 나누어주는 강신정 원장님. 친절함의 정수를 알려준 문혜정 실장님. 온화함으로 주변을 치유하는 힐러 최세정 선생님. 미소만큼이나 아름다운 마음을 가진 최서윤 선생님, 밝은 에너지가 넘치는 김소연 선생님, 지금의 내 책이 세상에 나올 수 있게 도와준 조현수 회장님, 편집에 많은 도움을 준 조영재 이사님, 흔들릴 때마다 멘탈을 잡아준 허지영 작가님, 늘 넉넉한 품으로 응원해준 주진복 작가님, 선한 영향력을 보여주신 고명환 작가님, 책으로 맺어진 귀한 인연 이성숙 작가님, 따뜻한 품으로 안아주신 김현주 작가님, 한 번 뱉은 말은 끝까지 책임지는 멋진 양진혁님, 카리스마와 아름다운 기품이 넘치는 박소영님, 보이지 않는 곳에서도 주변을 환히 밝히는 김창겸님, 어떤 지식이든 자신의 것으로 흡수하는 임세준님, 많은 사람들을 품을 줄 아는 따뜻한 마음을 지닌 한정아님, 그 밖에도 나를 스친 무수히 많은 인연들.

세상이 나를 외면하고 등 돌릴 때 이해하고 응원 해주는 나의 지원군들이 있었기에 오늘날의 내가 존재한다고 믿고 있다. 좋은 인연도 나를 힘들게 한 인연도 있었기에 나는 늘 성장하기 위해 노력했다. 결국 나와 옷깃을 스친 인연까지 모두 고마운 존재들이다. 수많은 인연들이 없었더라면 나는 존재할 수 없었을 것이다. 다시 한번 모두에게 감사와 사랑한다는 말을 전하고 싶다.

끝으로, 힘들 때 위안이 많이 되었던 여천천과 울산 도서관에 감사의 인사를 전한다.